Poeira lunar

ARTHUR C. CLARKE

# Poeira lunar

TRADUÇÃO
Daniel Lühmann

ALEPH

# POEIRA LUNAR

**TÍTULO ORIGINAL:**
A fall of moondust

**COPIDESQUE:**
Opus Editorial

**REVISÃO:**
Bruno Alves
Hebe Ester Lucas
Tássia Carvalho

**PROJETO GRÁFICO E DIAGRAMAÇÃO:**
Desenho Editorial

**CAPA:**
Pedro Inoue

**DIREÇÃO EXECUTIVA:**
Betty Fromer

**DIREÇÃO EDITORIAL:**
Adriano Fromer Piazzi

**EDITORIAL:**
Daniel Lameira
Bárbara Prince
Andréa Bergamaschi
Renato Ritto

**COMUNICAÇÃO:**
Luciana Fracchetta
Pedro Henrique Barradas

**COMERCIAL:**
Lidiana Pessoa
Roberta Saraiva
Ligia Carla de Oliveira
André Castilho

**FINANCEIRO:**
Roberta Martins
Sandro Hannes



EDITORA ALEPH
Rua Tabapuã, 81 cj. 134
04533-010 – São Paulo – SP – Brasil
Tel.: [55 11] 3743-3202
**www.editoraaleph.com.br**

**DADOS INTERNACIONAIS DE CATALOGAÇÃO NA PUBLICAÇÃO (CIP) DE ACORDO COM ISBD**

C597p Clarke, Arthur C.

Poeira lunar / Arthur C. Clarke ; traduzido por Daniel Lühmann. - São Paulo : Aleph, 2018.
304 p. ; 14cm x 21cm.

Tradução de: A fall of moondust
ISBN: 978-85-7657-405-7

1. Literatura inglesa. 2. Ficção científica.
I. Lühmann, Daniel. II. Título.
2018-457 CDD 823
CDU 821.111-3

**ELABORADO POR**
**ODILIO HILARIO MOREIRA JUNIOR - CRB-8/9949**
**ÍNDICES PARA CATÁLOGO SISTEMÁTICO:**
1. Literatura inglesa : Ficção 823
2. Literatura inglesa : Ficção 821.111-3

*Para Liz e Mike*

# INTRODUÇÃO

O romance *Poeira lunar* foi escrito entre agosto e novembro de 1960 – apenas três anos depois que Sputnik iniciou a Era Espacial. Meros seis meses depois, o presidente Kennedy lançou o Projeto Apollo, e antes mesmo que a década se encerrasse, Armstrong e Aldrin pisariam na lua. Como todos sabem, eles não afundaram instantaneamente num mar de poeira.

No entanto, em 1960, uma possibilidade dessas era um medo bastante plausível. Vistas por um poderoso telescópio, amplas áreas das planícies lunares pareciam ser planas e suaves demais, e uma série de astrônomos (especialmente o dr. Thomas Gold) sustentava que elas eram de fato compostas por uma poeira extremamente fina. Eles argumentavam, de maneira persuasiva, que ao longo de bilhões de anos a feroz mudança de temperatura entre o dia e a noite iria quebrar e, em certo ponto, pulverizar as rochas locais. Gold *et al* começaram, então, a teorizar sobre engenhosos mecanismos de transporte envolvendo cargas elétricas*, o que permitiria que a poeira resultante fluísse pela superfície lunar, acumulando-se

* Não ria. Isso pode ser exatamente o que está acontecendo nos anéis de Saturno, causando os misteriosos – e totalmente impossível – "raios" escuros revelados pela sonda Voyager.

no que seriam armadilhas mais traiçoeiras do que qualquer areia movediça encontrada na Terra.

Essa ideia obviamente me fascinou por muitos anos, sendo que inclusive a utilizei num incidente em *Earthlight* (1955). Mas não posso reivindicar qualquer crédito pelo conceito básico de *Poeira lunar*; o crédito é todo do finado James Blish, que em um de seus contos se refere casualmente a "esquiar nos mares de poeira na lua".

Quando as sondas Lunik e Surveyor pousaram no satélite natural da Terra, em meados de 1960, os idealizadores da nave espacial *Apollo* puderam relaxar. Todas as sondas robóticas permaneceram bem onde tinham pousado, as garras mal se fincando naquilo que parecia ser uma poeira perfeitamente comum. Pelo contrário, em vez de afundarem na lua, os astronautas da *Apollo* descobriram que a simples tentativa de inserir os tubos das sondas alguns centímetros superfície adentro era uma tarefa difícil e exaustiva.

Então como fica o meu Mar da Sede? Bom, eu poderia mudá-lo para Marte (a região chamada de Hellas parece ser uma ótima candidata) ou até mesmo para pontos mais remotos. Mas antes de dar um passo drástico desses, gostaria de citar uma edição pós-*Apollo* (1978):

> As grandes conquistas astronáuticas dos últimos anos não descartaram a ideia na qual este romance se baseia. Vai demorar muito, muito tempo para termos certeza de que algo como o Mar da Sede não existe *em nenhum lugar* nos quase 40 milhões de quilômetros quadrados do território lunar – uma área tão grande quanto o continente africano e, disso podemos ter certeza, repleta de surpresas inesperadas e talvez bastante perigosas.

E a lua com certeza *não* está livre da poeira. Ao assistir as famosas filmagens do rover da Apollo fazendo uma curva fechada na superfície lunar, dá para ver exatamente o que descrevo no capítulo inicial, em que *Selene*

> [...] quase tomou para si os mantos de pó que suas próprias hélices haviam disparado no céu. Parecia meio errado que aquela poeira impalpável traçasse ascensões e quedas em curvas tão precisas, absolutamente intocada pela resistência do ar.

*Poeira lunar* provavelmente era meu romance mais bem-sucedido naquela época, tendo sido imediatamente comprado pela Reader's Digest Condensed Books no outono de 1961. Acho que aquele foi o primeiro número de ficção científica do periódico, porém nunca consegui averiguar o resultado – não por temer que os editores certinhos de lá tivessem tesourado minha prosa imortal, mas porque fiquei com medo de que eles pudessem tê-la melhorado.

Embora eu não me lembre de ter sacudido um exemplar diante de Stanley Kubrick, pelo menos três produtores de cinema acabaram chegando ao romance – e um deles (Robert Temple) pensou numa maneira perfeitamente brilhante de criar o Mar da Sede, mesmo que ele não exista atualmente. Então, apesar de o século já estar bem avançado, ainda espero que um dia o livro chegue às telas – e que isso aconteça antes que a gente volte, de fato, para a Lua.

Arthur C. Clarke
Colombo, Sri Lanka
24 de agosto de 1986

# 1

Ser o capitão da única embarcação na Lua era uma distinção que Pat Harris apreciava. Enquanto os passageiros se apresentavam a bordo da *Selene*, disputando os lugares nas janelas, ele imaginava que tipo de viagem seria dessa vez. No espelho retrovisor, ele via a srta. Wilkins, bastante elegante em seu uniforme de Comissária Turística Lunar, desempenhando seu número habitual de boas-vindas. Quando trabalhavam juntos, ele sempre tentava pensar nela como "srta. Wilkins", e não como Sue; ajudava a manter sua mente concentrada no trabalho. Mas o que ela pensava a respeito dele, ele nunca descobrira de fato.

Não havia rostos familiares; era um grupo todo novo e ansioso por seu primeiro cruzeiro. A maioria dos passageiros era de típicos turistas – pessoas de mais idade, visitando um mundo que fora o símbolo maior de inacessibilidade quando eram jovens. Apenas uns quatro ou cinco passageiros, de um total de trinta, eram provavelmente membros da equipe técnica de alguma das bases lunares tirando férias. O fato de todos os mais velhos virem da Terra, enquanto os mais jovens eram moradores da Lua, configurava uma regra de trabalho bastante justa, Pat veio a descobrir.

Mas, para todos eles, o Mar da Sede era uma novidade. Para além das janelas de observação da *Selene*, sua superfície cinza e empoeirada se estendia ininterrupta até atingir as estrelas. Acima estava suspensa a Terra, em forma crescente e com um brilho minguante, sempre a postos naquele céu de onde não tinha saído em um bilhão de anos. A luz brilhante e azul-esverdeada do planeta-mãe inundava essa região estranha com uma radiação fria – e bote fria nisso, talvez uns 300 graus abaixo de zero na superfície exposta.

Ninguém conseguia dizer, só de olhar, se o Mar era líquido ou sólido. Era completamente plano e impassível, quase desprovido da miríade de rachaduras e fissuras que sulcavam todo o restante daquele mundo árido. Nem sequer uma colina, pedregulho ou seixo interrompia sua uniformidade monótona. Nenhum mar na Terra – nem mesmo uma lagoa artificial – era tão calmo assim.

Era um mar de poeira, não de água, e por isso configurava algo muito alienígena a toda experiência humana; também por isso era algo que os fascinava e atraía. Fina feito talco em pó e, em meio àquele vácuo, mais seca do que as ressecadas areias do Saara, a poeira fluía com facilidade, sem esforço, como qualquer líquido. Um objeto pesado jogado ali desapareceria instantaneamente sem chapinhar nem deixar marca alguma que indicasse sua passagem. Nada conseguia se mover sobre essa superfície traiçoeira, exceto os pequenos esquis de poeira conduzidos a dois – e a própria *Selene*, uma improvável combinação de trenó e ônibus, não muito diferente dos veículos de tração na neve que abriram caminho pela Antártida uma vida atrás.

A designação oficial da *Selene* era cruzeiro de poeira, primeira versão, embora, até onde Pat soubesse, a segunda versão ainda não existisse nem no esboço. Era chamada de "nave", "embarcação" ou "ônibus lunar", ao gosto do freguês; Pat preferia "embarcação", pois evitava confusões. Quando ele usava essa palavra, ninguém o confundia com um capitão de nave espacial – e capitães de naves espaciais existiam aos montes por aí, claro.

– Bem-vindos a bordo da *Selene* – disse a srta. Wilkins quando todos terminaram de se acomodar. – O capitão Harris e eu estamos muito contentes em ter vocês aqui conosco. Nossa viagem irá durar 4 horas, e o primeiro destino é o Lago Cratera, 100 quilômetros a leste daqui, nas Montanhas da Inacessibilidade...

Pat ouviu desatento aquela apresentação familiar, pois estava ocupado com sua contagem regressiva. Virtualmente, a *Selene* era uma nave espacial aterrada e assim devia ser, pois viajava no vácuo e tinha como dever proteger sua carga tão frágil do mundo hostil que havia para além de suas paredes. Embora nunca tivesse deixado a superfície da Lua e fosse propulsada por motores elétricos em vez de foguetes, ela carregava todo o equipamento básico de uma nave espacial pronta para voar – e tudo isso precisava ser checado antes da partida.

Oxigênio, OK. Energia, OK. Rádio, OK. ("Alô, Base Arco-Íris, *Selene* testando. Está recebendo o meu sinal?") Navegador de inércia, zerado. Proteção de despressurização, ligada. Detector de vazamentos na cabine, OK. Luzes internas, OK. Escada lateral, desconectada. E assim por diante para mais de cinquenta itens, que automaticamente chamariam a atenção para si caso algum problema se manifestasse. Mas, como todo astronauta de longa data, Pat Harris nunca confiava nos alertas automáticos quando podia checá-los por conta própria.

Enfim, ele estava pronto. Os motores quase silenciosos começaram a girar, mas as pás da hélice ainda não estavam operando, e as amarras da *Selene* mal estremeciam. Em seguida, ele ajustou a hélice de bombordo no passo adequado e a nave começou a se curvar lentamente para a direita. Quando ela se afastou do prédio de embarque, Pat a endireitou e empurrou a alavanca para a frente.

Ela reagiu muito bem, levando em conta o fator de novidade total de seu design. Não era algo que tinha passado por milênios de tentativas e erros, remontando ao primeiro homem neolítico a lançar um tronco num riacho. *Selene* era a primeira de sua linhagem, criada pelos cérebros de alguns engenheiros que se sentaram em volta de uma mesa e se perguntaram: "Como podemos construir um veículo que deslize em cima de um mar de poeira?".

Alguns deles, dando ouvidos ao clássico "Ol' Man River"*, queriam fazê-la com rodas de pás na popa, mas as hélices submersas, mais eficientes, levaram a melhor. Conforme iam perfurando a poeira, produziam rastros como os de uma toupeira cavando em alta velocidade, que desapareciam em questão de segundos, e o Mar novamente ficava imaculado, sem qualquer sinal da passagem da embarcação.

As cúpulas pressurizadas e atarracadas de Porto Roris já sumiam rapidamente abaixo da linha do horizonte. Em menos de 10 minutos, tinham desaparecido do campo de visão: a *Selene* estava absolutamente sozinha. Bem no centro de algo que ainda não fora nomeado pelas línguas da espécie humana.

Enquanto Pat desligava os motores e a embarcação ia freando, ele esperou o silêncio assomar em volta de si. Era sempre a mesma coisa, demorava um pouco para os passageiros se darem conta da estranheza do que havia lá fora. Eles tinham cruzado o espaço e visto estrelas por todo lado; tinham visto a face deslumbrante da Terra lá embaixo – ou lá em cima –, mas aquilo era diferente. Não era terra nem oceano, não era ar nem espaço, e sim um pouco de cada uma dessas coisas.

Antes de o silêncio aumentar a ponto de se tornar opressor – se ele deixasse isso durar muito tempo, alguém acabaria ficando assustado –, Pat se levantou e encarou seus passageiros.

---

* Célebre canção norte-americana composta por Oscar Hammerstein II e Jerome Kern para o musical *Show Boat* (1927), cuja letra faz um paralelo entre a condição dos trabalhadores negros e o fluxo incessante e indiferente do rio Mississipi. Daí a alusão seguinte ao navio a vapor com uma roda de pás (*sternwheeler*), típico da navegação nesse rio. [N. de E.]

– Boa noite, senhoras e senhores – começou ele. – Espero que a srta. Wilkins tenha deixado vocês à vontade. Paramos aqui porque este é um bom lugar para apresentar-lhes ao Mar, transmitir um pouco da sensação dele, por assim dizer.

Ele apontou para as janelas e para a penumbra cinzenta e fantasmagórica que se estendia ao além.

– Qual vocês acham que é a distância daqui até o horizonte? – perguntou ele, calmamente. – Ou, falando de outra maneira, que tamanho um homem pareceria ter se ele estivesse de pé bem ali, onde as estrelas parecem se encontrar com o chão?

Era uma pergunta que possivelmente ninguém tinha como responder com apenas a visão como base. A lógica dizia: "A Lua é um mundo pequeno, o horizonte *deve* estar bem perto". Mas os sentidos davam um veredito totalmente diferente. "Esta terra é absolutamente plana e se estende ao infinito", diziam, "ela divide o Universo em duas partes iguais, segue deslizando para todo o sempre por baixo das estrelas...".

A ilusão permanecia, mesmo quando sua causa era conhecida. O olho não tem meios de julgar as distâncias quando não possui um ponto para focar. A visão escorregava e derrapava desamparada naquele oceano de poeira inexpressivo. Nem ao menos havia – como sempre há na Terra – a suavidade das névoas da atmosfera que davam algum indício de proximidade ou afastamento. As estrelas eram cabeças de alfinete iluminadas que nem piscavam, indo de encontro àquele horizonte indeterminado.

– Acreditem se quiser – continuou Pat –, vocês estão vendo só uns 3 quilômetros, ou quase 2 milhas, para aqueles que ainda não conseguiram passar para o sistema métrico. Sei que parece haver um par de anos-luz até o horizonte, mas seria possível andar até lá em uns 20 minutos, se fosse possível andar nessa coisa.

Ele voltou para a sua poltrona e deu partida nos motores mais uma vez.

– Não vai ter muita coisa mais para ver pelos próximos 60 quilômetros – disse ele, por cima do ombro – Então, vamos em frente.

A *Selene* se apressou para a frente. Pela primeira vez, havia uma verdadeira sensação de velocidade. Os rastros da embarcação foram ficando mais longos e mais revoltos à medida que as hélices giravam e abocanhavam a poeira ferozmente. Agora a própria poeira estava sendo lançada por toda parte em grandes lufadas fantasmagóricas. A certa distância, a *Selene* pareceria um limpa-neve abrindo caminho em uma paisagem de inverno, debaixo de uma lua glacial. Mas aquelas parábolas acinzentadas desmoronando lentamente não eram neve, e a luz que iluminava a trajetória deles era o planeta Terra.

Os passageiros relaxaram, aproveitando aquele passeio suave, quase silencioso. Cada um deles tinha viajado centenas de vezes mais rápido do que aquilo em suas jornadas até a Lua. Mas, no espaço, nunca se tinha real consciência da velocidade, e esse deslizar ligeiro sobre a poeira era bem mais empolgante. Quando Pat fez uma curva fechada com a *Selene*, fazendo-a orbitar em círculo, a embarcação quase tomou para si os mantos de pó que suas próprias hélices haviam disparado no céu. Parecia meio errado que aquela poeira impalpável traçasse ascensões e quedas em curvas tão precisas, absolutamente intocada pela resistência do ar. Na Terra aquilo teria flutuado por horas – talvez até dias.

Assim que a embarcação se endireitou em um percurso constante e não havia mais nada a observar, exceto a planície vazia, os passageiros começaram a ler o conteúdo cuidadosamente preparado para eles. Cada um recebera uma pasta com fotografias, mapas, suvenires – "Este certificado atesta que sr./sra./srta.. ... velejou pelos mares da Lua a bordo do cruzeiro de poeira *Selene*" – e textos informativos. Tinham apenas que ler aquilo para descobrir tudo o que queriam saber sobre o Mar da Sede, talvez até um pouco mais.

A maior parte da Lua, lia-se ali, era coberta por uma fina camada de poeira, de geralmente não mais do que alguns milímetros de profundidade. Parte disso eram resíduos das estrelas – restos de meteoritos que tinham caído na superfície desprotegida da Lua havia pelo menos 5 bilhões de anos. Parte eram lascas de rochas lunares desprendidas das atividades de expansão e contração devido aos violentos extremos de temperatura atingidos entre o dia e a noite. Independente do que fosse, era algo fracionado com tamanha fineza que escorreria feito líquido, mesmo sob aquela força gravitacional tão fraca.

Ao longo das eras, o pó fora carregado das montanhas para as várzeas, formando poças e lagos. Os primeiros exploradores tinham antecipado isso e vieram preparados. Mas o Mar da Sede era uma surpresa, ninguém esperava ter encontrado uma bacia de poeira com mais de 100 quilômetros de extensão.

Como era praxe dos "mares" lunares, ele era bem pequeno. De fato, os astrônomos nunca tinham reconhecido esse título oficialmente, indicando que era apenas uma pequena parte da Cavidade Roris – a Baía do Sereno. E como, protestavam eles, parte de uma baía podia ser um mar inteiro? Mas o nome, inventado por um redator do Comitê de Turismo Lunar, tinha colado, apesar das objeções. Pelo menos era adequado em comparação com os outros ditos mares – o Mar das Nuvens, o Mar das Chuvas e o Mar da Tranquilidade. Sem falar no Mar de Néctar.

O folheto também continha algumas informações tranquilizantes, destinadas a suprimir os temores dos viajantes mais receosos e provar que o Comitê de Turismo tinha pensado em tudo. "Todas as precauções necessárias foram tomadas para a sua segurança", dizia o texto. "A *Selene* carrega uma reserva de oxigênio que é suficiente para durar mais de uma semana, e todos os equipamentos essenciais contam com substituição. Um sinal automático de rádio indica seu posicionamento em intervalos regulares e, caso ocorra uma improvável falta de energia generalizada, esquis de poeira de Porto Roris o rebocarão de volta com pouquíssimo atraso. Não importa que você não seja um marinheiro de primeira, na Lua você nunca vai ficar mareado. Além do mais, o Mar da Sede nunca passa por tempestades; reina sempre a mais pura calma."

Aquelas últimas palavras reconfortantes tinham sido escritas de boa-fé, mas quem poderia imaginar que elas logo se provariam errôneas?

À medida que a *Selene* ia se deslocando silenciosamente na noite iluminada pela Terra, a Lua cuidava de seus negócios. Havia bastante coisa acontecendo agora, depois de ter passado éons adormecida. Os últimos cinquenta anos haviam sido mais movimentados do que os 5 bilhões anteriores, e muito mais aconteceria em breve.

Na primeira cidade construída pelo homem fora de seu mundo de origem, o administrador-chefe Olsen estava dando um passeio pelo parque. Aquele lugar lhe dava muito orgulho, assim como aos outros 25 mil moradores de Porto Clavius. Era diminuto, claro – embora não tão pequeno quanto mencionado por um comentarista televisivo miserável que o chamara de "uma jardineira com delírios de grandeza". E com certeza não havia na Terra parques, jardins nem nada parecido onde se pudesse encontrar girassóis com 10 metros de altura.

Bem acima, cirros emplumados passavam aqui e ali – ou pelo menos era o que parecia. É claro que não passavam de imagens projetadas na parte interna da cúpula, mas a ilusão era tão perfeita que às vezes o próprio chefão ficava com saudade de casa. Saudade de casa? Não, ele logo se corrigiu: *aquilo ali* era a sua casa.

Muito embora, bem no fundo de si, ele soubesse que não era verdade. Seria para seus filhos, mas não para ele, que nascera em

Estocolmo, na Terra, ao passo que seus filhos eram nativos de Porto Clavius, cidadãos da Lua. Ele estava vinculado à Terra por elos que talvez se fragilizassem com o passar dos anos, mas que jamais se romperiam.

A menos de 1 quilômetro dali, do lado de fora da cúpula principal, o chefe da Comissão de Turismo Lunar inspecionava os últimos relatórios enquanto se permitia sentir uma satisfação moderada. O crescimento da última estação fora mantido. Não que houvesse *estações* na Lua, mas era notável que mais turistas apareciam por ali quando era inverno no hemisfério norte da Terra.

Como ele podia manter esse ritmo? Isso sempre era um problema, pois os turistas queriam variedade; não dava para ficar oferecendo a eles a mesma coisa toda vez. O cenário romântico, a baixa gravidade, a vista da Terra, os mistérios da Face Remota, os céus espetaculares, as colônias pioneiras (onde turistas nem sempre eram bem-vindos, aliás) – depois de listar tudo isso, o que mais a Lua tinha a oferecer? Uma pena que não houvesse selenitas nativos com fantasias exóticas e composição física mais exótica ainda para instigar as câmeras fotográficas dos visitantes. Infelizmente, a maior forma de vida jamais encontrada na Lua exigia um microscópio para ser enxergada – e seus ancestrais tinham chegado ali com a *Lunik II*, apenas uma década antes do próprio homem.

O comissário Davis repassou mentalmente os itens que tinham chegado com o último telefax, perguntando-se se algo ali poderia ajudá-lo. Claro, havia o costumeiro pedido de um canal de tevê do qual ele nunca ouvira falar, desejoso de fazer mais um documentário sobre a Lua – se fossem bancadas todas as despesas. A resposta àquela solicitação seria um não; se ele aceitasse todas essas ofertas tão gentis, seu departamento não demoraria a entrar em bancarrota.

Depois havia uma carta tagarela de sua contraparte no Comitê de Turismo da Grande Nova Orleans Ltda., sugerindo uma mudança de pessoal. Era difícil vislumbrar como aquilo poderia ajudar a Lua ou até mesmo a própria Nova Orleans, mas não custava nada e talvez produzisse algum benefício. E – o que era mais interessante – havia um pedido do campeão de esqui aquático da Austrália, perguntando se alguém já tinha esquiado no Mar da Sede.

Sim, havia uma boa ideia ali; ele ficou surpreso pelo fato de ninguém ter tentado aquilo antes. Talvez até tivessem, na rabeira da *Selene* ou de algum dos pequenos esquis de poeira. Com certeza valia a pena tentar. Ele estava sempre à caça de novas formas de recreação lunar, e o Mar da Sede era um de seus projetos de estimação.

Um projeto que, dentro de pouquíssimas horas, viria a se transformar em pesadelo.

# 2

Na frente da *Selene*, o horizonte não era mais um arco perfeito e ininterrupto; uma linha dentada de montanhas tinha se erguido na beirada da Lua. Conforme o cruzeiro se apressava naquela direção, elas pareciam pouco a pouco escalar o céu, como se subissem por um elevador gigantesco.

– As Montanhas da Inacessibilidade – anunciou a srta. Wilkins – são chamadas assim por serem inteiramente cercadas pelo Mar. Vocês irão notar também que são muito mais íngremes do que a maioria das montanhas lunares.

Ela não se demorou muito no assunto, pois era um fato bastante lamentável que a maioria dos picos lunares não passasse de um desapontamento e tanto. Quando observadas de perto, as imensas crateras, que pareciam tão impressionantes nas fotos tiradas da Terra, mostravam-se como colinas suaves, seu relevo grosseiramente exagerado pelas sombras que projetam no alvorecer e no pôr do sol. Não havia uma única cratera lunar cujas escarpas se inclinassem de maneira tão abrupta quanto as ruas de San Francisco, e pouquíssimas delas representariam um obstáculo sério para um ciclista empenhado. No entanto, ninguém teria adivinhado isso a partir das publicações do Comitê de Turismo, que exibiam somente os mais espetaculares penhascos e cânions, fotografados de pontos de vista cuidadosamente escolhidos.

– Elas nunca foram exploradas por completo, nem mesmo agora – continuou a srta. Wilkins. – Ano passado, levamos um grupo de geólogos até lá e os desembarcamos no promontório, mas eles só conseguiram percorrer alguns quilômetros lá dentro. Então pode haver *qualquer coisa* nessas colinas; nós simplesmente não sabemos de nada.

*Ponto para a Sue*, Pat pensou consigo. Ela era uma guia de primeira qualidade, sabia o que deixar para a imaginação e o que explicar detalhadamente. Tinha um tom simples e relaxado, sem indícios daquela toada monótona que era uma doença ocupacional de tantos guias profissionais. E dominava seu tema em detalhes: era muito raro que lhe perguntassem algo que ela não soubesse responder. No geral, Sue era uma moça formidável e, embora ela aparecesse com frequência nos devaneios eróticos de Pat, ele nutria um medo secreto dela.

Os passageiros encaravam com admiração e fascínio os picos que se aproximavam. Na sempre misteriosa Lua, ali o mistério era ainda mais profundo. Erguendo-se feito uma ilha para fora daquele estranho mar que as protegia, as Montanhas da Inacessibilidade continuavam sendo um desafio para a próxima geração de exploradores. Apesar do nome, atualmente era bastante fácil chegar até elas – mas com milhões de quilômetros quadrados de territórios menos difíceis ainda por examinar, elas teriam que esperar a sua vez.

A *Selene* ia e vinha nas sombras das montanhas. Antes que alguém se desse conta do que estava acontecendo, a Terra, suspensa lá embaixo, tinha sido eclipsada. Sua luz brilhante ainda se projetava nos picos ao longe, mas ali embaixo tudo era escuridão.

– Vou desligar as luzes da cabine – disse a comissária – para vocês terem uma vista melhor.

Conforme esmaecia a iluminação vermelho-fosca de fundo, cada um dos viajantes se sentiu sozinho na noite lunar. Mesmo a radiação refletida da Terra naqueles picos elevados ia desaparecendo à medida que o cruzeiro adentrava as sombras mais e mais. Em questão de minutos, restaram apenas as estrelas – pontos de luz fixos e frios em um breu tão absoluto que a mente chegava a se revoltar contra ele.

Era difícil reconhecer as constelações familiares em meio à multidão de estrelas. O olho ficava emaranhado em padrões que nunca eram visíveis da Terra e se perdia num labirinto brilhante de aglomerados e nebulosas. Em todo esse panorama resplandecente, havia apenas um único marco inconfundível – o ofuscante sinal luminoso de Vênus, superando em brilho todos os outros corpos celestes e anunciando a chegada do alvorecer.

Passaram-se muitos minutos antes que os viajantes percebessem que nem toda a maravilha estava no céu. Atrás do veículo acelerado se estendia uma fenda longa e fosforescente, como se um dedo mágico tivesse traçado uma linha de luz atravessando a face escura e empoeirada da Lua. A *Selene* ia desenhando uma cauda de cometa atrás de si, tão resoluta quanto qualquer navio abrindo caminho pelos oceanos tropicais da Terra.

Ainda assim, não havia microrganismos ali, iluminando com suas luzinhas aquele mar morto. Apenas incontáveis grãos de poeira, chispando uns contra os outros à proporção que as descargas estáticas causadas pela passagem veloz da *Selene* neutralizavam a si próprias. Mesmo quando se sabia a explicação por trás do fenômeno, ainda era bonito de se assistir – olhar noite afora e avistar essa faixa luminosa e elétrica continuamente se renovando e arrefecendo, como se a própria Via Láctea estivesse refletida na superfície lunar.

Aquele rastro luminoso se perdeu em meio ao brilho intenso quando Pat tornou a ligar os faróis. Ameaçadoramente próxima, uma muralha de pedra ia ficando para trás. Naquele ponto, uma das faces da montanha se ergueu quase perpendicularmente ao mar de poeira do entorno; ela se elevava a alturas desconhecidas, pois somente nos pontos onde o foco de luz ligeiro a atingia ela parecia de fato existir com um lampejo repentino.

Ali havia montanhas diante das quais o Himalaia, as Montanhas Rochosas ou os Alpes pareciam bebês recém-nascidos. Na Terra, as forças de erosão começaram a deteriorar todas as montanhas tão logo elas se formaram, de modo que, depois de alguns milhões de anos, já não passavam de fantasmas de suas formas antigas. Mas na Lua não havia vento nem chuva, nada que pudesse desgastar as rochas, exceto a poeira que se acumulava com uma lentidão incomensurável à medida que as camadas superficiais das rochas se contraíam no frio da noite. Essas montanhas eram tão velhas quanto o mundo que lhes dera origem.

Pat estava bastante orgulhoso de seus talentos de mestre de cerimônias, tendo planejado o próximo número com muito cuidado. Parecia ser perigoso, mas era algo perfeitamente seguro, pois a *Selene* já tinha feito esse percurso uma centena de vezes, e a memória eletrônica de seu sistema de orientação conhecia o caminho melhor do que qualquer piloto humano. De repente, ele desligou o farol – e então os passageiros conseguiam notar que, enquanto estavam deslumbrados com o brilho intenso de um lado, do outro as montanhas se fechavam furtivamente sobre eles.

Em meio à escuridão quase total, a *Selene* subia apressada por um cânion estreito – e nem ao menos traçava um caminho reto, pois ziguezagueava de tempos em tempos, evitando obstáculos invisíveis. De fato, alguns deles não eram meramente invisíveis, e sim inexistentes. Pat programara o percurso, em baixa velocidade e sob a segurança da luz do dia, para causar o máximo de impacto nos nervos. Os "ahs" e "ohs" que vinham da cabine apagada atrás dele atestavam seu bom trabalho.

Bem no alto, uma faixa reduzida de estrelas era tudo que se deixava ver do mundo lá fora, traçando arcos tresloucados da direita para a esquerda e tornando a voltar a cada mudança abrupta no curso da *Selene*. O passeio noturno, como Pat secretamente o chamava, durava cerca de 5 minutos, mas parecia muito mais. Quando ele acendeu de novo os focos luminosos e o cruzeiro passou a se deslocar no centro de uma grande poça de luz, ouviu-se um misto de suspiros de alívio e decepção dos passageiros. Aquela era uma experiência que nenhum deles esqueceria tão cedo.

Agora que a visão fora restaurada, eles conseguiam ver que estavam subindo um vale ou um desfiladeiro bastante íngreme, cujas laterais iam se afastando lentamente. Então o cânion tinha se ampliado na forma de um anfiteatro quase oval com cerca de 3 quilômetros de envergadura – era o coração de um vulcão desativado, que irrompera havia éons, no tempo em que a própria Lua ainda era jovem.

A cratera era extremamente pequena para os padrões lunares, mas, ainda assim, única. A poeira onipresente a inundara, subindo na direção do vale era após era, de modo que agora os turistas da Terra podiam percorrer, com todo o seu conforto acolchoado, aquilo que um dia fora um caldeirão repleto das chamas do inferno. As chamas tinham morrido muito antes de despontar a vida terrestre e jamais tornariam a despertar. No entanto, havia outras forças que ainda não tinham morrido, que apenas esperavam pelo seu momento.

Quando a *Selene* começou um circuito lento pelo anfiteatro de paredes íngremes, foram vários os passageiros a se lembrar de algum passeio por um lago montanhoso em sua terra natal. Havia ali a mesma quietude protegida, a mesma sensação de profundezas desconhecidas sob o barco. Eram muitos os lagos em crateras na Terra, mas na Lua havia apenas um – apesar de crateras serem bem mais numerosas por ali.

A seu tempo, Pat traçou dois circuitos completos no lago, enquanto os refletores se entretinham com as paredes que o rodeavam. Era a melhor maneira de ver tudo aquilo. Durante o dia, quando o Sol o acertava em cheio com seu calor e luz, muito da mágica se perdia. Mas, naquele momento, era algo que pertencia ao reino da fantasia, como se tivesse saído da mente assombrada de Edgar Allan Poe. De tempos em tempos, alguém vislumbrava formas estranhas se movendo no canto do campo de visão, além do espectro estreito das luzes. Era pura imaginação, claro – nada se movia em todo aquele território, exceto as sombras do Sol e da Terra. Não podia haver fantasmas habitando um mundo que nunca conhecera a vida.

Era hora de tomar o caminho de volta e descer o cânion rumo ao mar aberto. Pat mirou a proa arredondada da *Selene* em direção a uma fenda apertada nas montanhas, e aquelas paredes elevadas os envolveram mais uma vez. Na jornada de saída, ele deixou as luzes acesas para que os passageiros pudessem ver aonde estavam indo. Além do mais, aquele truque do passeio noturno não funcionaria tão bem uma segunda vez.

Bem adiante, além do alcance da iluminação da própria *Selene*, uma luz ia crescendo e se espalhando suavemente pelas rochas e penhascos. Mesmo no seu último quarto visível, a Terra ainda tinha a energia de uma dúzia de luas cheias e, agora que eles estavam emergindo das sombras das montanhas, ela retomava sua posição de senhora dos céus. Cada um dos 22 homens e mulheres a bordo da *Selene* encarou aquela crescente azul-esverdeada, admirando sua beleza e se maravilhando com todo aquele brilho. Como era estranho que os campos e lagos e florestas tão familiares da Terra cintilassem com tamanha glória celestial quando observados assim de longe! Talvez houvesse alguma lição a se tirar disso; talvez nenhum homem conseguisse apreciar seu próprio mundo antes de tê-lo visto do espaço.

E na Terra devia haver muitos olhos voltados para a Lua crescente – naquele momento mais do que nunca, visto que a Lua significava tanto para a humanidade. Era possível, mas pouco provável, que mesmo naquele exato instante alguns daqueles olhos estivessem espiando através de telescópios potentes o brilho discreto dos faróis da *Selene* enquanto ela rastejava pela noite lunar. Porém, não teria significado algum para eles quando aquele mesmo brilho piscasse e morresse.

Por um milhão de anos a bolha vinha crescendo como um imenso abscesso sob a base das montanhas. Ao longo de toda a história humana, gases do interior da Lua, que ainda não estava de todo morto, vinham forçando-se por caminhos mais frágeis, acumulando-se em cavidades centenas de metros abaixo da superfície. Na vizinha Terra, as eras do gelo tinham ficado para trás, uma a uma, enquanto as cavernas sepultadas cresciam, fundiam-se e, por fim, se amalgamavam. Agora o abscesso estava prestes a explodir.

O capitão Harris tinha deixado os controles no piloto automático e estava conversando com a primeira fileira de passageiros quando o primeiro tremor chacoalhou a embarcação. Por uma fração de segundo, ele cogitou que a pá de uma das hélices tivesse atingido algum obstáculo submerso, até que, de maneira bastante literal, seu mundo perdeu o chão.

A embarcação foi caindo devagar, como acontece com todas as coisas sobre a Lua. Na frente da *Selene*, em um círculo de muitos acres de extensão, aquela planície suave se franziu feito um umbigo. O Mar estava vivo e em movimento, agitado pelas forças que o haviam despertado de um sono de eras. O núcleo da perturbação foi se aprofundando em um funil, como se um vórtice estivesse se formando na poeira. Todas as etapas daquela transformação digna de pesadelo eram impiedosamente iluminadas pela luz da Terra, até que a cratera ficou tão profunda que seu lado mais distante se perdeu completamente nas sombras, dando a impressão de que a *Selene* estava se apressando para dentro de uma crescente encurvada de breu absoluto – um arco de aniquilação.

A verdade era quase tão ruim. Quando Pat retomou os controles, a embarcação estava deslizando e escorregando bem fundo naquela encosta impossível. Seu próprio impulso e o fluxo de aceleração da poeira abaixo dela a estavam levando de cabeça para as profundezas. Não havia nada que ele pudesse fazer, a não ser tentar manter a quilha endireitada e esperar que sua própria velocidade os carregasse para o outro extremo da cratera antes que ela desmoronasse em cima deles.

Se os passageiros se puseram a gritar ou a chorar, Pat nunca os ouviu. Ele tinha consciência apenas daquele deslizamento espantoso e chocante e de suas próprias tentativas para não deixar a embarcação capotar. No entanto, mesmo enquanto brigava com os controles, acionando primeiro uma hélice e depois a outra, num esforço para endireitar o curso da *Selene*, uma memória estranha e incômoda atiçava sua mente. Em algum lugar e por algum motivo, ele já vira isso acontecer antes.

Aquilo era ridículo, claro, mas a lembrança não o abandonava. Foi somente quando chegou no fundo daquele funil e viu a interminável encosta de poeira caindo da boca da cratera, toda cravejada de estrelas, que o véu do tempo lhe deu uma breve trégua.

Ele era um menino de novo, brincando nas areias quentes de um verão esquecido. Tinha encontrado uma cova diminuta, perfeitamente suave e simétrica, e havia algo espreitando bem no fundo – algo completamente soterrado, exceto por suas mandíbulas à espera. O garoto ficou assistindo àquilo e imaginando, já consciente do fato de que estava diante do palco de um drama microscópico. Ele vira uma formiga, um pouco desavisada em seu objetivo, que tropeçou na extremidade da cratera e foi tombando encosta abaixo.

Ela teria conseguido escapar com facilidade, mas, quando o primeiro grão de areia foi rolando até o fundo da cova, o ogro à espreita saiu de seu covil. Com suas patas dianteiras, ele lançou uma rajada de areia no inseto que se contorcia e que acabou dominado pela avalanche, escorregando até a garganta da cratera.

Tal como a *Selene* escorregava naquele instante. Nenhuma formiga-leão tinha cavado essa cova na superfície da Lua, mas Pat agora se sentia tão desamparado quanto aquele inseto condenado que ele observara tantos anos antes. Daquele mesmo jeito, ele estava se debatendo para recobrar a segurança da margem, ao passo que o chão movediço o sugava de volta para o interior das profundezas onde a morte o estava esperando. Uma morte rápida para a formiga, mas algo bem mais prolongado para ele e seus companheiros.

Os esforçados motores estavam conseguindo fazer algum progresso, mas não o suficiente. A poeira que caía estava ganhando velocidade – e, pior ainda, se acumulava nas paredes do cruzeiro. Tinha atingido a extremidade mais baixa das janelas. Em seguida, foi se arrastando pelos painéis. Por fim, acabou por cobri-los completamente. Pat desligou os motores antes que eles se despedaçassem, e enquanto o fazia, a maré em elevação apagou o último vislumbre da Terra crescente. Na escuridão e em silêncio, eles estavam naufragando na Lua.

# 3

Nas isoladas estações de comunicação de controle de tráfego, Face Terrestre Norte, uma memória eletrônica se agitava irrequieta. O horário era apenas um segundo após as 20 horas no fuso GMT: um padrão de pulsos que deveria chegar automaticamente a cada hora tinha falhado em se manifestar.

Com uma rapidez muito superior à do pensamento humano, um punhado de células e dispositivos buscava instruções. "AGUARDE 5 SEGUNDOS", diziam as sequências codificadas. "SE NADA ACONTECER, FECHE O CIRCUITO 10011001."

A seção de minutos do computador de tráfego, ainda preocupada com o problema, esperou pacientemente durante esse imenso intervalo – longo o suficiente para fazer 100 milhões de cálculos com vinte dígitos ou para imprimir a maioria dos documentos da Biblioteca do Congresso. Então, fechou o circuito 10011001.

Bem acima da superfície da Lua, a partir de uma antena que, de maneira bastante curiosa, apontava diretamente para a face da Terra, um pulso de rádio se lançou no espaço. Em um sexto de segundo, ele percorrera 50 mil quilômetros até o satélite de retransmissão conhecido por *Lagrange II*, que ficava bem no alinhamento entre a Lua e a Terra. Após outro sexto de segundo, o pulso estava de volta bastante ampliado, tendo atingido a Face Terrestre Norte dos polos ao equador.

Em termos de discurso humano, aquilo carregava uma mensagem simples: "OLÁ, *SELENE*", dizia o pulso, "NÃO ESTOU RECEBENDO O SEU SINAL, FAVOR RESPONDER IMEDIATAMENTE".

O computador esperou por cinco segundos mais. Em seguida, reenviou o pulso, e depois mais uma vez. No mundo dos eletrônicos, era como se eras geológicas tivessem se passado, mas a máquina era infinitamente paciente.

Mais uma vez, a memória eletrônica consultou suas instruções, que agora diziam: "FECHAR CIRCUITO 10101010". O computador obedeceu. No controle de tráfego, uma luz verde repentinamente ficou vermelha e uma campainha começou a talhar o ar com seu alarme. Pela primeira vez, tanto homens quanto máquinas tomavam consciência de que havia um problema em algum lugar na Lua.

A princípio, a notícia se espalhou devagar, pois o administrador-chefe encarou aquilo precariamente como pânico desnecessário. Do mesmo modo, e com ainda mais firmeza, o fez a Comissão de Turismo; nada podia ser pior para os negócios do que alertas e emergências – mesmo quando, como acontecia em nove a cada dez casos, provava-se ser devidos a fusíveis queimados, curtos-circuitos enganosos ou alarmes hipersensíveis. No entanto, num mundo como a Lua, era melhor pisar em ovos. Mais valia se deixar assustar por crises imaginárias do que não reagir a uma verdadeira.

Vários minutos se passaram antes que o comissário Davis admitisse com certa relutância que dessa vez parecia ser de verdade. O sinal automático da *Selene* falhara em responder em uma ocasião anterior, mas Pat Harris atendera assim que o chamaram na frequência atribuída ao cruzeiro. Dessa vez, fez-se silêncio. A *Selene* nem sequer tinha respondido a um sinal enviado pela faixa cuidadosamente controlada de DESASTRE LUNAR, reservada unicamente para emergências. Foi essa novidade que levou o comissário às pressas da torre de turismo até Clavius City pela pista oculta.

Na entrada do centro de controle de tráfego, ele encontrou o engenheiro-chefe da Face Terrestre. Aquilo era um mau sinal; significava que alguém tinha cogitado que operações de resgate seriam necessárias. Os dois homens se entreolharam com gravidade, ambos obcecados pelo mesmo pensamento.

– Espero que você não precise de mim – disse o engenheiro-chefe Lawrence. – Onde está o problema? Tudo o que sei é que um sinal de desastre lunar foi emitido. Qual é a nave?

– Não é uma nave, é a *Selene*. Ela está no Mar da Sede e não está respondendo.

– Meu Deus... Se algo aconteceu a ela por lá, só conseguiremos chegar com os esquis de poeira. Eu sempre insisti que devíamos ter dois cruzeiros operando antes de começar a levar turistas para lá.

– Foi o que argumentei, mas a ideia foi vetada pelo Financeiro. Disseram que não poderíamos ter mais um por lá enquanto a *Selene* não provasse que conseguia dar lucro.

– Espero que, em vez disso, ela não acabe virando manchete – disse Lawrence, com um tom austero. – Você sabe o que *eu* penso sobre levar turistas para a Lua.

O comissário sabia muito bem, aquele era o pomo da discórdia entre eles havia tempos. Pela primeira vez, ele pensou que o engenheiro-chefe pudesse ter razão.

Como sempre, tudo estava bastante quieto no controle de tráfego. Nos imensos mapas pelas paredes, luzes de cor verde e âmbar piscavam continuamente, com suas mensagens rotineiras que pareciam insignificantes perto do clamor daquele ponto vermelho único e cintilante. Nos painéis de Ar, Energia e Radiação, oficiais em serviço estavam sentados feito anjos guardiões, monitorando a segurança de um quarto daquele mundo.

– Nada de novo – relatou o oficial de controle de tráfego em solo. – Ainda estamos totalmente no escuro. Tudo o que sabemos é que eles estão *em algum lugar* no Mar.

E traçou um círculo no mapa de grande escala.

– A menos que tenham saído fantasticamente do trajeto, devem estar nesse perímetro geral. Na checagem das 19 horas, estavam a 1 quilômetro da rota planejada. Às 20 horas, o sinal havia desaparecido; então, o que quer que tenha acontecido, ocorreu nesses 60 minutos.

– Quanto a *Selene* consegue percorrer em uma hora? – alguém perguntou.

– Em velocidade máxima, uns 120 quilômetros – respondeu o comissário – Mas normalmente ela se desloca bem abaixo de 100. Não se tem pressa em um passeio turístico.

Ele encarou o mapa, como se tentasse extrair informações dele apenas com a intensidade do olhar.

– Se eles estiverem em mar aberto, não vai demorar muito para encontrá-los. Você já mandou os esquis de poeira para lá?

– Não, senhor. Estava esperando autorização.

Davis olhou para o engenheiro-chefe, que estava hierarquicamente acima de qualquer outra pessoa naquela face da Lua, exceto o próprio administrador-chefe Olsen. Lawrence assentiu lentamente com a cabeça.

– Mande-os para lá – disse ele –, mas não espere resultados rápidos. Vai demorar um tempo para fazer buscas em vários milhares de quilômetros quadrados, especialmente à noite. Diga aos esquiadores para trabalharem sobre a rota a partir da última posição relatada, um esqui de cada lado para que possam fazer a varredura do trecho mais amplo possível.

Quando a ordem partiu, Davis perguntou, com um tom infeliz:

– O que você acha que pode ter acontecido?

– Existem apenas algumas possibilidades. Deve ter sido algo

repentino, porque não houve mensagem deles. Isso geralmente indica uma explosão.

O comissário empalideceu. Sempre havia a possibilidade de sabotagem, e ninguém nunca tinha meios para se proteger disso. Por causa de sua vulnerabilidade, veículos espaciais, assim como acontecera às aeronaves antes deles, eram um atrativo irresistível para determinados tipos de criminosos. Davis lembrou do *Argo*, veículo que fazia o trecho até Vênus e que fora destruído com duzentos homens, mulheres e crianças a bordo porque um maníaco guardava rancor contra um passageiro que mal o conhecia.

– Também pode ter sido uma colisão – continuou o engenheiro-chefe. – Ela pode ter topado com um obstáculo.

– Harris é um piloto muito cuidadoso – disse o comissário. – Ele já fez essa viagem um punhado de vezes.

– Todo mundo pode cometer erros. É fácil confundir a distância quando se está conduzindo com a luz terrestre.

O comissário Davis mal o ouvira, estava pensando em todos os acordos que teria de fazer caso o pior dos cenários se confirmasse. Era melhor começar acionando o departamento jurídico para conferir os formulários de indenização. Se algum parente começasse a processar o Comitê de Turismo em alguns milhões de dólares, isso acabaria com toda a sua campanha publicitária do ano seguinte – mesmo que ele ganhasse.

O oficial de controle de tráfego em solo soltou um pigarro nervoso.

– Se me permitem dar uma sugestão... – disse ele ao engenheiro-chefe. – Podíamos convocar o *Lagrange*. Os astrônomos de lá talvez consigam visualizar algo.

– À noite? – perguntou Davis, cético. – A 50 quilômetros de distância?

– Facilmente, se os faróis da *Selene* ainda estiverem funcionando. Vale a pena tentar.

– Excelente ideia – disse o engenheiro-chefe Lawrence. – Faça isso agora mesmo.

Ele próprio devia ter pensado naquilo, e ficou imaginando se havia alguma outra possibilidade que tinha deixado passar. Aquela não era a primeira ocasião em que ele se via forçado a quebrar a cabeça por causa daquele mundo tão estranho e tão belo, capaz de tirar o fôlego em seus momentos de magia – e tão fatal em momentos de perigo. A Lua nunca seria totalmente domada, como acontecera com a Terra, e talvez fosse melhor assim. Pois era o chamariz de sua rusticidade intocada, junto com a frágil, mas sempre presente, insinuação de perigo, que agora levava tanto turistas quanto exploradores a cruzar os golfos do espaço. Ele preferia não ter que lidar com os turistas, mas eram eles que ajudavam a pagar seu salário.

E agora era melhor começar a se apressar. Toda essa crise podia simplesmente evaporar, e a *Selene* podia reaparecer sem fazer ideia do pânico que causara. Mas Lawrence não achava que isso ia acontecer, e seu medo foi se aprofundando e virando certeza conforme passavam os minutos. Ele daria a ela uma hora mais; em seguida, tomaria o transporte até Porto Roris e o reino de seu inimigo à espreita, o Mar da Sede.

Quando o sinal VERMELHO URGENTE chegou ao *Lagrange*, o dr. Thomas Lawson dormia profundamente. Ele lamentou a interrupção. Ainda que fossem necessárias apenas 2 horas de sono a cada 24 horas sob gravidade zero, parecia um pouco injusto ter que abrir mão até disso. Então ele captou o significado da mensagem e despertou de vez. Parecia que finalmente faria algo de útil por ali.

Tom Lawson nunca tinha ficado muito contente com aquela atribuição. Ele queria fazer pesquisa científica, e o clima a bordo do *Lagrange II* era de muita distração. No meio do caminho entre a Terra e a Lua, executando um número cósmico em corda bamba possibilitado pelas consequências mais obscuras da lei da gravidade, o satélite era uma empregada astronáutica faz-tudo. Embarcações que passavam em ambos os sentidos obtinham suas coordenadas ali e usavam-no como centro de mensagens, embora não fosse verdade o boato de que paravam lá para pegar correspondência. O *Lagrange* também era a estação de retransmissão para quase todo o tráfego de rádio lunar, porque toda a face da Lua voltada para a Terra se estendia abaixo dele.

O telescópio de precisão métrica fora projetado para observar objetos bilhões de vezes mais distantes do que a Lua, mas era admiravelmente adequado para aquele trabalho. De tão perto assim, mesmo com a energia baixa, a vista era sublime. Tom parecia estar dependurado no espaço imediatamente acima do Mar das Chuvas, olhando para baixo sobre os picos dentados dos Apeninos que brilhavam com a luz da manhã. Ainda que tivesse um conhecimento bastante modesto da geografia da Lua, só de bater o olho ele conseguia reconhecer as grandes crateras de Arquimedes e Platão, Aristillus e Eudoxus, a cicatriz escura do Vale Alpino e a pirâmide solitária de Pico projetando sua sombra prolongada por sobre a planície.

Porém, a região banhada pela luz do dia não lhe dizia respeito; o que ele buscava estava na crescente obscurecida onde o Sol ainda não tinha nascido. De certa forma, aquilo podia tornar sua tarefa mais simples. Uma luz de sinalização – até mesmo uma tocha levada na mão – seria facilmente identificável lá embaixo à noite. Ele conferiu as coordenadas do mapa e pressionou os botões de controle. As ardentes montanhas flutuaram para fora de seu campo de visão, restando somente o breu enquanto ele encarava fixamente a noite lunar que acabara de engolir mais de vinte homens e mulheres.

De início, Tom não conseguiu ver nada – com certeza não havia nenhuma luz de sinalização piscando, enviando seu apelo para as estrelas. Na sequência, à medida que seus olhos iam ficando mais sensíveis, ele pôde perceber que aquela região não era totalmente escura. Cintilava com um tom fosforescente fantasmagórico banhado pela luz da Terra e, quanto mais ele observava, mais detalhes conseguia distinguir.

Lá estavam as montanhas a leste da Baía do Arco-Íris, esperando pelo alvorecer que logo viria a acertá-las. E depois – meu Deus, o que era aquela estrela brilhando na escuridão? Suas esperanças se elevaram, para então desmoronarem rapidamente. Eram apenas as luzes de Porto Roris, onde naquele exato momento havia homens esperando ansiosamente pelos resultados de sua averiguação.

Em poucos minutos, ele se convencera de que uma busca visual era infrutífera. Não havia a menor chance de que ele conseguisse enxergar um objeto menor do que um ônibus lá embaixo, naquela paisagem de fraca luminosidade. À luz do dia seria diferente, ele conseguiria avistar a *Selene* de uma só tacada pela sombra comprida que ela projetava na superfície do Mar. O olho humano, contudo, não era sensível o suficiente para fazer essa busca com a luz minguante da Terra e a 50 quilômetros de altura.

Tom Lawson não se deixou abalar por isso. Ele mal tinha esperanças de encontrar algo nessa averiguação visual. Fazia um século e meio que astrônomos tinham tentado confiar na própria visão; hoje em dia, contavam com armas muito mais delicadas – todo um arsenal de amplificadores de luz e detectores de radiação. Ele estava certo de que algum desses aparelhos seria capaz de encontrar a *Selene*.

Mas não teria tanta certeza disso caso soubesse que ela não estava mais na superfície da Lua.

# 4

Quando a *Selene* ficou em repouso, tanto a tripulação quanto os passageiros ainda estavam muito tomados de perplexidade para emitir algum som. O capitão Harris foi o primeiro a se recuperar, talvez por ser o único que fazia alguma ideia do que tinha acontecido.

Fora um desmoronamento, claro; eles não eram raros, ainda que nada do tipo jamais tivesse sido registrado no Mar da Sede. Bem no fundo da Lua, algo havia cedido; possivelmente, o peso infinitesimal da *Selene*, por si só, tinha desencadeado o colapso. Enquanto Pat Harris se punha de pé, trêmulo, ficou se perguntando que linha de discurso seria melhor adotar com os passageiros. Ele mal podia fingir que tudo estava sob controle e que eles estariam de volta ao trajeto dentro de 5 minutos. Por outro lado, o pânico se instalaria se ele revelasse a real gravidade da situação. Mais cedo ou mais tarde, ele teria que fazer isso, mas, até lá, era fundamental manter a confiança.

Ele captou o olhar da srta. Wilkins, de pé na traseira da cabine, atrás dos passageiros que aguardavam cheios de expectativa. Estava bastante pálida, mas até que recomposta. Ele sabia que podia confiar nela, e lançou na sua direção um sorriso tranquilizador.

– Parece que estamos inteiros – começou Pat, com um estilo sereno e coloquial. – Tivemos um pequeno acidente, como vocês devem ter notado, mas as coisas poderiam ser piores. (Como?, uma parte de sua mente perguntava a ele. Bom, o casco poderia ter se rompido... Então, você quer prolongar essa agonia? Até que ele cortou o monólogo interno com um esforço de determinação.) Fomos pegos por um desabamento, um tremor lunar, se preferirem. Certamente não há motivos para ficarem alarmados. Mesmo que a gente não consiga sair daqui com nossa própria energia, Porto Roris logo irá mandar alguém para cá. Enquanto isso, sei que a srta. Wilkins já ia servir um lanche, por isso sugiro que todos vocês mantenham a calma enquanto eu... faço o que for necessário.

Aquilo parecia ter funcionado até que bem. Com um silencioso suspiro de alívio, ele voltou para os controles. Enquanto o fazia, notou que um dos passageiros acendeu um cigarro.

Era uma reação automática que ele, inclusive, partilharia de bom grado. Ele não disse nada, pois acabaria destruindo toda a atmosfera criada por seu breve discurso. Mas capturou o olhar daquele homem por tempo suficiente para que sua mensagem fosse captada. O cigarro foi apagado antes mesmo que ele voltasse à poltrona.

Enquanto ligava o rádio, Pat ouviu o burburinho começar atrás de si. Quando um grupo de pessoas falava ao mesmo tempo, dava para entender o estado de ânimo geral mesmo sem ouvir as palavras de cada uma. Ele conseguia detectar aborrecimento, empolgação e até mesmo divertimento – mas, até então, pouquíssimo medo. Provavelmente, aqueles que estavam falando ainda não tinham se dado conta de todo o perigo da situação; os que haviam entendido estavam em silêncio.

Assim também estava o éter. Ele buscou as faixas de ondas de uma ponta à outra e encontrou apenas um crepitar descaído da poeira eletrificada que acabara de soterrá-los. Era exatamente como ele esperava. Aquela coisa fatal, de elevado conteúdo metálico, era praticamente um escudo perfeito. Não deixaria passar ondas de rádio nem de som. Quando ele tentasse fazer uma transmissão, ficaria feito um homem gritando do fundo de um poço abarrotado de penas.

Pat mudou o transmissor para a configuração de emergência de alta potência, para que difundisse automaticamente um sinal de emergência na faixa de DESASTRE LUNAR. Se alguma coisa conseguisse romper a barreira, seria isso. Não fazia sentido tentar ligar para Porto Roris por conta própria, e seus esforços infrutíferos iam apenas decepcionar os passageiros. Ele deixou o receptor operando na frequência atribuída à *Selene* para caso houvesse alguma resposta, mas sabia que era um gesto inútil. Ninguém podia ouvi-los, ninguém podia falar com eles. No que lhes dizia respeito, o restante da raça humana talvez não existisse mais.

Ele não ficou quebrando a cabeça com esse revés por muito tempo. Era algo esperado, e havia muitas coisas mais por fazer. Com o maior cuidado possível, ele conferiu todos os instrumentos e calibragens. Tudo parecia estar perfeitamente normal, exceto a temperatura, que estava um nível acima. Isso também era de se esperar, agora que aquele manto de poeira os blindara do frio do espaço.

Sua maior preocupação era a espessura desse manto, e a pressão que ele exercia sobre a embarcação. Devia ter milhares de toneladas daquela coisa sobre a *Selene* – e seu casco fora projetado para suportar a pressão de dentro, e não de fora. Se ela fosse fundo demais, talvez acabasse se quebrando feito casca de ovo.

O que ele não fazia ideia era da profundidade que tinham atingido. Da última vez que ele conseguira vislumbrar as estrelas, eles estavam 10 metros abaixo da superfície, mas a sucção da poeira devia tê-los carregado para muito mais fundo. Seria recomendável – ainda que isso aumentasse o consumo de oxigênio – ampliar a pressão interna para aliviar um pouco a tensão do casco.

Bem lentamente, de modo a não despertar um burburinho no boca a boca que viesse a alarmar os demais, ele aumentou a pressão da cabine em 20%. Ao terminar, sentiu-se um pouco mais feliz. Não foi o único, pois assim que os medidores de pressão se estabilizaram na nova calibragem, uma voz calma falou por cima de seu ombro:

– Acho que essa foi uma ótima ideia.

Ele se virou para ver quem era aquele intrometido que o estava espiando, mas a irritação morreu antes mesmo de despontar. Numa primeira inspeção rápida, Pat não reconhecera nenhum de seus passageiros; agora, no entanto, conseguia notar algo vagamente familiar naquele homem grisalho e atarracado que tinha ido até o lugar do piloto.

– Não quero me intrometer, capitão. O senhor é o comandante aqui. Mas achei melhor me apresentar, caso possa ajudar. Sou o comodoro Hansteen.

Boquiaberto, Pat encarou aquele homem que liderara a primeira expedição para Plutão e que provavelmente tinha posto os pés em mais luas e planetas virgens do que qualquer outro explorador da história. Tudo o que ele conseguiu dizer para expressar sua perplexidade foi:

– Mas seu nome não estava na lista de passageiros!

O comodoro deu um sorriso.

– Meu codinome é Hanson. Desde que me aposentei, venho tentando fazer um pouco de turismo sem assumir muita responsabilidade. Agora que tirei a barba, ninguém nunca me reconhece.

– Estou muito feliz em tê-lo aqui – disse Pat, com um sentimento sincero; era como se um pouco do peso já tivesse saído de seus ombros; o comodoro seria um pilar de força nas horas (ou dias) difíceis que se anunciavam.

– Se você não se incomodar – continuou Hansteen, com aquela mesma polidez cuidadosa –, eu gostaria de uma avaliação. Sendo bastante direto, quanto tempo a gente consegue durar?

– O oxigênio é o fator limitante, como sempre. Temos o suficiente para uns sete dias, considerando que não ocorra nenhum vazamento. Por enquanto, não temos nem sinal disso.

– Bom, isso nos dá tempo para pensar. E em relação à água e comida?

– Vamos ficar com fome, mas não vamos morrer disso. Contamos com uma reserva emergencial de comida compactada, e é claro que os purificadores de ar produzirão toda a água de que precisamos. Então isso não representa um grande problema.

– E energia?

– Aos montes, agora que não estamos mais usando os motores.

– Percebi que você não tentou chamar a Base.

– É inútil. A poeira nos bloqueia completamente. Coloquei o transmissor em emergência. Essa é nossa única esperança de conseguir emitir algum sinal, ainda que mínimo.

– Então eles vão ter que nos encontrar de algum outro jeito. Quanto tempo você acha que vão demorar?

– Isso é extremamente difícil de dizer. As buscas irão começar assim que se derem conta de que a nossa transmissão das 20 horas se perdeu, e saberão a área geral onde estamos. Mas talvez tenhamos afundado sem deixar nenhum rastro... o senhor já viu como essa poeira engole tudo. E mesmo quando *conseguirem* nos encontrar...

– Como vão fazer para nos tirar daqui?

– Exatamente.

O capitão do cruzeiro de poeira de vinte passageiros e o comodoro do espaço se encararam em silêncio, enquanto suas mentes rodeavam o mesmo problema. Então, atravessando o murmúrio discreto da conversa, eles ouviram uma voz com sotaque inglês bem carregado que dizia:

– Olhe, senhorita... Esta é a primeira xícara de chá decente que tomei na Lua. Achei que ninguém fosse conseguir fazer isso aqui. Meus parabéns.

O comodoro deu um riso abafado.

– Ele devia agradecer a *você*, e não à comissária – disse Hansteen, apontando para o indicador de pressão.

Pat devolveu um sorriso meio sem graça. Mas era verdade: agora que ele tinha aumentado a pressão da cabine, a água devia estar fervendo quase à temperatura normal no nível do mar lá na Terra. Pelo menos eles podiam tomar bebidas quentes, e não aquelas coisas mornas de costume. Mas parecia um modo bastante extravagante para fazer chá, não muito diferente do suposto método chinês de incendiar a casa para assar um porco.

– Nosso maior problema – disse o comodoro (e Pat não sentiu o menor ressentimento com aquele "nosso") – é manter o moral. Por isso, acho que é importante que você tenha uma conversa animadora sobre o processo de busca que deve estar começando agora. Mas não seja otimista *demais*, você não deve dar a impressão de que alguém vai bater à nossa porta daqui a meia hora. Isso pode dificultar as coisas se... bom, se tivermos que esperar por vários dias.

– Não vou demorar muito para explicar como se organiza a faixa de DESASTRE LUNAR – disse Pat. – E, sinceramente, ela não foi planejada para lidar com uma situação como esta. Quando uma embarcação está na Lua, ela pode ser localizada bem rápido de um de nossos satélites, seja o *Lagrange II*, que fica na Face Terrestre, ou o *Lagrange I*, que dá para a Face Remota. Mas duvido que eles consigam nos ajudar agora. Como eu disse, provavelmente afundamos muito e sem deixar rastro.

– É difícil de acreditar nisso. Quando um navio afunda na Terra, ele sempre deixa *alguma coisa* para trás: bolhas, manchas de óleo, destroços boiando.

– Nada disso se aplica ao nosso caso. E não consigo pensar em nenhuma maneira de mandar algo para a superfície, independentemente de quão longe ela esteja.

– Então só nos resta sentar e esperar.

– Sim – concordou Pat, batendo o olho no indicador da reserva de oxigênio. – E de uma coisa podemos ter certeza: só conseguiremos esperar por uma semana.

Pairando a 50 mil quilômetros da Lua, Tom Lawson pôs de lado a última de suas fotografias. Ele tinha percorrido cada milímetro quadrado das impressões com uma lente de aumento. A qualidade era excelente; o intensificador eletrônico de imagem, milhões de vezes mais sensível do que o olho humano, revelou detalhes com tanta clareza que parecia já ser dia lá embaixo, naquela planície que cintilava vagamente. Ele tinha até encontrado um dos minúsculos esquis de poeira – ou, para ser mais preciso, a sombra comprida que o veículo projetava à luz da Terra. Contudo, não havia nem sinal da *Selene*; o Mar estava tão sereno e imperturbável como fora antes da chegada do homem ali. Do mesmo modo que, muito provavelmente, continuaria sendo depois que ele fosse embora.

Tom detestava admitir a derrota, mesmo em assuntos bem menos importantes do que aquele. Ele acreditava que todos os problemas podiam ser resolvidos se fossem abordados do jeito certo e com os equipamentos certos. Aquilo era um desafio à sua inventividade científica – o fato de ter muitas vidas envolvidas era imaterial. O dr. Tom Lawson não via muita utilidade nos seres humanos, mas respeitava o Universo de verdade. Aquela era uma briga particular entre os dois.

Ele ponderava acerca da situação com inteligência crítica e frieza. Agora, como o grande Holmes teria lidado com o problema? (Era típico de Tom que um dos poucos homens que ele admirava de verdade nunca tivesse existido.) O mar aberto fora eliminado, o que deixava apenas uma possibilidade. O cruzeiro de poeira devia ter sucumbido perto da costa ou próximo das montanhas, provavelmente na região conhecida como Lago Cratera – ele tinha conferido os mapas. Isso fazia bastante sentido; um acidente era bem mais provável ali do que na planície suave e desobstruída.

Ele olhou as fotografias mais uma vez, agora se concentrando nas montanhas. De imediato, esbarrou em uma nova dificuldade. Havia inúmeros punhados de penhascos e rochas isolados na orla do Mar, e qualquer um deles podia ser o cruzeiro desaparecido. Pior ainda: havia muitas áreas que Tom não conseguia sequer examinar, pois sua visão era bloqueada pelas próprias montanhas. Do seu ponto de vista, o Mar da Sede estava bem distante, na curva da Lua, o que lhe dava uma visão ruim e bastante encurtada dele. O próprio Lago Cratera, por exemplo, era-lhe completamente invisível, escondido por suas paredes montanhosas. Aquela área só podia ser investigada pelos esquis de poeira trabalhando no nível do solo; até mesmo a divina eminência de Tom Lawson era inútil naquele caso.

Era melhor ele contatar o pessoal na Face Terrestre e passar seu relatório preliminar.

– Lawson, *Lagrange II* – disse ele, quando o departamento de comunicação completou a ligação. – Fiz a busca no Mar da Sede, não encontrei nada na planície aberta. A embarcação de vocês deve ter afundado perto da orla.

– Obrigado – disse uma voz insatisfeita. – Você tem mesmo certeza disso?

– Absoluta. Consigo ver até seus esquis de poeira, e eles têm só um quarto do tamanho da *Selene*.

– Tem algo visível na orla do Mar?

– Há muitos detalhes em pequena escala, o que impossibilita a busca. Consigo ver uns cinquenta, talvez cem objetos que podem ter o tamanho certo. Assim que o Sol nascer, vou conseguir avaliar todos eles mais de perto. Mas é noite lá agora, lembre-se.

– Obrigado pela sua ajuda. Informe-nos se você encontrar mais alguma coisa.

Lá embaixo, em Clavius City, o comissário de turismo ouviu o relatório de Lawson com certa resignação. Era aquilo mesmo: melhor notificar os parentes próximos. Seria irresponsável, se não impossível, manter sigilo por mais tempo.

Ele se voltou para o oficial de controle de tráfego em solo e perguntou:

– Já recebemos a lista de passageiros?

– Está chegando por telefax de Porto Roris. Aqui está. – Enquanto ele passava adiante aquele papel fino, emendou com um tom curioso: – Tem alguém importante a bordo?

– Todos os turistas são importantes – disse o comissário com frieza, sem nem levantar os olhos; então, quase no mesmo fôlego, acrescentou: – Ai, meu Deus!

– Qual o problema?

– O comodoro Hansteen está a bordo.

– *O quê*? Não sabia nem que ele estava na Lua.

– Nós mantivemos segredo. Achamos que era uma boa ideia contar com ele no Comitê de Turismo agora que está aposentado. Ele queria dar uma olhada na área, à paisana, antes de tomar a decisão.

Um silêncio escandalizado se instaurou enquanto os dois homens pensavam na ironia daquela situação. Lá estava um dos maiores heróis do espaço, perdido como um turista comum em um acidente estúpido na Lua, o quintal da Terra.

– Pode ser um grande azar para o comodoro – disse o controlador de tráfego, por fim –, mas uma sorte e tanto para os passageiros, se ainda estiverem vivos.

– Eles vão precisar de toda a sorte possível agora que o Observatório não pode nos ajudar – disse o comissário.

Ele estava certo quanto ao primeiro argumento, mas não quanto ao segundo, pois o dr. Tom Lawson ainda tinha alguns truques na manga.

Assim como o reverendo Vincent Ferraro, da Companhia de Jesus, um cientista bem diferente do comum. Era uma pena que ele e Tom Lawson nunca fossem se conhecer, pois as faíscas resultantes desse encontro seriam bastante interessantes. O padre Ferraro acreditava em Deus e no Homem, e o dr. Lawson não acreditava em nenhum dos dois.

O padre tinha começado sua carreira científica como geofísico, depois mudara de domínio e se tornara selenofísico – muito embora ele só usasse esse título em seus momentos mais pedantes. Nenhum homem vivo tinha um conhecimento maior do interior da Lua, adquirido com as baterias de instrumentos estrategicamente posicionadas em toda a superfície do satélite.

Esses instrumentos tinham acabado de produzir alguns resultados interessantes. Às 19 horas, 35 minutos e 47 segundos no fuso GMT, um grande tremor ocorrera na região da Baía do Arco-Íris. Isso era um pouco surpreendente, pois aquela área tinha uma estabilidade atípica, até mesmo para a já tão tranquila Lua. O padre Ferraro configurara seus computadores para apontar com precisão o foco daquela perturbação e também os instruíra a buscar quaisquer outras leituras de dispositivo anômalas. Deixara as máquinas com essa função enquanto ia almoçar, quando então seus colegas lhe contaram do desaparecimento da *Selene*.

Nenhum computador eletrônico consegue se equiparar ao cérebro humano na associação de fatos aparentemente irrelevantes. O padre Ferraro só teve tempo para uma colherada de sopa antes de somar dois mais dois e chegar a uma resposta perfeitamente razoável, ainda que desastrosamente enganosa.

# 5

– E essa, senhoras e senhores, é a nossa situação – concluiu o comodoro Hansteen. – Não estamos correndo perigo imediato, e não tenho a menor dúvida de que seremos localizados muito em breve. Até lá, precisamos fazer o nosso melhor.

Ele fez uma pausa e sondou rapidamente aqueles rostos ansiosos olhando para cima. Os pontos mais problemáticos não tinham escapado de sua observação – aquele homenzinho com um tique nervoso, a senhora amargurada com cara de maracujá murcho que não parava de dar nós em seu lenço. Talvez eles neutralizassem um ao outro, caso ele conseguisse colocá-los sentados juntos.

– O capitão Harris e eu... o chefe é ele, eu só estou dando consultoria... Nós elaboramos um plano de ação. A comida será simples e racionada, mas apropriada, especialmente considerando o fato de que vocês não vão fazer nenhuma atividade física. Gostaríamos de pedir que algumas das senhoras ajudem a srta. Wilkins. Ela vai ter bastante trabalho extra, e uma assistência de bom grado seria útil. Nosso maior problema, honestamente, vai ser o tédio. Aliás, alguém trouxe algum livro?

Houve uma movimentação de pessoas mexendo em suas bolsas e cestos. O apanhado geral consistia de guias lunares variados, incluindo seis cópias da apostila oficial; um *best-seller* do momento, *A laranja e a maçã*, cujo tema era um improvável romance entre Nell Gwyn e Sir Isaac Newton; uma edição de *Os brutos também amam* publicada pela Harvard Press, com anotações eruditas feitas por um professor de inglês; uma introdução ao positivismo lógico de Auguste Comte; e um exemplar da edição terráquea do *New York Times* da semana anterior. Não era exatamente uma biblioteca, mas, com uma divisão cuidadosa, ajudaria a enfrentar as horas que viriam.

– Acho que vamos formar um comitê de entretenimento para decidir como usar esse material, embora eu não saiba como lidar direito com o sr. Comte. Enquanto isso, agora que vocês estão a par da nossa situação, tem alguma pergunta ou algum ponto que vocês gostariam que eu ou o capitão Harris explicássemos com mais detalhes?

– Eu queria perguntar uma coisa, senhor – disse a mesma voz inglesa que tinha tecido comentários elogiosos sobre o chá. – Existe alguma chance remota de a gente *flutuar* até lá em cima? Quero dizer, se essa coisa for como a água, nós não vamos acabar boiando mais cedo ou mais tarde, como uma rolha?

Aquilo confundiu o comodoro completamente. Ele olhou para Pat e disse, com um tom meio atravessado:

– Essa é para você, sr. Harris. Algum comentário?

Pat balançou a cabeça.

– Acredito que isso não vá acontecer. De fato, o ar dentro do casco deve nos tornar bastante flutuantes, mas a resistência dessa poeira é enorme. *Talvez* a gente acabe boiando com o tempo, dentro de alguns milhares de anos.

Aquele homem inglês não parecia ser do tipo que se desencorajava facilmente.

– Notei que existe um traje espacial no compartimento pressurizado. Seria possível alguém sair e *nadar* até lá em cima? Assim, o pessoal de busca irá saber onde estamos.

Pat se agitou, irrequieto. Ele era a única pessoa qualificada para usar aquele traje, que servia unicamente para fins de emergência.

– Tenho quase certeza de que isso seja impossível – respondeu ele. – Duvido que algum homem seja capaz de se mover contra essa resistência, além, é claro, de ficar completamente cego. Como ele saberia qual a direção certa? E como ele fecharia a porta de fora quando saísse? Depois que a poeira entrasse inundando, não haveria meio de nos livrarmos dela. Certamente não conseguiríamos bombeá-la de volta para fora.

O capitão poderia continuar falando, mas decidiu parar por ali. Talvez eles ainda fossem reduzidos a um expediente tão desesperado assim, caso não houvesse nenhum sinal de resgate até o fim da semana. Mas esse era um pesadelo que deveria ser deixado de lado com firmeza, pois conviver com isso por muito tempo poderia simplesmente acabar minando sua coragem.

– Se vocês não tiverem mais perguntas – disse Hansteen –, sugiro que façamos as devidas apresentações. Porque, querendo ou não, vamos ter que nos acostumar à companhia uns dos outros, então vamos conhecer quem está aqui. Vou andar pelo recinto e talvez vocês possam vir se apresentar um de cada vez, passando o nome, ocupação e cidade de origem. O senhor primeiro.

– Robert Bryan, engenheiro civil, aposentado, de Kingston, Jamaica.

– Irving Schuster, advogado, de Chicago. E minha esposa, Myra.

– Nihal Jayawardene, professor de zoologia na Universidade do Ceilão, em Peradeniya.

Enquanto a chamada continuava, Pat mais uma vez se flagrou agradecido pela fagulha de sorte em meio a essa situação de desespero. Por seu caráter, treinamento e experiência, o comodoro Hansteen era um líder nato: ele já começava a agremiar aquele punhado aleatório de indivíduos em uma unidade, de maneira a criar aquele indefinível espírito de grupo que transforma uma multidão em uma equipe. Coisas que ele tinha aprendido enquanto sua pequena trupe – a primeira a se aventurar além da órbita de Netuno, a quase 5 bilhões de quilômetros do Sol – pairava por semanas no vazio entre os planetas. Pat, que era trinta anos mais jovem e nunca tinha se afastado do eixo entre Terra e Lua, não ficou nada ressentido com a mudança de comando tacitamente instaurada. Fora simpático da parte do comodoro dizer que ele ainda era o chefe, mas Pat sabia a verdade.

– Duncan McKenzie, físico do Observatório de Monte Stromlo, Camberra.

– Pierre Blanchard, contador de Clavius City, Face Terrestre.

– Phyllis Morley, jornalista de Londres.

– Karl Johanson, engenheiro nuclear da Base de Tsiolkovski, da Face Remota.

Aquele era o grupo, uma compilação e tanto de talentos, ainda que não muito fora do usual, posto que as pessoas que vinham para a Lua sempre tinham algo fora do comum – nem que fosse só o dinheiro. Mas todas as habilidades que agora estavam presas na *Selene* não podiam fazer nada para ajudá-los naquela situação, era o que Pat pensava.

Isso não era bem verdade, e o comodoro Hansteen estava ali para provar. Ele sabia, tanto quanto qualquer homem vivo, que teriam de lutar contra o tédio e também contra o medo. Tinham sido largados à própria sorte; numa era de entretenimento e comunicações universais, eles tinham sido repentinamente separados do resto da raça humana. Rádio, tevê, notícias por telefax, cinema, telefone – agora, todas essas coisas não tinham para eles um significado muito diferente do que para os homens da Idade da Pedra. Estavam como uma antiga tribo reunida em torno de uma fogueira, em meio a uma vastidão onde não havia mais homem nenhum. Nem mesmo na expedição de

Plutão, pensou o comodoro Hansteen, eles tinham ficado tão solitários assim. Naquela oportunidade contavam com uma boa biblioteca e estavam bem abastecidos com toda forma possível de entretenimento enlatado, além de poder falar com os planetas interiores por meio de feixes luminosos quando bem entendessem. Mas ali na *Selene*, eles não tinham sequer um baralho.

Eis aí uma ideia.

– Srta. Morley! Sendo uma jornalista, imagino que tenha um bloquinho de notas?

– Sim, comodoro, mas por quê?

– Ainda tem 52 folhas em branco nele?

– Acho que sim.

– Então devo pedir que você as sacrifique. Por favor, corte essas folhas e faça um baralho com elas. Não precisa ser nada muito artístico, desde que elas sejam legíveis e os escritos não fiquem visíveis pela parte de trás.

– Mas como vocês vão embaralhar as cartas? – alguém perguntou.

– Isso é um bom problema para o nosso comitê de entretenimento resolver. Alguém aí se considera talentoso para isso?

– Eu costumava trabalhar no palco – disse Myra Schuster, com um tom mais para hesitante; seu marido pareceu não gostar nada daquela revelação, mas o comodoro ficou bastante satisfeito.

– Excelente! Apesar de estarmos com um espaço meio restrito, eu esperava mesmo que conseguíssemos apresentar uma peça.

Agora a sra. Schuster estava tão insatisfeita quanto seu marido.

– Mas isso foi há muito tempo – disse ela. – E eu... eu nunca tive muitas falas.

Ouviram-se várias risadas, e até mesmo o comodoro sentiu certa dificuldade em manter o rosto sério. Olhando para a sra. Schuster, que aparentava mais do que seus 50 anos e 100 quilos, era um pouco difícil imaginá-la como dançarina.

– Não se preocupe – disse Hansteen. – O que conta é o espírito. Quem vai ajudar a sra. Schuster?

– Eu fiz um pouco de teatro amador – disse o prof. Jayawardene. – Principalmente Brecht e Ibsen, no entanto.

Aquele "no entanto" arrematando a frase indicava o reconhecimento do fato de que algo mais leve seria bem-vindo ali – digamos, uma daquelas comédias decadentes mas divertidas dos anos 1980, que tinham invadido as companhias aéreas aos montes com o colapso da censura televisiva.

Não havia mais voluntários para essa função, então o comodoro colocou a sra. Schuster e o prof. Jayawardene em poltronas vizinhas e disse a eles para começarem a planejar a programação. Parecia improvável que uma dupla tão mal-arranjada conseguisse produzir algo útil, mas nunca se sabia. O propósito principal era manter todo mundo ocupado, fosse em tarefas individuais ou colaborando com outras pessoas.

– Vamos deixar assim por enquanto – concluiu Hansteen. – Se vocês tiverem alguma ideia brilhante, é só repassar ao comitê. Enquanto isso, sugiro que alonguem as pernas e comecem a se conhecer. Todos aqui já anunciaram sua ocupação e cidade de origem, muitos de vocês devem ter interesses ou amigos em comum. Vão ter muito o que conversar. – E muito tempo também, acrescentou ele silenciosamente.

O comodoro estava conversando com Pat no cubículo do piloto quando o dr. McKenzie, o físico australiano, veio se juntar a eles. Ele parecia muito preocupado, até mais do que a situação merecia.

– Quero contar uma coisa ao senhor, comodoro – disse ele, com certa urgência. – Se estou certo, aquela reserva de oxigênio para sete dias não significa muita coisa. Existe um perigo muito maior.

– Do que você está falando?

– O calor. – O australiano indicou o mundo lá fora acenando

com a mão. – Estamos isolados por essa coisa, e trata-se do melhor isolante possível. Na superfície, o calor gerado por nossas máquinas e corpos poderia escapar pelo espaço, mas aqui embaixo ele está preso. Isso significa que vai ficar cada vez mais quente, até nos cozinhar.

– Meu Deus – disse o comodoro –, nunca pensei nisso. Quanto tempo você acha que vai demorar?

– Em meia hora consigo fazer uma estimativa bastante razoável. Meu palpite é de... não muito mais que um dia.

O comodoro sentiu uma onda de desamparo tomar conta de si. Uma náusea terrível dominava seu estômago, como da segunda vez que ele estivera em queda livre. (Não a primeira, para esta ele estava preparado, mas, para a segunda viagem, ele estava confiante demais.) Se tal estimativa estivesse certa, todas as esperanças deles tinham ido pelo ralo. Elas já eram bastante delicadas, com toda a certeza, mas pensando em uma semana havia uma chance remota de que algo pudesse ser feito. Com apenas um dia, estava fora de questão. Mesmo que eles fossem encontrados em tempo hábil, nunca poderiam ser resgatados.

– Vocês podem conferir a temperatura da cabine – continuou McKenzie. – Isso nos dará algum indício.

Hansteen foi até o painel de controle e mirou aquele labirinto de marcadores e indicadores.

– Temo que você esteja certo – disse ele. – Já subiu dois graus.

– Mais de um grau por hora. Foi mais ou menos o que imaginei.

O comodoro se dirigiu a Harris, que estava ouvindo a discussão e ficando cada vez mais alarmado.

– Tem algo que possamos fazer para melhorar o resfriamento? Quanta reserva de energia tem o nosso equipamento de ar-condicionado?

Antes que Pat conseguisse responder, o físico interveio.

– Isso não vai nos ajudar – disse ele, com impaciência. – Tudo o que nosso sistema de refrigeração faz é bombear o calor para fora da cabine e irradiá-lo para longe. Mas isso é exatamente o que ele *não consegue* fazer agora por causa de toda essa poeira em volta de nós. Se tentarmos fazer o sistema de refrigeração funcionar mais rápido, só vamos acabar piorando as coisas.

Um silêncio sombrio pairou até que o comodoro disse:

– Por favor, confira esses cálculos e me dê a sua melhor estimativa quanto antes. E, pelo amor de Deus, não deixe essa informação vazar para além de nós três.

De repente, Hansteen se sentiu muito velho. Estivera quase gostando daquele último comando inesperado, e agora parecia que a situação ia durar apenas um dia.

Naquele exato momento, embora nenhuma das partes estivesse a par daquilo, passava por cima deles um dos esquis de poeira da equipe de buscas. Construído para ser rápido, eficiente e barato, e não para o conforto dos turistas, ele tinha pouca semelhança com a *Selene* naufragada. Na verdade, não era muito mais do que um trenó aberto com poltronas para o piloto e um passageiro, cada um deles usando um traje espacial, e uma capota em cima para proteger do Sol. Um simples painel de controle, motor e hélices duplas na traseira, prateleiras para armazenar ferramentas e equipamentos – e estava completo o inventário. Um esqui em sua função normal geralmente levava a reboque pelo menos um trenó de carga atrás de si, às vezes dois ou três, mas esse estava viajando com pouca carga. Tinha ido e vindo ziguezagueando por centenas de quilômetros quadrados do Mar, sem encontrar absolutamente nada.

Pelo intercomunicador de seu traje, o piloto conversava com seu companheiro.

– O que *você* acha que aconteceu com eles, George? Não acredito que estejam aqui.

– Onde mais eles podem estar? Sequestrados por alienígenas?

– Estou quase começando a acreditar nisso – foi a resposta quase séria que se ouviu.

Mais cedo ou mais tarde, a raça humana encontraria inteligências vindas de outros lugares, acreditavam os astronautas. Esse encontro podia ainda estar bem distante, mas, enquanto isso, os hipotéticos "alienígenas" faziam parte da mitologia do espaço e levavam a culpa por tudo o que não se podia explicar de outra maneira.

Era fácil acreditar neles quando se estava com um punhado de colegas em um mundo estranho e hostil, onde até mesmo as pedras e o ar (se é que *havia* ar) eram totalmente inusitados. Assim, nada podia ser dado por certo, e a experiência de milhares de gerações de terráqueos poderia se mostrar inútil. Um homem primitivo tinha povoado de deuses e espíritos o desconhecido que existia ao redor de si, por isso o *Homo astronauticus* olhava para trás quando aterrissava num novo mundo, imaginando quem ou o que já estaria ali. Durante alguns poucos séculos, o Homem imaginara ser o deus do Universo, e tais esperanças e medos primevos tinham sido enterrados em seu subconsciente. Mas agora eles eram mais fortes do que nunca, e não lhe faltavam motivos para acreditar nisso, enquanto encarava a face brilhante dos céus e pensava no poder e no conhecimento que podiam estar ali, à espreita.

– É melhor informar a Base – disse George. – Já cobrimos a nossa área, e não faz sentido fazer tudo de novo. Pelo menos não até o Sol nascer. Aí, sim, teremos muito mais chances de encontrar algo. Essa porcaria de luz terrestre me deixa arrepiado.

Ele ligou o rádio e emitiu o sinal de chamada do esqui.

– Espanador Dois chamando Controle de Tráfego. Câmbio.

– Controle de Tráfego de Porto Roris falando. Encontraram algo?

– Nem sinal. Alguma novidade aí do seu lado?

– Achamos que ela não está em mar aberto. O engenheiro-chefe quer falar com vocês.

– Certo. Coloque-o na linha.

– Olá, Espanador Dois. Lawrence falando. O Observatório Platão relatou um tremor perto das Montanhas da Inacessibilidade. Isso aconteceu às 19h35, o que é bastante próximo do horário em que a *Selene* deve ter estado no Lago Cratera. Eles sugerem que ela talvez tenha sido pega por uma avalanche em algum lugar na região. Então vá para as montanhas e veja se consegue identificar algum deslizamento ou queda de rochas.

– Senhor, quais são as chances de haver mais tremores? – perguntou o piloto do esqui com certa ansiedade.

– Muito pequenas, de acordo com o Observatório. Eles disseram que isso só vai acontecer de novo daqui a milhares de anos, agora que as tensões foram aliviadas.

– Espero que estejam certos. Vou passar um rádio quando chegar ao Lago Cratera, o que deve acontecer dentro de uns 20 minutos.

Mas meros 15 minutos se passaram antes que o Espanador Dois destruísse as últimas esperanças dos ouvintes à espera.

– Espanador Dois chamando. Receio que seja isso mesmo. Ainda não cheguei ao Lago Cratera, estou subindo o desfiladeiro. Mas o Observatório tinha razão quanto ao tremor. Aconteceram vários deslizamentos, e encontramos dificuldade em passar por alguns deles. Deve haver umas 10 mil toneladas de rochas onde estou observando agora. Se a *Selene* tiver sido soterrada por isso, nunca vamos encontrá-la. E nem vai valer a pena se dar ao trabalho de procurar.

O silêncio no Controle de Tráfego durou por tanto tempo que o esqui chamou de volta:

– Alô, Controle de Tráfego, estão me ouvindo?

– Na escuta – respondeu o engenheiro-chefe com uma voz cansada. – Vejam se conseguem encontrar *qualquer* rastro deles. Vou mandar o Espanador Um para ajudar. Você tem certeza de que não há nenhuma chance de desenterrá-los?

– Pode demorar semanas, mesmo que a gente consiga localizar. Vi um deslizamento que chegava a uns 300 metros de comprimento. Se tentássemos escavar, a rocha provavelmente começaria a se mover de novo.

– Tome muito cuidado. E mande notícias a cada 15 minutos, mesmo que não tenham encontrado nada.

Lawrence se afastou do microfone, sentindo-se física e mentalmente exausto. Não havia mais nada que pudesse fazer – ele ou qualquer um, suspeitava. Tentando reordenar os pensamentos, ele caminhou até a janela de observação voltada para o sul e ficou encarando a face da Terra crescente.

Era difícil acreditar que ela estava presa ali, naquele céu ao sul, e que, apesar de estar tão perto no horizonte, não se moveria para cima nem para baixo em um milhão de anos. Por mais tempo que se vivesse naquele local, era impossível aceitar o fato, que ia contra todo o conhecimento da raça humana.

Do outro lado daquele golfo (já tão pequeno para uma geração que nunca conhecera os tempos em que ele não podia ser cruzado), ondas de choque e pesar não demorariam a se espalhar. Milhares de homens e mulheres estavam envolvidos, direta ou indiretamente, pois a Lua tinha tremido brevemente durante seu sono.

Perdido em seus pensamentos, demorou algum tempo até que Lawrence se desse conta de que o oficial de sinalização de Porto Roris estava tentando chamar sua atenção.

– Com licença, senhor. O senhor ainda não chamou o Espanador Um. Devo fazer isso agora?

– O quê? Ah, sim, vá em frente. Mande-o para ajudar o Espanador Dois lá no Lago Cratera. Diga a ele que suspendemos as buscas no Mar da Sede.

# 6

A notícia de que a busca tinha sido suspensa chegou ao *Lagrange II* quando Tom Lawson, os olhos vermelhos pela falta de sono, tinha quase completado as modificações no telescópio de precisão métrica. Ele estivera correndo contra o tempo, e agora parecia que todos os seus esforços tinham sido em vão. A *Selene* não estava nem um pouco no Mar da Sede, mas em um lugar onde ele nunca poderia tê-la encontrado – escondida pelos baluartes do Lago Cratera e, para completar, soterrada por alguns milhares de toneladas de rochas.

A primeira reação de Tom não foi de simpatia pelas vítimas, mas de raiva pelo tempo e pelo esforço desperdiçados. Todas aquelas manchetes de JOVEM ASTRÔNOMO ENCONTRA TURISTAS DESAPARECIDOS nunca pipocariam nas telas dos mundos habitados. Enquanto seus sonhos privados de glória se desfaziam, ele praguejou por uns bons 30 segundos, com uma fluência que teria impressionado seus colegas. Em seguida, ainda furioso, começou a desmontar os equipamentos pelos quais tinha implorado e, por fim, tomado emprestado e roubado de outros projetos no satélite.

A empreitada teria funcionado, ele tinha certeza. A teoria fora à prova de dúvidas – de fato, baseava-se em quase cem anos de prática. O reconhecimento por infravermelho já datava pelo menos da

Segunda Guerra Mundial, quando era usado para localizar fábricas camufladas, por meio dos sinais de calor que elas emitiam.

Embora a *Selene* não tivesse deixado rastro visível pelo Mar, ela certamente deixara um rastro infravermelho. Suas hélices tinham revolvido para baixo a poeira relativamente morna em cerca de 30 centímetros, espalhando-a pelas camadas de superfície mais frias. Um olho que conseguisse ver os raios de calor poderia rastrear seu caminho horas depois de ela ter passado. Haveria o tempo necessário, calculava Tom, para fazer tal averiguação por infravermelho antes que o Sol se erguesse e apagasse quaisquer traços do esquálido rastro de calor através da fria noite lunar.

Mas, obviamente, não havia sentido em tentar aquilo agora.

Era bom que ninguém a bordo da *Selene* pudesse sequer imaginar que as buscas no Mar da Sede tinham sido abandonadas e que os esquis de poeira estavam concentrando seus esforços dentro do Lago Cratera. Também era bom que nenhum dos passageiros soubesse das previsões do dr. McKenzie.

O físico desenhara, num pedaço de papel quadriculado feito à mão, o aumento esperado de temperatura. A cada hora ele anotava a medição do termômetro da cabine e apontava-a na curva. A conformidade com a teoria era precisa a um ponto deprimente: em 20 horas o acréscimo seria de 43 °C, e as primeiras mortes por calor começariam a ocorrer. Qualquer que fosse a maneira de encarar aquilo, eles mal tinham um dia de vida pela frente. Nessas circunstâncias, os esforços do comodoro Hansteen para manter o moral pareciam não passar de uma piada irônica. Estivessem certos ou errados os cálculos, seria mais ou menos a mesma coisa dali a dois dias.

Mas será que aquilo era verdade? Ainda que a única escolha deles fosse entre morrer como homens ou morrer como animais, a primeira opção com certeza parecia melhor. Não fazia diferença, nem mesmo se a *Selene* não fosse descoberta até o fim dos tempos, assim ninguém saberia como seus ocupantes tinham passado suas horas finais. Isso estava além da lógica ou da razão, mas, nesse quesito, era quase tudo o que realmente importava na formação da vida e da morte dos homens.

O comodoro Hansteen estava bem ciente disso enquanto planejava o programa para as horas cada vez mais curtas que esperavam por eles. Alguns homens nascem para ser líderes, e ele era um desses. O vazio de sua aposentadoria fora preenchido de repente; pela primeira vez desde que deixara a ponte de sua nave-capitânea, a *Centaurus*, ele estava se sentindo inteiro novamente.

Enquanto sua pequena tripulação se mantivesse ocupada, ele não precisava se preocupar com o moral. Não importava o que estivessem fazendo, desde que considerassem interessante ou importante. Aquela partida de pôquer, por exemplo, entretinha o contador administrativo espacial, o engenheiro civil aposentado e os dois executivos de Nova York que estavam em férias. Só de olhar, dava para dizer que eram todos fanáticos por pôquer – o problema seria fazê-los parar de jogar, e não os manter ocupados.

A maioria dos outros passageiros tinha se dividido em pequenos grupos de discussão, que conversavam com bastante ânimo entre si. O comitê de entretenimento ainda estava aberto, com o prof. Jayawardene fazendo anotações ocasionais enquanto a sra. Schuster relembrava seus dias burlescos, apesar das tentativas de seu marido de fazê-la calar a boca. A única pessoa que parecia um pouco apartada de tudo era a srta. Morley, que escrevia de modo lento e cuidadoso, usando uma mão bastante minuciosa no que restara de seu bloco de notas. Presumivelmente, como boa jornalista, estava fazendo um diário da aventura deles. Hansteen temia que aquilo acabasse sendo mais breve do que ela esperava e que, talvez, nem mesmo aquelas poucas páginas restantes seriam preenchidas. E se fossem, ele duvidava que alguém chegaria a lê-las.

O comodoro deu uma olhada em seu relógio e ficou surpreso de ver como estava tarde. Àquela hora, ele devia estar do outro lado da Lua, de volta a Clavius City. Ele tinha um jantar marcado no Hilton Lunar e depois uma viagem para... mas não havia o menor sentido pensar num futuro que talvez nunca existisse. O breve presente era tudo o que podia mantê-lo ocupado naquele momento.

Seria bom também dormir um pouco, antes que a temperatura ficasse insuportável. A *Selene* não fora projetada para ser usada como dormitório – ou como tumba, no caso –, mas agora teria que ser transformada em um. Isso envolvia um pouco de pesquisa e planejamento, além de certo prejuízo à propriedade do Comitê de Turismo. Foram-lhe necessários 20 minutos para avaliar todos os fatos; então, depois de uma breve conferência com o capitão Harris, ele convocou a atenção de todos.

– Senhoras e senhores – disse –, todos nós tivemos um dia cheio, e acho que a maioria ficaria contente em poder dormir um pouco. Isso traz alguns problemas, mas andei fazendo alguns experimentos e descobri que, com algum incentivo, os apoios de braço entre as poltronas saem. Isso não deveria acontecer, mas acho pouco provável que o Comitê venha a nos processar. Isso significa que dez de nós podem se esticar nas poltronas, enquanto os demais vão ter que usar o chão.

O comodoro continuou:

– Mais uma coisa. Como vocês devem ter notado, está ficando mais quente, e vai continuar ficando por algum tempo. Portanto, recomendo que tirem todas as roupas que forem desnecessárias; o conforto é mais importante do que o pudor. – E a sobrevivência, acrescentou silenciosamente, é muito mais importante do que o conforto; mas ainda restavam algumas horas até chegarem a isso. – Vamos apagar as luzes principais da cabine, mas como não queremos ficar no breu total deixaremos as luzes de emergência com baixo consumo de energia. Sempre haverá um de nós em vigília na poltrona do comandante. O sr. Harris está trabalhando em uma lista de turnos de 2 horas. Alguma dúvida ou comentário?

Não houve nenhum, e o comodoro soltou um suspiro de alívio. Ele temia que alguém ficasse curioso com o aumento de temperatura; não sabia direito como responder a isso. Suas muitas realizações não incluíam o dom de mentir, e ele queria muito que os passageiros tivessem um sono tão tranquilo quanto possível, dadas as circunstâncias. Afinal, exceto por um milagre, seria o último.

A srta. Wilkins, que estava começando a perder um pouco de sua vivacidade profissional, fez uma rodada final de bebidas para aqueles que queriam. A maioria dos passageiros já tinha começado a tirar as roupas de cima, e os mais recatados esperaram até as luzes principais se apagarem. Em meio ao brilho vermelho turvo, o interior da *Selene* tinha agora um aspecto fantástico, algo totalmente inconcebível quando ela deixou Porto Roris algumas horas antes. Vinte e dois homens e mulheres, a maioria deles só de roupa de baixo, estavam estirados nas poltronas ou no chão. Alguns poucos sortudos já estavam roncando, mas para a maioria o sono não viria tão fácil assim.

O capitão Harris tinha escolhido uma posição bem na traseira do cruzeiro. Na verdade, ele não estava na cabine e sim na minúscula eclusa pressurizada. Ela oferecia uma boa perspectiva. Agora que a porta de comunicação fora deslizada em recuo, ele conseguia ver toda a extensão da cabine e ficar de olho em todo mundo lá dentro.

Ele dobrou seu uniforme, usando-o de travesseiro, e se deitou no chão duro. Faltavam ainda 6 horas para começar seu turno, e ele esperava conseguir dormir um pouco até lá.

Dormir! Suas últimas horas de vida estavam tiquetaqueando e mesmo assim ele não tinha nada melhor para fazer. Como será o sono de homens condenados, imaginou ele, na noite que antecede a forca?

Pat estava tão desesperadamente cansado que nem esse pensamento conseguiu lhe despertar emoção. A última coisa que ele viu, antes de a sua consciência se esvair, foi o dr. McKenzie fazendo mais uma medição de temperatura e indicando-a em seu gráfico, feito um astrólogo projetando um horóscopo.

Quinze metros acima – uma distância que podia ser coberta de uma só passada sob baixa gravidade –, a manhã já tinha chegado. Não existe crepúsculo na Lua, mas por muitas horas o céu anunciara a promessa de alvorecer. Espraiando-se bem além do Sol, brilhava a pirâmide de luz zodiacal, tão raramente visível da Terra. Com uma lentidão infinita, ela abria caminho por sobre o horizonte, ficando mais e mais brilhante conforme o nascer do Sol se aproximava. Agora ela se fundia à glória opalina do halo, e então, um milhão de vezes mais brilhante do que qualquer outro elemento, um filamento esguio de fogo começou a se espalhar pelo horizonte à medida que o Sol reaparecia após quinze dias de escuridão. Levaria mais de uma hora para que ele deixasse para trás a linha do horizonte, tamanha a lentidão da Lua a girar em seu próprio eixo, mas a noite já havia terminado.

Uma maré de tinta ia baixando rapidamente no Mar da Sede, conforme a forte luz do alvorecer varria para longe a escuridão. Toda a fastidiosa expansão do Mar era esquadrinhada por raios horizontais. Se houvesse alguma coisa apontando em sua superfície, essa luz pungente projetaria sua sombra por centenas de metros, revelando-a de uma só vez para qualquer um que a estivesse procurando.

No entanto, não havia ninguém fazendo buscas ali. O Espanador Um e o Espanador Dois estavam ocupados em sua procura infrutífera no Lago Cratera, a 15 quilômetros de distância. Eles ainda estavam na escuridão; seria preciso mais dois dias até que o Sol ultrapassasse os picos do entorno, embora seus ápices já estivessem fogueados pelo alvorecer. Conforme as horas passassem, a linha afiada de luz se arrastaria descendo pelas laterais das montanhas – algumas vezes se movendo em velocidade não muito superior à do caminhar de um homem – até que o Sol subisse alto o bastante para que seus raios acertassem o interior da cratera.

Todavia, a luz artificial feita pelo homem já brilhava por ali, cintilando entre as rochas enquanto os batedores fotografavam os deslizes que iam escorrendo silenciosamente das montanhas, a Lua ainda tremulando adormecida. Dentro de uma hora, essas fotografias chegariam à Terra, mais duas e seriam vistas em todos os mundos habitados.

Seria um golpe e tanto para o mercado de turismo.

Quando o capitão Harris acordou, já estava muito mais quente. Porém, não foi o calor agora opressor que interrompera seu sono uma hora inteira antes de começar seu turno de vigilância.

Ainda que nunca tivesse passado uma noite a bordo da *Selene*, Pat conhecia todos os sons que ela podia emitir. Quando os motores não estavam ligados, ela era quase silenciosa. Era preciso prestar muita atenção para notar os sussurros das bombas de ar e o pulso baixo da unidade de resfriamento. Esses sons continuavam lá, do mesmo jeito que estavam antes de ele ir dormir. Estavam inalterados, mas tinham se juntado a um outro.

Era um murmúrio que mal se ouvia; tão fraco que, por um momento, Pat não sabia ao certo se estava só imaginando. Também parecia bastante incrível que aquilo tivesse convocado seu subconsciente através das barreiras do sono. Mesmo agora, acordado, ele não conseguia identificar o que era nem decidir de que direção vinha.

Então, abruptamente, ele percebeu por que aquilo o acordara. Em um segundo, a moleza do sono tinha desaparecido. Ele ficou de pé rapidamente e colocou a orelha contra a porta da eclusa de ar, pois o som estava vindo *do lado de fora* do casco.

Agora dava para ouvir um ruído frouxo, mas distinto, o que lhe causou arrepios de apreensão. Não restavam dúvidas: era o som de incontáveis grãos de poeira que sussurravam ao passar pelas paredes da *Selene*, como uma tempestade de areia fantasmagórica. O que aquilo significava? Será que o Mar estava se movendo de novo? Se fosse o caso, será que ele levaria a *Selene* consigo? Entretanto, não havia a menor vibração ou sensação de movimento no cruzeiro, somente o mundo lá fora que farfalhava ao deixá-los para trás.

Muito discretamente, tomando cuidado para não perturbar seus companheiros adormecidos, Pat foi na ponta dos pés até a cabine apagada. Era o turno do dr. McKenzie. O cientista estava arqueado na poltrona do piloto, encarando o lado de fora pelas janelas blindadas. Ele se virou com a aproximação de Pat, e lhe cochichou:

– Alguma coisa errada por aí?

– Não sei. Venha ver.

De volta à eclusa, eles colaram os ouvidos na porta que dava para fora e ficaram um bom tempo escutando aquele crepitar misterioso. Então, McKenzie disse:

– A poeira está se movendo, tudo bem... mas não entendo por quê. Isso nos dá mais um quebra-cabeça para pensar.

– Mais um?

– Sim, não entendo o que está acontecendo com a temperatura. Ela continua subindo, mas não tão rápido quanto deveria.

O físico parecia muito perturbado pelo fato de seus cálculos terem se provado incorretos, mas, para Pat, era a primeira boa notícia desde o desastre.

– Não fique tão decepcionado, todos nós cometemos erros. Esse nos dá mais alguns dias de vida, então pode ter certeza de que não estou reclamando disso.

– Mas eu não *podia* ter errado. A matemática é elementar. Nós sabemos quanto calor 22 pessoas geram, e isso tem que ir para algum lugar.

– Eles não devem produzir tanto calor assim enquanto dormem, talvez isso explique.

– Não pense que eu ignoraria algo tão óbvio assim! – retrucou o cientista, irritado. – Isso ajuda, mas não é o suficiente. Tem algum outro motivo para não estar ficando tão quente quanto deveria.

– Vamos aceitar o fato e ficar agradecidos – disse Pat. – Enquanto isso, e esse barulho?

Com clara relutância, McKenzie transferiu sua atenção ao novo problema.

– A poeira está se movendo, mas nós não; então, provavelmente é só um efeito local. Na verdade, isso parece estar acontecendo só na parte traseira da cabine. Fico me perguntando se tem alguma importância. – Fez um gesto indicando a divisória atrás deles. – O que tem do outro lado disso aí?

– Os motores, a reserva de oxigênio, equipamentos de resfriamento...

– Equipamentos de *resfriamento*! É claro! Lembro de ter reparado nisso quando subi a bordo. Os estabilizadores do nosso radiador estão ali atrás, não estão?

– Isso mesmo.

– *Agora sim* estou entendendo o que aconteceu. Eles ficaram tão quentes que a poeira está circulando, como acontece a qualquer líquido aquecido. Tem uma fonte de poeira lá fora, e ela está levando nosso excedente de calor. Com alguma sorte, a temperatura deve se estabilizar agora. Não vai ser confortável, mas vamos sobreviver.

Naquela escuridão rubra, os dois homens se entreolharam com esperança renovada. Até que Pat disse lentamente:

– Tenho certeza de que é isso mesmo. Talvez nossa sorte esteja começando a virar.

Ele deu uma olhada no relógio, fazendo um cálculo rápido de cabeça.

– Neste momento o Sol deve estar nascendo sobre o Mar. A base irá mandar os esquis de poeira à nossa procura, e eles devem saber nossa posição aproximada. São grandes as chances de nos encontrarem nas próximas horas.

– Devemos avisar o comodoro?

– Não, vamos deixá-lo dormir. Ele teve um dia mais difícil do que qualquer um de nós. Essa novidade pode esperar até de manhã.

Quando McKenzie o deixou, Pat tentou retomar seu sono interrompido. Mas, como não conseguia fazer isso, ficou deitado de olhos abertos naquela penumbra avermelhada, refletindo sobre essa estranha virada do destino. A poeira, que os havia engolido e ameaçava assá-los, agora tinha passado para o lado deles e, com suas correntes de convecção, arrastava o excedente de calor até a superfície. Se essas correntes continuariam a fluir quando o Sol nascente castigasse o Mar com toda a sua fúria, ele ainda não tinha como identificar.

Do lado de fora, a poeira ainda murmurava ao passar, até que, de repente, Pat se lembrou de uma ampulheta antiga que lhe mostraram quando criança. Ao virá-la, a areia escorria por uma constrição até a câmara inferior, e seu nível em ascensão marcava a passagem das horas e minutos.

Antes da invenção do relógio, uma infinidade de homens devia ter passado seus dias demarcados por esses grãos de areia caindo. Mas, até onde ele sabia, ninguém antes tivera sua fresta de vida medida por uma fonte ascendente de poeira.

# 7

Em Clavius City, o administrador-chefe Olsen e o comissário de turismo Davis tinham acabado de se reunir com o departamento jurídico. Não fora uma ocasião alegre – boa parte do tempo foi dedicada à discussão dos termos de responsabilidade que os turistas desaparecidos tinham assinado antes de embarcarem na *Selene*. O comissário Davis se opusera bastante àquilo quando essas viagens começaram, sob o argumento de que afugentaria os clientes, mas os advogados da administração insistiram. Agora ele estava bastante satisfeito por eles terem vencido a discussão.

Também o satisfazia o fato de as autoridades de Porto Roris terem feito seu trabalho adequadamente. Assuntos assim às vezes eram tratados como formalidades desimportantes e acabavam sendo discretamente ignorados. Havia uma lista completa dos passageiros da *Selene* – com uma possível exceção que os advogados ainda estavam discutindo.

O comodoro incógnito fora listado como R. S. Hanson, e parecia ser de fato esse o nome que ele tinha assinado. No entanto, a assinatura estava tão ilegível que poderia muito bem ser "Hansteen" mesmo. Até que um fac-símile fosse enviado da Terra por rádio, ninguém poderia tomar uma decisão a respeito. Provavelmente tinha pouca importância. Como o comodoro estava viajando em missão oficial, a administração tinha que assumir certa responsabilidade por ele. Quanto aos demais passageiros, ela era responsável moralmente por eles, se não juridicamente.

Acima de tudo, era preciso fazer um esforço para encontrá-los e dar-lhes um enterro decente. Tal probleminha fora colocado inequivocamente no colo do engenheiro-chefe Lawrence, que ainda estava em Porto Roris.

Ele quase sempre lidava com as coisas com muito entusiasmo. Enquanto houvesse uma chance de os passageiros da *Selene* ainda estarem vivos, ele moveria a Terra, os céus e a Lua para encontrá-los. Mas agora que eles deviam estar mortos, Lawrence não via muito sentido em arriscar a vida de mais homens para localizá-los e desenterrá-los. Pessoalmente, ele mal conseguia pensar num lugar melhor para ser enterrado do que as entranhas dessas colinas eternas.

Que eles estavam mortos, o engenheiro-chefe Robert Lawrence não tinha a menor dúvida: todos os fatos se encaixavam com muita perfeição. O tremor tinha acontecido bem no momento em que a *Selene* devia estar deixando o Lago Cratera, e o desfiladeiro agora estava parcialmente bloqueado pelos deslizes. Mesmo o menor deles a teria esmagado como um origami, e as pessoas a bordo seriam liquidadas em questão de segundos à medida que o ar jorrasse para fora. Se, numa probabilidade de um em um milhão, ela tivesse escapado do esmagamento, seus sinais de rádio teriam sido recebidos. Seu pequeno e sólido transmissor automático tinha sido construído para suportar qualquer dano razoável e, se *nem isso* estava funcionando, devia ter acontecido alguma falha.

O primeiro problema seria localizar os destroços. Isso seria razoavelmente fácil, mesmo que estivessem soterrados por um milhão de toneladas de escombros. Havia instrumentos de prospecção e todo um espectro de detectores de metais que poderiam cuidar disso. Quando o casco se rompesse, o ar de dentro se precipitaria para o vácuo lunar quase total – mesmo agora, horas depois, haveria traços de dióxido de carbono e oxigênio que podiam ser identificados por um dos detectores de gás usados para indicar vazamentos nas naves. Assim que os esquis de poeira retornassem à base para recarregar e fazer a manutenção, ele ia equipá-los com detectores de vazamento e mandá-los de volta para farejar os deslizamentos de rochas.

Não... *Encontrar* os destroços podia até ser simples, mas chegar até eles talvez fosse impossível. Lawrence não podia garantir que o trabalho pudesse ser feito nem por 100 milhões. (E ele conseguia ver a cara do chefe da contabilidade se ele mencionasse uma soma dessas.) Primeiro, era fisicamente impossível levar equipamentos pesados até aquela região – os tipos de equipamentos necessários para mover centenas de toneladas de escombros. Os frágeis e pequenos esquis de poeira eram inúteis. Para deslocar esses deslizamentos, seria preciso levar escavadeiras lunares sobrevoando o Mar da Sede, e importar cargas inteiras de gelignita para explodir uma passagem através das montanhas. A ideia como um todo era absurda. Ele conseguia entender o ponto de vista da administração, mas estaria execrado se deixasse seu atarefado departamento de engenharia ainda mais sobrecarregado com uma função digna de Sísifo.

Com o maior tato possível – posto que o administrador-chefe não era o tipo de homem que aceitava "não" como resposta –, ele começou a esboçar seu relatório. Resumidamente, o documento devia conter: "A) O trabalho é quase certamente impossível; B) Se puder ser feito, irá custar milhões e pode envolver a perda de mais vidas; C) Não vale a pena fazer, de todo modo". Mas como tamanha franqueza podia torná-lo impopular, e ele tinha que explicar seus motivos, o relatório atingiu mais de 3 mil palavras.

Quando terminou de ditar, ele fez uma pausa para ordenar as ideias e não conseguiu pensar em mais nada, então acrescentou: "Enviar cópias para o administrador-chefe da Lua; engenheiro-chefe da Face Remota; supervisor de controle de tráfego; comissário de turismo; arquivo central. Classificar como confidencial".

Ele pressionou a tecla de transcrição. Em 20 segundos, todas as doze páginas de seu relatório, impecavelmente digitadas e pontuadas, com várias falhas gramaticais corrigidas, saiu do telefax do escritório. Ele bateu os olhos rapidamente, para o caso de a secretária eletrônica ter cometido algum erro. Ela fazia isso de vez em quando (todas as secretárias eletrônicas eram tratadas como "ela"), especialmente em momentos de pressa, quando talvez estivesse recebendo ditados de uma dúzia de fontes diferentes de uma só vez. Qual fosse o caso, nenhuma máquina em plena sanidade conseguia lidar com toda a excentricidade de uma língua como a nossa, e todo executivo sensato conferia a versão final de seu relatório antes de enviar. Vários desastres hilários tinham acontecido àqueles que deixavam tudo a cargo dos eletrônicos.

Lawrence estava quase acabando quando tocou o telefone.

– *Lagrange II* na linha, senhor – disse o operador, que por acaso era humano. – Um tal de sr. Lawson quer falar com o senhor.

Lawson? Quem diabos é esse?, perguntou-se o engenheiro-chefe. Então ele se lembrou: era o astrônomo que estava fazendo as buscas de telescópio. Com certeza alguém lhe dissera que era um trabalho inútil.

O engenheiro-chefe nunca tivera o privilégio questionável de conhecer o dr. Lawson. Ele não sabia que o astrônomo era um jovem rapaz igualmente neurótico e brilhante – e, ainda mais importante nesse caso, bastante teimoso.

Lawson acabara de começar a desmontar o escâner infravermelho quando havia parado para ponderar sua ação. Como ele tinha praticamente consertado aquela coisa maldita, tinha também que testá-la, por pura curiosidade científica. Ele se gabava, corretamente, de ser um experimentador prático, algo atípico numa era em que a maioria dos ditos astrônomos eram verdadeiros matemáticos que nem passavam perto de um observatório.

Ele, àquela altura, estava tão cansado que só uma obstinação aguda o mantinha desperto. Se o escâner não funcionasse da primeira vez, ele teria adiado o teste para depois de dormir um pouco. Mas graças à sorte que ocasionalmente recompensa a habilidade, aquilo de fato *funcionou*; apenas alguns ajustes menores foram necessários até que a imagem do Mar da Sede começasse a se formar na tela de visualização.

Ela ia aparecendo, linha por linha, como a imagem de um televisor antigo, conforme o detector infravermelho ia e vinha escaneando a superfície da Lua. As manchas de luz indicavam as áreas relativamente quentes, e as mais escuras, as regiões frias. Quase todo o Mar da Sede estava escuro, exceto por uma faixa brilhante já tocada pelo fogo do Sol nascente. Mas naquela escuridão, conforme Tom ia observando mais de perto, ele conseguia identificar alguns rastros bem tênues, com um brilho fraco igual ao dos caminhos de caramujos em algum jardim ao luar na superfície da Terra.

Sem dúvida, aquele era o rastro de calor da *Selene*, e também ali, muito mais fracos, estavam os ziguezagues dos esquis de poeira que buscavam por ela agora mesmo. Todos os rastros convergiam para as Montanhas da Inacessibilidade e desapareciam ali, para além do seu campo de visão.

Ele estava cansado demais para avaliá-los de perto e, de todo modo, não importava mais, pois isso apenas confirmava o que já era sabido. Sua única satisfação, que tinha alguma importância para ele, estava na prova de que mais um equipamento construído por ele tinha obedecido às suas vontades. Só para registrar, fotografou a tela e foi cambaleando para a cama a fim de se reaver com o sono atrasado.

Três horas depois, Tom acordou de uma soneca agitada. Apesar de ter ficado uma hora a mais na cama, ele ainda estava cansado, mas algo despertara a sua preocupação e não o deixava dormir. Assim como o sussurro fraco da poeira em movimento tinha incomodado Pat Harris na *Selene* submersa, da mesma forma, a 50 mil quilômetros de distância, Tom Lawson foi tirado do sono por uma variação insignificante do normal. A mente tem muitos cães de guarda, que às vezes latem sem necessidade, mas um homem sábio nunca ignora seus alertas.

Com os olhos ainda embaçados, Tom saiu da pequena célula bagunçada que era sua cabine privativa a bordo do *Lagrange*, tomou a esteira rolante mais próxima e foi percorrendo os corredores sem gravidade até chegar ao Observatório. Deu um bom-dia carrancudo (embora a tarde arbitrária do satélite já estivesse bem avançada) para os colegas que não o perceberam a tempo de tomar alguma medida para evitá-lo. Então, grato por estar sozinho, ele se instalou em meio aos aparelhos que eram a única coisa que amava de verdade.

Tom arrancou a fotografia da câmera de chapa única onde ela ficara a noite toda e observou-a pela primeira vez. Foi então que viu o rastro atarracado vindo das Montanhas da Inacessibilidade, e terminando a uma curta distância dali no Mar da Sede.

Ele devia ter visto aquilo na noite anterior, quando observara a tela, mas não tinha notado. Para um cientista, isso era um lapso grave, quase imperdoável, e Tom ficou muito irritado consigo mesmo. Tinha deixado suas ideias preconcebidas afetarem seus poderes de observação.

O que aquilo significava? Ele avaliou a área de perto com uma lente de aumento. O rastro acabava em um ponto pequeno e difuso, que ele considerava ficar uns 200 metros adiante. Era muito esquisito, quase como se a *Selene* tivesse surgido das montanhas e depois decolado feito uma nave espacial.

A primeira teoria de Tom era que ela tinha explodido em pedacinhos, e que essa mancha de calor correspondia ao rescaldo da explosão. Mas, nesse caso, deveria haver destroços por toda parte, a maioria deles leve o suficiente para flutuar na poeira. Os esquis dificilmente teriam deixado passar algo assim quando percorreram essa área – como a trilha fina e característica de um deles mostrava que tinha sido feito de fato.

Tinha que haver alguma outra explicação, ainda que a alternativa parecesse absurda. Era quase impossível imaginar que algo tão grande quanto a *Selene* pudesse afundar sem deixar rastro no Mar da Sede simplesmente por ter havido um tremor naquelas paragens. Com certeza ele não podia ligar para a Lua a partir das provas de uma única fotografia e dizer: "Vocês estão procurando no lugar errado". Ainda que ele fingisse não se importar com a opinião dos outros, Tom ficava horrorizado com a possibilidade de se fazer de idiota. Antes de seguir em frente com essa teoria fantástica, ele teria que conseguir mais provas.

Pelo telescópio, o Mar agora era um brilho intenso, plano e inexpressivo. Uma rápida análise visual confirmava o que ele provara antes do alvorecer: não havia nada além de uma projeção de alguns centímetros de altura acima da superfície da poeira. O escâner infravermelho não ajudaria muito mais; os rastros de calor tinham desaparecido completamente, varridos horas antes pelo Sol.

Tom ajustou o aparelho para o nível máximo de sensibilidade e procurou a área onde o rastro se encerrava. Talvez ainda houvesse algum vestígio duradouro que pudesse ser captado mesmo naquele momento, alguma manchinha fraca de calor que persistia, forte o suficiente para ser detectada ainda na cálida manhã lunar. Pois o Sol ainda estava baixo, seus raios ainda não tinham atingido a potência assassina que viriam a adquirir ao meio-dia.

Será que era imaginação? Ele tinha calibrado o ganho no máximo, de maneira que o aparelho estava beirando a instabilidade. De tempos em tempos, no limite de sua potência de detecção, ele pensou conseguir ver um reflexo minúsculo de calor, no exato local onde o rastro da véspera tinha terminado.

Tudo era irritantemente inconclusivo, nem de longe o tipo de prova de que um cientista precisava, especialmente quando ia arriscar o próprio pescoço. Se Tom não dissesse nada, ninguém jamais saberia, mas ele passaria a vida toda assombrado pela dúvida. No entanto, caso se comprometesse, podia despertar falsas esperanças, tornar-se motivo de riso em todo o Sistema Solar ou ainda ser acusado de querer se promover.

Não dava para ter o melhor dos dois mundos; ele tinha que tomar uma decisão. Relutando muito e sabendo que estava dando um passo sem volta, pegou o telefone do Observatório.

– Lawson falando – disse. – Coloque-me em contato com a Central Luna. É prioridade.

# 8

A bordo da *Selene*, o café da manhã fora adequado, mas não muito inspirador. Foram várias as reclamações dos passageiros que acharam que bolachas e carne compactada, um pouquinho de mel e um copo de água morna mal constituíam uma boa refeição. Mas o comodoro foi categórico.

– Não sabemos por quanto tempo vamos ter que resistir com isso – disse ele –, e suspeito que não possamos fazer refeições quentes. Não há meios de prepará-las, e já está ficando muito quente na cabine. Sinto muito, não teremos mais chá nem café. E, sinceramente, não fará muito mal para nenhum de nós diminuir as calorias por alguns dias. – Essa última frase acabou saindo antes que ele se lembrasse da sra. Schuster, e ele esperava que ela não tomasse aquilo como uma afronta pessoal; descomprimida após o desnudamento geral da véspera, ela agora mais parecia um adorável hipopótamo, deitada toda esparramada em uma poltrona e meia.

– O Sol acaba de nascer lá em cima – continuou Hansteen. – O pessoal de buscas logo estará em campo, e é só uma questão de tempo até que nos localizem. Foi sugerido que fizéssemos um bolão; a srta. Morley está tomando notas e vai passar reunindo as apostas de vocês. E quanto à programação do dia, prof.

Jayawardene, talvez o senhor possa nos informar o que o comitê de entretenimento providenciou.

O professor era uma pessoa pequena, lembrava um passarinho, com olhos gentis e escuros que pareciam grandes demais para ele. Era óbvio que tinha levado aquela tarefa muito a sério, pois trazia na mão morena e delicada um punhado impressionante de anotações.

– Como vocês sabem – disse ele –, minha especialidade é o teatro, mas suspeito que isso não vá nos ajudar muito. Seria legal fazer a leitura de uma peça, e até pensei em escrever alguns trechos, mas, infelizmente, temos muito pouco papel para que isso seja possível. Então vamos ter que pensar em outra coisa. Não há muito material de leitura a bordo, e boa parte dele é mais especializada. Mas temos dois romances: uma edição universitária do clássico de faroeste *Os brutos também amam* e esse novo romance histórico, *A laranja e a maçã*. A sugestão é formar um painel de leitores e cada um deles ler um trecho do livro. Alguém tem alguma objeção ou outra ideia melhor?

– A gente quer jogar pôquer – disse uma voz resoluta vinda da traseira.

– Mas vocês não podem jogar pôquer o tempo *inteiro* – protestou o professor, deixando transparecer certa ignorância do mundo não acadêmico; o comodoro decidiu resgatá-lo.

– A leitura não precisa interferir no pôquer – disse ele. – Além disso, sugiro que vocês façam uma pausa de vez em quando. Essas cartas não vão durar por muito tempo mais.

– Bom, por qual livro devemos começar? E alguém se propõe a ler? Eu ficaria bastante feliz em fazer isso, mas queremos um pouco de variedade também.

– Eu me oponho a perder nosso tempo com *A laranja e a maçã* – disse a srta. Morley. – É puro lixo, e a maior parte é... ahn... quase pornografia.

– Como *você* sabe? – perguntou David Barrett, o inglês que tinha comentado sobre o chá; a única resposta que recebeu foi uma fungada de indignação.

O prof. Jayawardene pareceu bastante descontente, e lançou um olhar para o comodoro em busca de apoio. Não conseguiu nada; Hansteen estava olhando compenetrado para o outro lado. Se os passageiros dependessem dele para tudo, isso seria fatal. O comodoro queria que eles conseguissem ser autônomos, tanto quanto possível.

– Muito bem – disse o professor. – Para evitar discussões, vamos começar com *Os brutos também amam*.

Ouviram-se vários gritos de protesto dizendo "a gente quer *A laranja e a maçã*!", mas, surpreendentemente, o professor foi inflexível.

– É um livro muito longo – disse ele. – Acho que não teremos muito tempo mesmo para terminá-lo antes de sermos resgatados – e pigarreou. Ele olhou em volta na cabine para ver se havia mais alguma objeção e, então, começou a ler com uma voz extremamente agradável, ainda que um pouco monótona.

> INTRODUÇÃO: O papel do faroeste na era espacial. Por Karl Adams, professor de inglês. Baseado nos Seminários de crítica literária Kingsley Amis de 2037 na Universidade de Chicago.

Os jogadores de pôquer estavam hesitantes; um deles avaliava com nervosismo os pedaços gastos de papel que faziam as vezes de cartas. O restante do público estava acomodado, com olhares de tédio ou ansiedade. A srta. Wilkins voltara à eclusa pressurizada, conferindo os mantimentos. A voz melodiosa continuou:

> Um dos fenômenos literários mais inesperados de nossos tempos foi a retomada, depois de meio século de negligência, dos romances chamados de 'faroeste'. Essas histórias, passadas num cenário extremamente

limitado tanto espacial quanto temporalmente – os Estados Unidos da América, Terra, circa 1865-1880 –, foram, durante um período considerável, uma das formas de ficção mais populares que o mundo já conheceu. Milhões delas eram escritas e quase todas publicadas em revistas baratas e livros de edição ordinária, mas, desses milhões de histórias, algumas sobreviveram como literatura e também como registro de uma era – embora nunca devamos nos esquecer de que os escritores estavam descrevendo uma época ocorrida muito tempo antes de nascerem.

Com a abertura do Sistema Solar em 1970, a fronteira terrestre do faroeste americano parecia tão ridiculamente minúscula que o público acabou perdendo o interesse. Isso, claro, era tão ilógico quanto dispensar Hamlet alegando que eventos restritos a um pequeno e gelado castelo dinamarquês possivelmente não teriam significância universal.

Ao longo dos últimos anos, no entanto, configurou-se uma reação. Informações confiáveis indicam que histórias de faroeste estão entre as leituras mais populares nas bibliotecas das linhas espaciais que agora fazem o percurso entre os planetas. Vamos ver se conseguimos descobrir o motivo desse aparente paradoxo – o vínculo entre o Velho Oeste e o Novo Espaço.

Talvez seja melhor fazer isso nos despojando de todas as nossas realizações científicas modernas e imaginando que estamos de volta ao mundo incrivelmente primitivo de 1870. Imagine uma planície vasta e aberta, que se expande ao longe até se juntar com uma linha bem afastada de montanhas enevoadas. Do outro lado dessa planície, com uma lentidão agonizante, uma fileira de vagões desalinhados se arrasta. Em volta deles, homens andam a cavalo, portando suas armas – pois se trata de um território indígena.

Esses vagões vão demorar mais para chegar até as montanhas do que uma nave estelar demora hoje em dia para ir da Terra à Lua. O espaço das pradarias, portanto, era tão grande para os homens que o desafiavam quanto o espaço do Sistema Solar é para nós. Este é um dos vínculos que temos com o faroeste. Há outros, ainda mais fundamentais. Para entendê-los, devemos primeiro considerar o papel do épico na literatura...

As coisas pareciam estar indo bem, pensou o comodoro. Uma hora seria longa o suficiente. Ao final desse período, o prof. J. teria encerrado a introdução e avançado na história. Aí eles poderiam mudar para outra coisa, de preferência algum momento empolgante da narrativa, então o público ficaria animado para retomar a leitura.

Sim, o segundo dia debaixo de poeira tinha começado suavemente, todos com boa disposição. Mas quantos dias ainda restavam pela frente?

A resposta para essa pergunta dependia de dois homens que tinham adquirido antipatia instantânea um pelo outro, muito embora estivessem separados por 50 mil quilômetros. Enquanto ouvia o relato das descobertas do dr. Lawson, o engenheiro-chefe se viu dividido em direções opostas. O astrônomo tinha o mais infeliz dos métodos de abordagem, especialmente em se tratando de um jovem falando com um oficial sênior que tinha mais que o dobro de sua idade. *Primeiro ele fala comigo num tom mais divertido do que zangado*, pensou Lawrence, *como se eu fosse uma criança retardada que precisa que lhe expliquem tudo com palavras de uma sílaba só.*

Quando Lawson terminou, o engenheiro-chefe ficou em silêncio por alguns segundos, examinando as fotografias que tinham chegado por telefax enquanto eles conversavam. A mais antiga, tirada antes do alvorecer, com certeza era sugestiva, mas não bastava para provar aquele caso, na opinião dele. E a foto tirada depois do nascer do Sol não mostrava absolutamente nada na reprodução que ele recebeu. Deve haver alguma coisa na impressão original, mas ele odiaria ter que dar razão a esse moleque desagradável por isso.

– Isso é muito interessante, dr. Lawson – disse ele, por fim. – No entanto, é uma grande lástima que o senhor não tenha continuado suas observações quando tirou as primeiras fotos. Assim poderíamos ter algo mais conclusivo.

Tom se segurou na hora por causa dessa crítica, não obstante o fato de ela ser bem-fundada (ou talvez por isso mesmo).

– Se o senhor acha que alguém mais podia ter feito melhor... – ele alfinetou.

– Ah, não estou sugerindo isso, não – disse Lawrence, afoito para manter a paz. – Mas qual o próximo passo? O ponto que o senhor indica pode ser bem pequeno, mas a posição dele tem uma imprecisão de pelo menos meio quilômetro. Pode não haver nada visível na superfície, nem mesmo à luz do dia. Existe alguma maneira de apontar o local com mais precisão?

– Há um método bastante óbvio. Usar essa técnica no próprio local. Examine a área com um escâner infravermelho. Isso irá localizar qualquer ponto de calor, mesmo que seja apenas uma fração de grau mais quente do que os arredores.

– Boa ideia – disse Lawrence. – Vou ver o que pode ser feito e ligo para o senhor de volta caso precise de alguma informação a mais. Muito obrigado... doutor.

Ele desligou rapidamente e enxugou a testa. Em seguida fez outra chamada para o satélite.

– *Lagrange II*? Engenheiro-chefe, Face Terrestre, na linha. Passe-me para o diretor, por favor... Prof. Kotelnikov? Aqui é o Lawrence... Estou bem, obrigado. Estive falando com o dr. Lawson, que trabalha aí com vocês... Não, ele não fez nada, exceto quase me fazer perder as estribeiras. Ele está procurando o nosso cruzeiro de poeira desaparecido e parece que o encontrou. O que eu queria saber é: até que ponto ele é competente?

Nos 5 minutos seguintes, o engenheiro-chefe ficou sabendo

bastante coisa sobre o jovem dr. Lawson, mais até do que ele tinha o direito de saber, mesmo em circuito confidencial. Quando o prof. Kotelnikov fez uma pausa para respirar, Lawrence exclamou com simpatia:

– Consigo entender por que o senhor o tolera. Pobre garoto... Achei que orfanatos assim tinham acabado junto com Dickens e o século 20. O lado bom é que esse foi extinto *de fato*. O senhor acha que foi ele quem ateou fogo? Não, não responda. O senhor já me disse que ele é um observador de primeira linha, e isso é tudo o que quero saber. Muito obrigado. Vejo o senhor por aí algum dia desses?

Na meia hora seguinte, Lawrence fez uma dúzia de ligações para pontos em toda a Lua. Ao final desse período, tinha reunido uma grande quantidade de informações e agora precisava agir com base nelas.

No Observatório Platão, o padre Ferraro achou que a ideia era perfeitamente plausível. Na verdade, ele já suspeitara que o foco do tremor fosse embaixo do Mar da Sede, e não nas Montanhas da Inacessibilidade, mas não tinha como provar isso, porque o Mar exercia um efeito de amortecimento sobre todas as vibrações. Não, nunca tinham feito um conjunto completo de ressonâncias, seria muito tedioso e demoraria demais. Ele mesmo havia comprovado isso em alguns lugares com bastões telescópicos, e sempre atingira o fundo em menos de 40 metros. Seu palpite sobre a profundidade média geral era abaixo de 10 metros, e era muito mais raso perto das bordas. Não, ele não tinha um detector de infravermelho, mas os astrônomos da Face Remota talvez pudessem ajudar.

Sinto muito, não temos detector de infravermelho aqui em Dostoiévski. Todo o nosso trabalho é feito com ultravioleta. Tente o pessoal de Verne.

É mesmo, costumávamos trabalhar com infravermelho uns anos atrás, registrando espectrogramas de estrelas vermelhas gigantes. Mas quer saber de uma coisa? Havia rastros o suficiente na atmosfera lunar para interferir nas leituras, por isso todo o programa foi deslocado para o espaço. Tente o *Lagrange*.

Foi nesse ponto que Lawrence entrou em contato com o controle de tráfego para saber o cronograma das frotas vindas da Terra e descobriu que estava com sorte. Mas a próxima jogada custaria muito dinheiro, e somente o administrador-chefe podia autorizá-la.

Isso era uma coisa boa de Olsen: ele nunca discutia com sua equipe técnica acerca de assuntos do domínio dela. Ele ouviu a história de Lawrence com cuidado e foi direto ao ponto.

– Se essa teoria for verdade – disse ele –, então existe uma chance de eles ainda estarem vivos, no fim das contas.

– Mais do que uma chance. Eu diria que é bastante provável. Sabemos que o Mar é raso, então eles não têm como estar muito fundo. A pressão sobre o casco seria relativamente baixa, pode ser que ele ainda esteja intacto.

– Então você quer que esse camarada Lawson aí ajude nas buscas.

O engenheiro-chefe fez um gesto de resignação.

– Ele é mais ou menos a última pessoa que eu *quero* – respondeu –, mas suspeito que sejamos obrigados a contar com ele.

# 9

O capitão da nave-cargueiro *Auriga* estava furioso, assim como sua tripulação, mas não havia nada que eles pudessem fazer a respeito. A 10 horas de distância da Terra e a cinco de chegar à Lua, foi solicitado a eles que parassem no *Lagrange*, com todo o desperdício de velocidade e acréscimo de cálculos que isso implicava. E para piorar ainda mais as coisas, eles estavam sendo desviados de Clavius City para aquele depósito de lixo que era Porto Roris, praticamente do outro lado da Lua. O éter crepitava com as mensagens cancelando jantares e encontros marcados em todo o hemisfério sul.

Não distante de ficar cheio, aquele disco prateado e malhado que era a Lua, com sua borda oeste toda enrugada com montanhas bastante visíveis, formava um plano de fundo deslumbrante para o *Lagrange II* conforme a *Auriga* repousava a uns 100 quilômetros no lado da estação que dava para a Terra. Ela não tinha permissão para se aproximar mais, pois as interferências produzidas por seu equipamento e o brilho intenso de seus jatos já tinham afetado os sensíveis instrumentos de registro do satélite. Somente foguetes químicos à moda antiga tinham permissão para operar nas imediações do *Lagrange*; unidades de plasma e instalações de fusão eram rigorosamente um tabu ali.

Carregando uma mala pequena cheia de roupas e uma mala grande cheia de equipamentos, Tom Lawson entrou na nave 20 minutos depois de partir do *Lagrange*. O piloto que o levou se recusara a ir rápido, apesar da insistência do pessoal da *Auriga*. O novo passageiro foi recebido sem muito entusiasmo quando entrou a bordo, mas teria sido recebido de um jeito bem diferente se soubessem qual era a sua missão. No entanto, o administrador-chefe tinha ordenado que ela fosse mantida em segredo por enquanto, pois ele não queria despertar falsas esperanças entre os parentes dos passageiros desaparecidos. O comissário de turismo queria dar uma declaração imediata, alegando que aquilo provaria que estavam fazendo seu melhor, mas Olsen fora categórico: "Espere até que ele obtenha resultados. *Aí, sim,* você pode liberar algo para seus amigos das agências de notícias".

Já era tarde demais para tal ordem. A bordo da *Auriga*, Maurice Spenser, chefe de redação do *Notícias Interplanetárias*, estava a caminho de Clavius City para assumir suas atividades. Ele não tinha certeza se era uma promoção ou um rebaixamento vindo de Pequim, mas certamente seria uma mudança.

Diferente de todos os demais passageiros, ele não estava nem um pouco incomodado com a mudança de trajeto. O atraso estava dentro do prazo da empresa e, sendo um jornalista das antigas, o inesperado e a quebra da rotina estabelecida sempre eram bem-vindos. Realmente era estranho que uma nave que fazia o trajeto para a Lua desperdiçasse tantas horas e uma quantidade inimaginável de energia para fazer uma escala no *Lagrange* só para buscar um jovem rapaz de rosto rígido levando um par de malas. E por que o desvio de Clavius para Porto Roris? "Instruções do alto escalão vindas da Terra", dissera o comandante, que parecia estar dizendo a verdade quando alegava não saber de mais nada. Era um mistério, e mistérios eram o negócio de Spenser. Ele deu um palpite sagaz sobre o motivo e acertou – ou quase – de primeira.

Devia ter algo a ver com aquele cruzeiro de poeira perdido sobre o qual houve um falatório logo antes de ele deixar a Terra. Esse cientista do *Lagrange* devia ter alguma informação a respeito ou talvez possa ajudar nas buscas. Mas por que tanto sigilo? Talvez envolvesse algum escândalo ou erro que a administração lunar estava tentando reparar. O motivo simples e totalmente crível nunca ocorreu a Spenser.

Ele evitou falar com Lawson durante o restante daquela curta viagem, divertindo-se ao notar que os outros passageiros que tentavam engatar uma conversa eram logo rechaçados. Spenser aguardou seu momento, que chegaria 30 minutos antes de eles pousarem.

Era pouco provável que fosse um acidente o fato de ele estar sentado perto de Lawson quando se ouviu a ordem de apertar os cintos para a desaceleração. Com os outros quinze passageiros, eles ficaram sentados na sala minúscula e escura, olhando para a Lua que se aproximava rapidamente. Projetada em uma tela de visualização a partir de uma lente no casco externo, a imagem parecia até mesmo mais nítida e brilhante do que na vida real. Era como se eles estivessem dentro de uma câmara escura à moda antiga. Aquela disposição era muito mais segura do que ter uma janela de observação de verdade – uma ameaça estrutural que os designers de naves espaciais combatiam com unhas e dentes.

Aquela paisagem que se expandia dramaticamente era uma vista gloriosa e inesquecível, mas, ainda assim, Spenser só conseguia dedicar a ela metade de sua atenção. Ele estava observando o homem ao seu lado e seus intensos traços aquilinos, mal visíveis por conta da luz refletida da tela.

– Não é em algum lugar aqui embaixo – disse ele, com seu tom de voz mais casual – que aquela embarcação cheia de turistas desapareceu um dia desses?

– Sim – disse Tom, depois de um intervalo considerável.

– Eu não sei me localizar direito na Lua. Alguma ideia de onde eles devem estar?

Até mesmo o menos solícito dos homens, Spenser descobrira havia muito tempo, raramente conseguia resistir a dar informações se você fizesse parecer que ele estava fazendo um favor e lhe oferecesse uma chance de exibir seu conhecimento superior. O truque funcionava em nove a cada dez casos e estava funcionando agora com Tom Lawson.

– Eles estão lá embaixo – disse Tom, apontando para o centro da tela. – Ali ficam as Montanhas da Inacessibilidade e, em volta delas, o Mar da Sede.

Spenser ficou encarando, com uma admiração totalmente genuína, os recortes afiados em tons de branco e preto das montanhas em direção às quais eles estavam descendo. Ele esperava que o piloto – fosse ele humano ou eletrônico – soubesse o que estava fazendo, pois a nave parecia se aproximar muito rápido. Então ele se deu conta de que estavam flutuando rumo ao território mais plano à esquerda da imagem; as montanhas e aquela área cinza curiosa que as cercava estavam se distanciando do centro da tela.

– Porto Roris – disse Tom de maneira voluntária e inesperada, apontando para uma marca negra que mal se via à extrema esquerda. – É lá que vamos pousar.

– Ainda bem! Eu não ia gostar nada de descer naquelas montanhas – disse Spenser, determinado a manter a conversa no prumo. – Nunca vão achar esses pobres diabos se eles estiverem perdidos naquela selva. Enfim, eles não estão supostamente soterrados por uma avalanche?

Tom deu uma risada superior.

– *Supostamente* sim – disse ele.

– Por quê? Isso não é verdade?

Um pouco tarde demais, Tom se lembrou de suas instruções.

– Não posso lhe dizer mais nada – respondeu ele com aquela mesma voz presunçosa e cheia de si.

Spenser abandonou o assunto. Ele já tinha descoberto o suficiente para convencer-se de uma coisa: Clavius City teria que esperar; era melhor ele ficar em Porto Roris por um tempo.

Ele teve ainda mais certeza disso quando seus olhos invejosos viram o dr. Tom Lawson ser liberado dos controles de quarentena, alfândega, imigração e passaporte em míseros 3 minutos.

Se algum bisbilhoteiro estivesse ouvindo os sons de dentro da *Selene*, teria ficado muito intrigado. A cabine estava reverberando desafinadamente ao som de 21 vozes diferentes, que cantavam "Parabéns a você" em tantas notas quanto possível.

Quando o barulho diminuiu, o comodoro Hansteen se pronunciou:

– Alguém aqui além da sra. Williams lembrou que é seu aniversário? Nós sabemos que algumas senhoras gostam de manter a discrição quando chegam a certa idade, claro...

Nenhum voluntário se manifestou, mas Duncan McKenzie ergueu a voz em meio à risada generalizada.

– Tem uma coisa engraçada relacionada a aniversários... eu costumava ganhar apostas em todas as festas com isso. Sabendo que um ano tem 365 dias, você acha que precisa de um grupo de quantas pessoas para ter 50% de chances de duas delas fazerem aniversário no mesmo dia?

Depois de uma breve pausa, enquanto o público pensava naquela pergunta, alguém respondeu:

– Bom, imagino que metade de 365. Digamos uns 180.

– Essa é a resposta óbvia... e totalmente errada. Se você tem um grupo de mais de 24 pessoas, são grandes as chances de duas delas fazerem aniversário no mesmo dia.

– Isso é ridículo! Vinte e quatro dias em 365 não *podem* oferecer uma probabilidade dessas.

– Sinto muito... pode sim. E se são mais de quarenta pessoas, a probabilidade de duas delas fazerem aniversário no mesmo dia é de 90%. Existe uma chance considerável de que isso possa funcionar no nosso grupo de 22. Que tal se a gente tentasse isso, comodoro?

– Muito bem. Vou passar por todo o recinto perguntando a cada um sua data de nascimento.

– Ah, não – protestou McKenzie. – As pessoas vão trapacear desse jeito. As datas precisam ser anotadas para que ninguém saiba o aniversário dos outros.

Uma página quase em branco de um dos guias turísticos foi sacrificada para esse propósito, rasgada em 22 tiras. Quando elas foram reunidas e lidas, para surpresa geral – e para o prazer de McKenzie – descobriu-se que tanto Pat Harris quanto Robert Bryan tinham nascido em 23 de maio.

– Pura sorte! – disse algum cético, botando lenha em uma discussão matemática entre meia dúzia de passageiros homens; as mulheres estavam bastante desinteressadas, fosse por não ligarem para matemática ou por preferirem ignorar aniversários em geral.

Quando o comodoro decidiu que aquilo já tinha durado o bastante, chamou a atenção para si.

– Senhoras e senhores! – convocou ele. – Vamos dar continuidade com o próximo item de nosso programa. Tenho a satisfação de dizer que o comitê de entretenimento, formado pela sra. Schuster e pelo prof. Jaya, quer dizer, o prof. J., deu uma ideia que pode nos divertir um pouco. Eles sugeriram que montemos um tribunal e façamos uma avaliação cruzada de todo mundo aqui, um por vez. O objetivo do tribunal é encontrar uma resposta para a seguinte pergunta: Por que nós viemos para a Lua, para começo de conversa? É claro, algumas pessoas talvez não queiram ser questionadas. Até onde sei, metade de vocês deve estar fugindo da polícia, ou de suas mulheres. Vocês têm a liberdade de se recusar a fornecer qualquer prova, mas não venham nos culpar se tirarmos as piores conclusões possíveis. Bom, o que vocês acham da ideia?

A sugestão foi recebida com certo entusiasmo por alguns grupos e com gemidos irônicos de desaprovação por outros, mas, como não houve nenhuma oposição clara, o comodoro seguiu em frente. Quase automaticamente, ele foi eleito presidente do tribunal; também automática foi a indicação de Irving Schuster como advogado geral.

O par de poltronas da frente, à direita, foi virado para ficar encarando a traseira do cruzeiro. Isso fazia as vezes de bancada, compartilhada pelo presidente e pelo advogado. Quando todo mundo se acomodou e o escrivão do tribunal (isto é, Pat Harris) pediu ordem, o presidente fez um breve discurso.

– Ainda não estamos envolvidos em processos criminais – disse ele, com alguma dificuldade para manter o rosto sério. – Este é um tribunal puramente investigativo. Se alguma testemunha se sentir intimidada por meus colegas instruídos, pode recorrer ao tribunal. Escrivão, você pode chamar a primeira testemunha?

– Ahn... Meritíssimo, quem *é* a primeira testemunha? – disse o escrivão, de maneira bastante razoável.

Foram precisos 10 minutos de discussão entre os membros do tribunal, o advogado versado e os integrantes contestadores do público para definir esse tópico tão importante. Por fim, decidiu-se fazer uma votação, e o primeiro nome escolhido foi David Barrett.

Sustentando um leve sorriso, a testemunha foi à frente e assumiu seu lugar naquele espaço restrito atrás da bancada.

Irving Schuster, com uma aparência e uma sensação nada jurídicas, usando apenas camiseta e cueca, pigarreou de um jeito impressionante.

– Seu nome é David Barrett?

– Correto.

– Sua ocupação?

– Engenheiro agrônomo, aposentado.

– Sr. Barrett, o senhor poderia dizer para este tribunal exatamente o que o trouxe para a Lua?

– Eu estava curioso para ver como é aqui, e tinha tempo e dinheiro para isso.

Irving Schuster lançou um olhar oblíquo para Barrett por trás de seus óculos grossos; sempre achara que esse gesto tinha um efeito perturbador sobre as testemunhas. Usar óculos era quase sinal de excentricidade nos tempos atuais, mas médicos e advogados – especialmente os mais velhos – ainda ostentavam aquilo; de fato, eles tinham acabado por simbolizar os ofícios médico e jurídico.

– O senhor estava "curioso para ver como é" – repetiu Schuster. – Isso não é explicação. *Por que* estava curioso?

– Temo que essa pergunta tenha uma formulação tão vaga que não posso respondê-la. Por que alguém faz alguma coisa?

O comodoro Hansteen relaxou, dando um sorriso de prazer. Aquilo era exatamente o que ele queria: deixar os passageiros discutindo e conversando livremente sobre alguma coisa de interesse mútuo, mas sem despertar paixões ou controvérsias. (Podia acabar acontecendo, claro, mas cabia a ele manter a ordem no tribunal.)

– Eu admito – continuou o advogado – que minha pergunta podia ter sido um pouco mais específica. Vou tentar reformular.

Ele pensou por um momento, percorrendo suas anotações. Elas consistiam basicamente em folhas de um dos guias turísticos. Ele tinha rascunhado algumas linhas de questionamentos nas margens, mas eles só visavam de fato causar efeito e dar segurança. Ele nunca gostara de ficar diante da corte sem ter algo nas mãos. Em algumas ocasiões, uns poucos segundos de consultas imaginárias eram de valor inestimável.

– Seria justo dizer que o senhor estava atraído pelas belezas cênicas da Lua?

– Sim, isso era parte do atrativo. Inteirei-me da literatura e dos filmes para turistas, claro, e fiquei imaginando se a realidade ia condizer com eles.

– E isso aconteceu?

– Eu diria que ultrapassou as minhas expectativas – foi a resposta seca que ele deu.

Houve uma risada geral do restante das pessoas. O comodoro Hansteen chamou a atenção em voz alta, recostado em sua poltrona.

– Ordem! – exclamou ele. – Se houver esse tipo de perturbação, vou ter que suspender a sessão!

Essa intervenção, como pretendido, deu início a uma rodada de risadas ainda mais altas, que ele deixou correr naturalmente. Quando o divertimento aquietou, Schuster voltou a intervir com seu tom de voz "onde você esteve na noite do dia 22?".

– Isso é muito interessante, sr. Barrett. O senhor fez toda essa viagem até a Lua, a um custo considerável, para conferir a vista. Diga para mim: o senhor já viu o Grand Canyon?

– Não. O senhor já?

– Meritíssimo! – recorreu Schuster. – A testemunha não está respondendo.

Hansteen dirigiu um olhar severo para o sr. Barrett, que não parecia nem um pouco desconcertado.

– *O senhor* não está conduzindo este inquérito, sr. Barrett. Seu trabalho aqui é responder às perguntas, e não as fazer.

– Peço perdão ao tribunal, meu senhor – respondeu a testemunha.

– Ahn... "meu senhor" sou eu? – disse Hansteen com incerteza, voltando-se para Schuster. – Pensei que eu fosse o "meritíssimo".

O advogado dedicou ao assunto vários segundos de uma reflexão solene.

– Eu sugiro, meritíssimo, que cada testemunha use o procedimento a que está acostumada em seu país. Desde que demonstre a devida deferência ao tribunal, é o suficiente.

– Muito bem. Prossiga.

Schuster voltou-se para a testemunha mais uma vez.

– Eu gostaria de saber, sr. Barrett, por que achou necessário visitar a Lua quando ainda tem tanta coisa na Terra que o senhor não conhece. Poderia nos dar algum motivo razoável para esse comportamento ilógico?

Era uma boa pergunta, exatamente do tipo que interessaria a todos, e Barrett agora fazia uma tentativa séria de respondê-la.

– Já vi um bom tanto da Terra – disse ele lentamente, com seu sotaque inglês preciso, uma raridade quase tão boa naquele momento quanto os números de Schuster. – Eu me hospedei no Hotel Everest, estive em ambos os polos, fui até as profundezas de Calipso. Então acho que conheço um pouco do nosso planeta. Digamos que ele perdeu sua capacidade de me surpreender. A Lua, por outro lado, era completamente nova. Todo um mundo a menos de 24 horas de distância. Não pude resistir à novidade.

Hansteen ouviu a análise lenta e cuidadosa dedicando apenas metade de sua atenção. Ele estava discretamente avaliando o público enquanto Barrett falava. Naquela altura, ele tinha composto um bom retrato da tripulação e dos passageiros da *Selene* e decidira em quem podia confiar e quem poderia causar problemas se as condições piorassem.

O homem mais importante, claro, era o capitão Harris. O comodoro conhecia aquele tipo muito bem, encontrara tantos parecidos com ele no espaço – e com mais frequência ainda nos centros de treinamento, como o Astrotech. (Sempre que fazia um discurso lá, contava com uma primeira fila de homens limpinhos e barbeados *à la* Pat Harris.) Pat era um jovem competente, mas sem ambição, com interesses mecânicos e que tivera sorte o suficiente para encontrar um trabalho perfeitamente adequado a ele, sem lhe exigir muito mais do que cuidado e cortesia. (As passageiras atraentes, Hansteen tinha quase certeza, não teriam nenhuma reclamação acerca dessa última qualidade.) Ele seria leal, consciencioso e prosaico, realizaria suas funções da maneira como as encarava e, por fim, morreria corajosamente sem fazer alarde. Essa era uma virtude que muitos homens mais hábeis não possuíam, algo de que precisariam seriamente a bordo do cruzeiro se ainda tivessem mais cinco dias pela frente.

A srta. Wilkins, comissária, era quase tão importante quanto o capitão no arranjo das coisas. Com certeza ela não correspondia à imagem estereotipada de uma comissária espacial, de puro charme insípido e sorriso congelado. Hansteen já decidira que ela era uma jovem de caráter e educação consideráveis – mas, nesse quesito, também o eram muitas das comissárias espaciais que ele conheceu.

Sim, ele tinha dado sorte com a tripulação. E quanto aos passageiros? Eles eram consideravelmente acima da média, óbvio – caso contrário, nem ao menos teriam ido para a Lua, em primeiro lugar. Havia uma concentração impressionante de cérebros e talentos ali dentro da *Selene*, mas a ironia daquela situação era que nem talento nem cérebro podiam ajudá-los naquele momento. O que precisavam mesmo era de caráter, força moral – ou, usando uma palavra mais contundente, bravura.

Poucos homens daquela época conheciam a necessidade de bravura física. Do nascimento até a morte, nunca chegavam a encarar o perigo de frente. Os homens e mulheres a bordo da *Selene* não tinham treinamento para o que estava por vir, e ele não podia mantê-los ocupados por muito tempo mais com jogos e divertimentos.

Em algum momento nas próximas 12 horas, calculou ele, os primeiros atritos surgiriam. Então ficaria óbvio que alguma coisa estava impedindo o pessoal de busca, e que, se é que chegariam a encontrar o cruzeiro, a descoberta poderia acontecer tarde demais.

O comodoro Hansteen lançou um olhar furtivo ao redor da cabine. Afora as roupas escassas e a aparência levemente desgrenhada, todos esses 21 homens e mulheres ainda eram cidadãos racionais e com autocontrole.

Qual deles seria o primeiro a ceder?, perguntou-se.

# 10

O dr. Tom Lawson, assim decidira o engenheiro-chefe Lawrence, era uma exceção ao velho ditado: "Quem tudo sabe, tudo perdoa". Saber que o astrônomo tinha passado uma infância sem amor em uma instituição e que escapara de suas origens pelo prodígio de seu intelecto, à custa de todas as outras qualidades humanas, ajudava a entendê-lo melhor – mas não a gostar dele. Era um azar especial, pensou Lawrence, que ele fosse o único cientista num raio de 300 mil quilômetros que por acaso tinha um detector infravermelho e sabia como usá-lo.

Agora Tom estava sentado na poltrona do observador do Espanador Dois, fazendo os ajustes finais na gambiarra rudimentar, mas eficaz, inventada por ele. Um tripé de câmera tinha sido fixado no capô do esqui, e nele o detector fora acoplado, de maneira que podia fazer sua varredura em qualquer direção.

Aquilo parecia funcionar, mas era difícil de dizer naquele hangar pequeno e pressurizado, em meio à desordem de fontes de calor ao redor. O teste talvez só acontecesse de fato no Mar da Sede.

– Está pronto – disse então Lawson ao engenheiro-chefe. – Deixe-me ter uma palavrinha com o homem que vai executar isso.

O engenheiro-chefe olhou para ele pensativo, ainda tentando tomar uma decisão. Havia argumentos de peso contra e a favor do que ele estava pensando naquele momento, mas, independentemente do que fizesse, ele não podia deixar seus sentimentos pessoais se intrometerem. O assunto era importante demais para tanto.

– Você consegue usar um traje espacial, certo? – ele perguntou a Lawson.

– Nunca usei um antes na minha vida. Eles só são necessários para ir lá fora, e deixamos isso a cargo dos engenheiros.

– Bom, agora você vai ter uma chance de aprender – disse o engenheiro-chefe, ignorando o sarcasmo (se é que era mesmo sarcasmo; boa parte da grosseria de Lawson, decidira ele, era indiferença às gentilezas sociais mais do que uma provocação a elas). – Não há muita dificuldade quando se está conduzindo um esqui. Você vai ficar sentado na poltrona do observador, e o autorregulador irá tomar conta do oxigênio, da temperatura e de todo o resto. Só tem um problema...

– Qual?

– Como você lida com a claustrofobia?

Tom hesitou, sem querer admitir nenhuma fraqueza. Ele tinha realizado os testes espaciais habituais, claro, e suspeitava – com boa dose de razão – que passara raspando em algumas das avaliações psicológicas. Obviamente ele não era um claustrofóbico agudo, pois se fosse nunca poderia ter embarcado em uma nave. Mas uma nave e um traje espacial eram duas coisas bem diferentes.

– Consigo suportar – disse por fim.

– Se você não consegue, não se engane – insistiu Lawrence. – Acho que você devia vir com a gente, mas não estou tentando te forçar a nenhum falso heroísmo. Só peço que você decida antes de sairmos do hangar. Pode ser tarde demais para repensar o assunto quando estivermos a uns 20 quilômetros no meio do Mar.

Tom olhou para o esqui e mordeu o lábio. A ideia de deslizar na superfície daquele lago infernal de poeira em tal geringonça mambembe parecia loucura, mas aqueles homens faziam aquilo todo dia. E se tudo desse errado com o detector, pelo menos havia uma chance remota de que ele pudesse consertá-lo.

– Tome este traje, é do seu tamanho – disse Lawrence. – Experimente; pode ajudá-lo a tomar uma decisão.

Tom se contorceu para entrar naquela roupa molenga e toda enrugada; fechou o zíper da frente e ficou ali, ainda sem capacete, sentindo-se meio idiota. O balão de oxigênio que estava afivelado no traje parecia absurdamente pequeno, e Lawrence notou seu olhar receoso.

– Não se preocupe, isso é só uma reserva de 4 horas. Você nem vai usá-la. O suprimento principal está no esqui. Cuidado com o nariz, lá vem o capacete.

Pela expressão dos outros ao redor, Tom percebeu que aquele era o momento que separava homens de meninos. Antes de colocar o capacete, você ainda fazia parte da raça humana; depois, estava sozinho em seu próprio mundo mecânico. Talvez houvesse outros homens a poucos centímetros de distância, mas você tinha que espreitá-los através de um plástico espesso e falar com eles por rádio. Nem dava para tocar neles, exceto por meio de camadas duplas de pele artificial. Alguém certa vez escrevera que era muito solitário morrer num traje espacial. Pela primeira vez, Tom se dava conta de como isso era verdade.

A voz do engenheiro-chefe soou repentinamente, reverberando nos minúsculos alto-falantes situados nas laterais do capacete.

– O único controle com o qual você precisa se preocupar é o intercomunicador, esse painel à sua direita. Normalmente você ficará conectado ao seu piloto. O circuito estará ativado todo o tempo que vocês dois estiverem no esqui, assim vocês podem se comunicar quando acharem necessário. Mas assim que você se desconectar, terá que usar o rádio, igual está fazendo agora para me ouvir. É só pressionar o seu botão de transmissão para responder.

– Para que serve esse botão vermelho de emergência? – perguntou Tom, depois de ter obedecido àquela ordem.

– Você não vai precisar disso, espero. Ele ativa um sinal de retorno e estabelece um alarme de rádio até que alguém o encontre. Não encoste em nenhuma das funções do traje sem instruções nossas, especialmente nessa aí.

– Pode deixar – prometeu Tom. – Vamos lá.

Ele foi andando meio desajeitado – pois não estava acostumado nem ao traje nem à gravidade lunar – até o Espanador Dois e assumiu sua posição na poltrona do observador. Um único cordão umbilical, plugado inapropriadamente ao lado direito do quadril, conectava o traje ao oxigênio, ao sistema de comunicação e à energia do esqui. O veículo era capaz de mantê-lo vivo, ainda que com conforto precário, por até quatro dias, no pior dos casos.

O pequeno hangar mal tinha capacidade para acomodar os dois esquis, e demorou apenas alguns minutos para que as bombas aspirassem todo o ar dali. Enquanto o traje se firmava em volta de si, Tom sentiu uma pitada de pânico. O engenheiro-chefe e os dois pilotos estavam assistindo a tudo, e o jovem astrônomo não quis dar a eles a satisfação de cogitar que ele estivesse com medo. Nenhum homem podia evitar o medo quando entrava no vácuo pela primeira vez na vida.

As portas herméticas giraram e se abriram. Houve uma pressão fraca exercida por dedos fantasmagóricos conforme o último vestígio de ar se esvaneceu, apertando levemente seu traje antes de se dispersar no vácuo. Então, plano e sem nenhuma agitação, aquele vazio cinzento do Mar da Sede se expandia rumo ao horizonte.

Por um momento, parecia impossível que ali, a apenas alguns metros, fosse a realidade por trás daquelas imagens que ele tinha estudado de longe no espaço. (Quem estaria olhando pelo telescópio de precisão métrica agora? Será que algum de seus colegas estava assistindo a tudo naquele exato momento de sua perspectiva bem acima da Lua?) Mas aquilo não era uma imagem pintada em uma tela por elétrons dispersos, aquilo era a coisa *de verdade*, aquela coisa estranha e amorfa que engolira 22 homens e mulheres sem deixar rastro. E pela qual Tom Lawson estava prestes a se aventurar com aquele negócio inconsistente.

Restava-lhe pouco tempo para refletir. O esqui vibrava debaixo de si à medida que as hélices começavam a girar. Em seguida, logo atrás do Espanador Um, ele foi deslizando lentamente pela superfície nua da Lua.

Os raios ainda fracos do Sol nascente os atingiram assim que eles emergiram da sombra prolongada dos prédios de Porto. Mesmo com a proteção de filtros automáticos, era perigoso olhar em direção àquela fúria branca e azulada do céu a leste. Não, Tom corrigiu a si próprio, isto é a Lua, e não a Terra, aqui o Sol nasce a oeste. Então estamos indo para nordeste, entrando na Cavidade Roris, retraçando o percurso pelo qual a *Selene* foi e nunca voltou.

Agora que as cúpulas baixas de Porto estavam diminuindo a olhos vistos em direção ao horizonte, ele sentiu algo da satisfação e da empolgação proporcionadas por todo e qualquer tipo de velocidade. A sensação durou apenas alguns minutos, até que mais nenhum ponto de referência estivesse visível e eles fossem tomados pela ilusão de estarem pairando bem no centro de uma planície infinita. Apesar da agitação das hélices girando e da queda lenta e silenciosa das parábolas de poeira que ficavam para trás, eles pareciam estar imóveis. Tom sabia que eles estavam viajando a uma velocidade capaz de atravessar o Mar em poucas horas, ainda que ele tivesse que lutar contra o temor de estarem perdidos a anos-luz de distância de qualquer esperança de salvação. Foi nesse momento que ele começou a sentir, um pouco tarde demais naquela brincadeira toda, um respeito relutante pelos homens com quem estava trabalhando.

Aquele era um bom local para começar a checar seus equipamentos. Ele ligou o detector e o configurou para escanear do início ao fim aquele vazio que eles tinham acabado de cruzar. Com calma e satisfação, ele notou os dois rastros ofuscantes de luz que se prolongavam atrás deles por sobre a escuridão do Mar. Aquele era um teste infantil, de tão fácil; o espectro térmico evanescente da *Selene* seria um milhão de vezes mais difícil de localizar se comparado ao calor crescente do alvorecer. Mas era algo animador. Se ele tivesse falhado ali, não haveria sentido em seguir adiante.

– Como está indo aí? – perguntou o engenheiro-chefe, que devia estar observando tudo do outro esqui.

– De acordo com as especificações – respondeu Tom cuidadosamente. – Parece que está se comportando normalmente. – Ele mirou o detector na direção da crescente da Terra, que ia encolhendo; aquele era um alvo bem mais difícil, mas não tão complicado assim, pois era necessária pouca sensibilidade para captar o calor suave do planeta-mãe que se projetava em meio à fria noite espacial.

Sim, lá estava ela, a Terra, captada ao longe pelo infravermelho, uma perspectiva estranha e desconcertante à primeira vista. Pois não se tratava mais de uma crescente de traços precisos e geometria perfeita, e sim de um cogumelo irregular, com sua haste repousando sobre o equador.

Tom precisou de alguns segundos para interpretar aquela imagem. Os dois polos tinham sido cortados. Era compreensível, pois estavam numa região de frio muito intenso para ser detectada naquelas configurações de sensibilidade. Mas por que havia aquela protuberância ao longo do lado não iluminado do planeta, onde era noite? Foi então que ele se deu conta de que estava vendo o brilho morno dos oceanos tropicais, radiando de volta em meio à escuridão o calor que tinham armazenado durante o dia. No infravermelho, a noite equatorial era mais brilhante do que o dia polar.

Aquilo era um lembrete do fato de que os sentidos humanos enxergavam apenas uma imagem minúscula e distorcida do Universo, algo de que nenhum cientista jamais devia se esquecer. Tom Lawson nunca tinha ouvido falar da analogia de Platão sobre os prisioneiros acorrentados na caverna, observando as sombras projetadas nas paredes e tentando, a partir delas, deduzir as realidades do mundo externo. Mas ali estava uma demonstração que Platão teria apreciado: Qual Terra era a "real"? A crescente perfeita visível a olho nu, o cogumelo disforme brilhando ao longe no infravermelho ou nenhuma dessas opções?

O escritório era bem pequeno, até mesmo para os padrões de Porto Roris, que era simplesmente uma estação intermediária entre a Face Terrestre e a Face Remota, e ponto de desembarque para turistas rumo ao Mar da Sede. (Não que alguém fosse querer desembarcar naqueles lados por um bom tempo.) O lugar tivera seu breve momento de glória trinta anos antes, como base usada por um dos poucos criminosos bem-sucedidos da Lua, Jerry Budker, que fizera uma pequena fortuna negociando pedaços falsos do *Lunik II*. Dificilmente ele seria tão empolgante quanto Robin Hood ou Billy the Kid, mas era o melhor que a Lua tinha a oferecer.

Maurice Spenser estava bastante satisfeito que Porto Roris fosse uma cidadezinha de uma única cúpula, embora suspeitasse que as coisas não fossem continuar assim por muito tempo mais, especialmente quando seus colegas de Clavius abrissem os olhos para o fato de que o chefe de redação do *Notícias Interplanetárias* estava dando bobeira desapercebido por lá, e não correndo rumo ao sul em direção às luzes da cidade grande (população: 52.647 habitantes). Uma comunicação sigilosa com a Terra tinha nivelado a situação com seus superiores, que confiavam em seu julgamento e podiam supor qual era a história que ele estava caçando. Mais cedo ou mais tarde, os concorrentes adivinhariam isso também – mas até isso acontecer, ele esperava ter avançado bastante.

O homem com quem estava conversando era o comandante da *Auriga*, que ainda estava muito desapontado e acabara de passar uma hora bem complicada e insatisfatória ao telefone com seus agentes em Clavius, tentando acertar a transferência de sua carga. A McIver, McDonald, Macarthy e McCulloch Ltda. parecia achar que era culpa dele a *Auriga* ter pousado em Roris. No fim, ele encerrou a chamada depois de dizer aos agentes que se entendessem com o escritório central. Como àquela altura era domingo de manhã em Edimburgo, isso deveria contê-los por algum tempo.

O capitão Anson se acalmou pouco depois do segundo copo de uísque. Um homem que conseguia encontrar uma garrafa de Teacher's em Porto Roris era alguém que valia a pena conhecer, e ele perguntou a Spenser como tinha conseguido aquilo.

– O poder da imprensa – disse o outro, soltando uma gargalhada. – Um repórter nunca revela suas fontes. Se fizesse isso, não duraria muito nesse *métier*.

Ele abriu sua maleta e tirou um calhamaço de mapas e fotos.

– Tive um trabalho ainda maior para conseguir esses materiais em um intervalo tão curto. E eu ficaria agradecido, capitão, se o senhor não mencionasse nada a respeito para ninguém. É extremamente confidencial, pelo menos por enquanto.

– Claro. Do que se trata? Da *Selene*?

– Então o senhor também adivinhou isso? Está certo. Pode acabar não dando em nada, mas quero estar preparado se for o caso.

Ele dispôs uma das fotos sobre a mesa. Era uma vista do Mar da Sede, tirada da série oficial divulgada pelo departamento de pesquisa lunar e capturada de satélites de reconhecimento de baixa altitude. Ainda que fosse uma foto vespertina, fazendo que as sombras apontassem na direção oposta, era quase idêntica à vista que Spenser acabara de ver antes de pousar. Ele a havia estudado tão de perto que já a conhecia de cor.

– As Montanhas da Inacessibilidade – disse Spenser. – Elas vão subindo bem íngremes saindo do Mar até chegar a uma altitude de quase 2 mil metros. Aquela forma oval escura é o Lago Cratera...

– Onde a *Selene* se perdeu?

– Onde ela talvez esteja perdida; no momento existem algumas dúvidas a esse respeito. Nosso jovem colega tão sociável do *Lagrange* tem provas de que ela talvez tenha afundado no Mar da Sede, em torno desta região. Nesse caso, as pessoas dentro dela podem ainda estar vivas. E *nesse* caso, capitão, vai acontecer uma senhora operação de resgate a meros 100 quilômetros daqui. Porto Roris vai se tornar o maior centro de notícias do Sistema Solar.

– Caramba! Então é esse o seu negócio. Mas onde eu entro nisso tudo?

Mais uma vez Spenser apontou no mapa com o dedo.

– Bem aqui, capitão. Eu quero fretar a sua nave. E quero que o senhor me deixe, junto com um câmera e 200 quilos de equipamento, no paredão oeste das Montanhas da Inacessibilidade.

– Sem mais perguntas, meritíssimo – disse o advogado Schuster, sentando-se abruptamente.

– Muito bem – respondeu o comodoro Hansteen. – Devo solicitar que a testemunha não saia da jurisdição do tribunal.

Em meio à risada generalizada, David Barrett retornou à sua poltrona. Ele tinha feito uma boa representação. Embora boa parte de suas respostas tivesse sido séria e ponderada, elas haviam sido avivadas por lampejos de humor, mantendo o interesse constante do público. Se todas as outras testemunhas fossem igualmente prestativas, isso resolveria a questão do entretenimento por quanto tempo fosse necessário. Mesmo que esgotassem as memórias de quatro vidas inteiras todos os dias – o que era completamente impossível, claro –, alguém ainda estaria falando quando o suprimento de oxigênio desse seu último suspiro.

Hansteen conferiu o relógio. Ainda faltava uma hora para o almoço frugal que fariam. Eles podiam retomar a leitura de *Os brutos também amam* ou começar (apesar das objeções da srta. Morley) aquele romance histórico absurdo. Mas parecia uma pena interromper os julgamentos àquela altura, enquanto todos ainda estavam num ânimo receptivo.

– Se todos vocês concordarem – disse o comodoro –, vou convocar outra testemunha.

– Eu apoio – foi a resposta ligeira de Barrett, que agora se considerava a salvo de um novo inquérito; até mesmo os jogadores de pôquer eram a favor, então o escrivão do tribunal tirou outro nome do bule de café onde os papeizinhos tinham sido misturados.

Ele encarou aquilo com certa surpresa e hesitou antes de lê-lo em voz alta.

– Qual o problema? – disse o juiz. – É o *seu* nome?

– Ahn... não – respondeu o escrivão, lançando um olhar para o advogado com um sorriso pernicioso; ele pigarreou limpando a garganta e chamou: – Sra. Myra Schuster!

– Meritíssimo, objeção! – E a sra. Schuster se levantou lentamente com sua figura formidável, ainda que já tivesse se livrado de 1 ou 2 quilos desde que tinham partido de Porto Roris; ela apontou para seu marido, que parecia constrangido e tentava se esconder atrás de suas anotações. – É justo que *ele* possa me fazer perguntas?

– Estou disposto a renunciar – disse Irving Schuster, mesmo antes que o tribunal anunciasse "objeção mantida".

– Estou preparado para assumir a investigação – disse o comodoro, ainda que sua expressão desmentisse isso em boa medida. – Mais alguém se considera qualificado para assumir isso?

Fez-se um curto silêncio até que, para surpresa e alívio de Hansteen, um dos jogadores de pôquer se levantou.

– Embora eu não seja advogado, meritíssimo, tenho uma pequena experiência jurídica. Estou disposto a assumir.

– Muito bem, sr. Harding. *Sua* testemunha.

Harding assumiu o lugar de Schuster diante da cabine e avaliou seu público cativo. Ele era um homem robusto e com cara de durão, que de alguma maneira não combinava com sua própria descrição de um executivo de banco. Hansteen se perguntou, de relance, se aquilo era verdade.

– Seu nome é Myra Schuster?

– Sim.

– E o que está fazendo na Lua, sra. Schuster?

A testemunha sorriu.

– Essa é fácil de responder. Me disseram que eu pesaria apenas 20 quilos aqui. Por isso eu vim.

– Para efeito de registro, *por que* a senhora quer pesar 20 quilos?

A sra. Schuster encarou Harding como se ele tivesse dito algo muito estúpido.

– Eu era bailarina no passado – disse ela, com a voz repentinamente saudosa e a expressão distante. – Eu desisti disso, é claro, quando me casei com Irving.

– Por que "é claro", sra. Schuster?

A testemunha mirou seu marido, que se agitava um pouco irrequieto e parecia querer fazer uma objeção, mas então pensou melhor a respeito.

– Ah, ele dizia que não era um trabalho digno. E acho que ele tinha razão... pelo tipo de dança que *eu* costumava fazer.

Aquilo era demais para o sr. Schuster. Ele se pôs de pé de supetão, ignorando completamente o tribunal, e protestou:

– Sinceramente, Myra! Não tem necessidade de...

– Ah, corta essa, Irv! – respondeu ela, com o linguajar de gírias antigas devolvendo à realidade um sopro ligeiro dos anos 1990. – Que diferença faz agora? Vamos parar de fingir e ser nós mesmos. Não me importo com esse pessoal aqui sabendo que eu era dançarina no Asteroide Azul, *ou* que você livrou o meu lado quando os policiais fizeram uma batida lá.

Irving retrocedeu balbuciando enquanto o tribunal se dissolvia em um bramido de risadas que o meritíssimo nada fez para reprimir. Essa liberação de tensões era exatamente o que ele esperava: quando as pessoas estavam rindo, não conseguiam sentir medo.

E ele começou a refletir ainda mais a fundo sobre o sr. Harding, cujo questionamento casual, ainda que perspicaz, tinha trazido isso à tona. Para um homem que dissera não ser advogado ele até que estava indo muito bem. Seria interessante ver como se sairia no lugar da testemunha, quando fosse a vez de Schuster fazer as perguntas.

# 11

Até que finalmente algo surgia para quebrar a planeza inexpressiva do Mar da Sede. Uma nesga de luz, minúscula mas bastante brilhante, foi se formando sobre o horizonte e, à medida que os esquis de poeira avançavam, subiu lentamente na direção das estrelas. A ela se juntava agora mais uma, depois uma terceira. Os picos das Montanhas da Inacessibilidade iam surgindo sobre a extremidade da Lua.

Como de costume, não havia meios de julgar a que distância estavam; podiam ser pequenas pedras a alguns passos dali ou simplesmente não fazer parte da Lua, e sim de um planeta gigante e chanfrado, milhões de quilômetros espaço afora. Na realidade, estavam a 50 quilômetros de distância; os esquis de poeira chegariam lá em meia hora.

Tom Lawson observou as fendas com gratidão. Agora sim havia algo para ocupar seus olhos e sua mente. Ele sentiu que enlouqueceria se tivesse que continuar olhando para aquela planície aparentemente infinita por muito tempo mais. Ficava irritado consigo mesmo por ser tão ilógico. Ele sabia que o horizonte estava muito perto e que todo aquele Mar era apenas um pequeno pedaço da superfície bastante limitada da Lua. Ainda assim, enquanto estava sentado ali com seu traje espacial, aparentemente indo para lugar nenhum, ele se lembrou daqueles sonhos horríveis em que você usa de todas as suas forças para fugir de algum perigo assustador, mas continua preso e desamparado no mesmo lugar. Tom tinha sonhos assim, e até mesmo piores, com certa frequência.

Mas agora ele conseguia ver que estavam fazendo algum progresso e que aquela sombra comprida e escura que eles projetavam não estava congelada no chão, como às vezes parecia. Ele focou o detector nos picos que se erguiam e obteve uma forte reação. Como esperado, as rochas expostas estavam quase em ponto de ebulição quando ficavam voltadas para o Sol. Embora o dia lunar mal tivesse começado, as montanhas já estavam queimando. Era muito mais fresco ali embaixo, no nível do "Mar". A poeira da superfície só atingiria sua temperatura máxima ao meio-dia, dentro de sete dias. Esse era um dos principais pontos a seu favor: por mais que o dia já tivesse começado, ele ainda tinha uma chance considerável de detectar qualquer fonte fugidia de calor antes que a implacável fúria diurna a destruísse.

Vinte minutos depois, as montanhas dominaram o céu, e os esquis reduziram sua velocidade à metade.

– Não queremos nos sobrepor ao trajeto delas – explicou Lawrence. – Se você olhar com cuidado, logo abaixo daquele pico duplo à direita dá para ver uma linha vertical escura. Entendeu?

– Sim.

– Aquele é o desfiladeiro que leva ao Lago Cratera. A fonte de calor que você detectou fica 3 quilômetros a oeste dali, então ainda não é visível daqui, está abaixo do nosso horizonte. Você quer chegar lá por qual lado?

Lawson refletiu um pouco a esse respeito. Teria que ser a partir do norte ou do sul. Se ele chegasse pelo oeste, teria aquelas rochas flamejantes em seu campo de visão, e chegar pelo leste era ainda mais impossível, pois estariam no olho do Sol nascente.

– Faça a volta na direção norte – disse ele. – E me avise quando estivermos a 2 quilômetros do local.

Os esquis aceleraram mais uma vez. Ainda que não houvesse esperança de detectar algo, ele começou a fazer a varredura de ponta a ponta na superfície do Mar. Toda aquela missão se baseava em uma suposição: de que as camadas superiores de poeira normalmente tinham temperatura uniforme e que qualquer perturbação disso era devida ao homem. Se isso estivesse errado...

E estava. Ele tinha errado completamente o cálculo. Na tela de visualização, o Mar era um padrão salpicado de luzes e sombras, ou, melhor dizendo, de frio e calor. As diferenças de temperatura eram de apenas frações de grau, mas o panorama era irremediavelmente confuso. Não havia a menor possibilidade de localizar nenhuma fonte individual de calor naquele labirinto térmico.

Com peso no coração, Tom Lawson desviou a vista da tela de visualização e encarou toda aquela poeira, incrédulo. Para um olhar leigo, o cenário continuava absolutamente inexpressivo – o mesmo cinza constante que sempre fora. Mas, no infravermelho, era tão manchado quanto o oceano em um dia nublado na Terra, quando as águas se cobrem de padrões cambiantes de sombra e luz do Sol.

Mas ainda não havia nuvens ali para projetar suas sombras no Mar árido; todas essas manchas devem ter alguma outra causa. O que quer que fosse, Tom estava muito atordoado para buscar uma explicação científica. Ele tinha feito todo o percurso até a Lua, arriscado seu pescoço e sua sanidade nessa viagem maluca, e no fim das contas, um equívoco da natureza tinha arruinado seu experimento planejado com tanta cautela. Era o maior azar possível, e ele sentiu muita pena de si próprio.

Vários minutos depois, ele viria a sentir pena das pessoas que estavam a bordo da *Selene*.

* * *

– Então – disse o comandante da *Auriga*, com uma calma exagerada –, você gostaria de pousar nas Montanhas da Inacessibilidade. É uma ideia bem interessante.

Era óbvio para Spenser que o capitão Anson não o estava levando a sério; ele provavelmente pensava estar lidando com um repórter louco que não fazia a menor ideia dos problemas envolvidos. Essa suposição estaria certa 12 horas antes, quando todo o plano não passava de um sonho vago na mente de Spenser. Mas agora ele tinha todas as informações na ponta dos dedos e sabia exatamente o que estava fazendo.

– Eu ouvi o senhor se gabando, capitão, de que consegue pousar esta nave a 1 metro de qualquer ponto que seja. Isso é verdade?

– Bom... com uma ajudinha do computador.

– Isso já é bom o suficiente. Agora dê uma olhada nesta fotografia.

– O que é isso? Glasgow em uma noite úmida de sábado?

– Temo que a imagem esteja ampliada demais e com qualidade baixa, mas mostra tudo o que queremos saber. É uma visão expandida desta área, logo abaixo do pico oeste das montanhas. Terei uma cópia muito melhor dentro de algumas horas, além de um mapa de contorno. O departamento de pesquisas lunares está fazendo isso agora mesmo, trabalhando a partir de fotos de arquivo. O que quero dizer é que tem uma saliência grande aqui, grande o suficiente para que umas doze naves possam pousar. E até que é bem plana, pelo menos neste ponto e neste outro aqui. Assim, pousar nela não representaria nenhum problema, do seu ponto de vista.

– Não representaria nenhum problema *técnico*, talvez. Mas você tem alguma ideia de quanto isso custaria?

– Isso é assunto meu, capitão, ou da minha rede. Nós achamos que pode valer a pena, se minha intuição se confirmar.

Spenser podia ter dito muito mais, mas era má ideia mostrar quanto se precisava do trabalho de outrem. Aquele podia muito bem ser o furo de notícia da década – o primeiro resgate espacial a acontecer literalmente sob o olhar de câmeras de tevê. Tinham acontecido vários acidentes e desastres no espaço, só Deus sabe, mas faltaram a eles todos os elementos de drama e suspense. Os envolvidos tinham morrido instantaneamente ou não tiveram a menor chance de serem salvos quando o apuro fora descoberto. Essas tragédias rendiam manchetes também, mas não um interesse humano continuado como o que ele previa para aquele caso.

– Não é só uma questão de dinheiro – disse o capitão, embora seu tom desse a entender que havia poucos assuntos de maior importância. – Mesmo que os proprietários concordem, você vai precisar conseguir liberação espacial do departamento de controle da Face Terrestre.

– Eu sei. Alguém já está cuidando disso neste exato momento. Isso pode ser resolvido.

– Mas e o Lloyd's? Nossa política não cobre passeios desse tipo.

Spenser se inclinou apoiado na mesa e preparou-se para soltar sua cartada definitiva.

– Capitão – disse ele, lentamente –, o *Notícias Interplanetárias* está preparado para fazer um depósito caução no valor segurado da nave, que eu vim a descobrir que é um valor inflacionado na ordem de 6,425 milhões de dólares de referência.

O capitão Anson piscou os olhos duas vezes, e todo o seu comportamento mudou imediatamente. Então, com um ar bastante pensativo, ele se serviu de mais uma dose.

– Nunca imaginei que fosse começar a fazer alpinismo nesta vida – disse ele –, mas se você é louco o suficiente para desembolsar 6 milhões de dólares... nesse caso, viro alpinista de coração.

* * *

Para grande alívio de seu marido, o interrogatório da sra. Schuster foi interrompido pelo almoço. Ela, uma senhora bem tagarela, obviamente ficara encantada com a primeira oportunidade, em anos, de falar com franqueza. Sua carreira não tinha sido especialmente notável quando o destino e a polícia de Chicago colocaram um ponto final repentino naquilo tudo, mas com certeza ela tinha circulado bastante e conhecido muitos dos melhores performers da virada do século. Para muitos dos passageiros mais velhos, suas reminiscências trouxeram à tona memórias da juventude, além de ecos efêmeros das músicas da década de 1990. Em determinado momento, sem que houvesse nenhum protesto do tribunal, ela prendeu a atenção de todos com uma interpretação da atemporal e querida canção "Spacesuit Blues". No quesito levantamento de moral, decidiu o comodoro, a sra. Schuster valia seu peso em ouro – e isso significava um bom tanto.

Depois do almoço (que os mais lentos conseguiram fazer durar meia hora, mastigando cada bocado umas cinquenta vezes) a leitura dos livros foi retomada, e os defensores de *A laranja e a maçã* finalmente tiveram sua vez. Como se tratava de um tema britânico, decidiu-se que o sr. Barrett era o homem certo para assumir a função. Ele protestou com certo vigor, mas todas as objeções foram pelo ralo.

– Pois, muito bem... – disse ele, relutante. – Lá vamos nós. Capítulo um. Drury Lane, 1665...

Com certeza o autor não perdeu tempo. Três páginas depois, Sir Isaac Newton estava explicando a Lei da Gravidade à sra. Gwyn, que já tinha dado indícios de que gostaria de oferecer algo em troca. Pat Harris conseguia imaginar de pronto a forma que aquele apreço acabaria assumindo, mas o dever o chamava. O entretenimento era para os passageiros, a tripulação tinha trabalho pela frente.

– Ainda tem um compartimento de emergência que eu não abri – disse a srta. Wilkins, com a porta da eclusa pressurizada cuidadosamente encostada atrás deles, o que abafava a entonação suavemente pausada do sr. Barrett. – Temos poucas bolachas e geleia, mas a carne compactada ainda aguenta.

– Não estou surpreso – respondeu Pat. – Todo mundo parece não suportar mais isso. Vamos ver as planilhas de inventário.

A comissária passou as planilhas datilografadas para ele, agora repletas de anotações a lápis.

– Vamos começar por esta caixa. O que tem dentro dela?

– Sabonete e toalhas de papel.

– Bom, *isso* não dá para comer. E nesta outra?

– Doces. Eu estava guardando para a comemoração... quando formos encontrados.

– Isso é uma boa ideia, mas acho que você pode liberar um pouco hoje à noite. Uma unidade para cada passageiro, de aperitivo. E esta?

– Mil unidades de cigarro.

– Certifique-se de que ninguém veja isso. Eu mesmo preferiria que você não tivesse me contado. – Pat lançou um sorriso irônico para Sue e seguiu para o próximo item.

Era bastante óbvio que a comida não seria um grande problema, mas, ainda assim, eles tinham que manter o controle daquilo. Ele conhecia muito bem a administração. Depois que eles fossem resgatados, mais cedo ou mais tarde um funcionário humano ou eletrônico insistiria em uma prestação de contas rigorosa de toda a comida que tinha sido consumida.

*Depois que eles fossem resgatados*. Ele acreditava mesmo que aquilo ia acontecer? Estavam desaparecidos há mais de dois dias, e ainda não houvera o menor sinal de que alguém estava procurando por eles. Ele não tinha certeza de que sinais podia haver, mas esperava por algum assim mesmo.

O capitão se pôs de pé, refletindo em silêncio, até que Sue perguntou, inquieta:

– Qual o problema, Pat? Tem alguma coisa errada?

– Ah, não – disse ele, com sarcasmo. – Vamos pousar na base dentro de 5 minutos. Foi uma viagem agradável, você não achou?

Sue encarou-o com incredulidade. Então, um rubor se espalhou por suas bochechas, e seus olhos começaram a marejar.

– Sinto muito – disse Pat, imediatamente arrependido. – Eu não queria dizer isso. A situação tem exigido muito de nós dois, e você tem sido maravilhosa. Não sei como teríamos feito sem você, Sue.

Ela limpou o nariz com um lenço, deu um sorriso de leve e respondeu:

– Não tem problema, eu entendo. – E os dois ficaram em silêncio por um instante, até que ela acrescentou: – Você acha mesmo que vamos conseguir sair dessa?

– Quem sabe? Enfim, pelo bem dos passageiros, nós precisamos aparentar confiança. Podemos ter certeza de que toda a Lua está à nossa procura. Não acredito que vá demorar muito mais.

– Mas, mesmo que eles nos encontrem, como é que vão nos tirar daqui?

Os olhos de Pat divagaram até a porta externa, a apenas alguns centímetros de distância. Ele conseguia tocá-la sem sequer sair do lugar. De fato, se ele imobilizasse a trava de segurança, conseguiria abri-la, pois ela era voltada para dentro. Do outro lado daquela fina camada de metal havia incontáveis toneladas de poeira que se derramariam para dentro, feito água em um navio afundando, caso fizessem a menor fenda possível pela qual elas pudessem entrar. A que distância eles estavam da superfície? Esse era um problema que o preocupara desde que eles tinham afundado, mas parecia não haver meios de descobrir.

Ele tampouco podia responder a pergunta de Sue. Era difícil pensar além da possibilidade de serem encontrados. Caso isso acontecesse, certamente o resgate viria na sequência. A raça humana não os deixaria morrer depois de descobrir que ainda estavam vivos.

Mas aquele era um pensamento muito positivo, e não lógico. Centenas de vezes no passado, homens e mulheres estiveram presos como eles estavam agora, e todos os recursos das grandes nações foram incapazes de salvá-los. Havia os casos de mineradores debaixo de deslizamentos de rochas, marinheiros em submarinos naufragados e, principalmente, astronautas em naves que adentraram órbitas inexploradas, além de qualquer possibilidade de serem interceptados. Muitas vezes lhes fora possível conversar livremente com amigos e parentes até o fim absoluto. Um desses casos tinha acontecido havia meros dois anos, quando a unidade principal da *Cassiopeia* tinha emperrado e toda a sua energia fora dedicada a arremessá-la para longe do Sol. Ela estava lá agora, indo em direção a Canopus, em uma das órbitas de maior precisão entre todos os veículos espaciais. Os astrônomos seriam capazes de apontar seu posicionamento num raio de alguns milhares de quilômetros pelo próximo milhão de anos. Isso deve ter sido de grande consolação para a sua tripulação, que agora estava em uma tumba mais duradoura que a de qualquer faraó.

Pat desviou a mente desse devaneio altamente infrutífero. Eles ainda contavam com um pouco de sorte, e ficar antecipando um desastre podia acabar atraindo coisa ruim.

– Vamos nos apressar para terminar esse inventário. Quero saber como estão os amassos da Nell com Sir Isaac.

Aquela era uma via de pensamento muito mais agradável, especialmente quando se está bem perto de uma garota atraente e vestida com pouca roupa. Numa situação dessas, pensou Pat, as mulheres tinham uma grande vantagem sobre os homens. Sue ainda parecia bastante elegante, apesar do fato de não ter sobrado muita coisa de seu uniforme em meio àquele calor tropical. Mas ele, assim como todos os homens a bordo da *Selene*, sentia-se pessoalmente desgrenhado com aquela barba de três dias, e não havia nada que pudesse fazer quanto a isso.

No entanto, Sue não pareceu se incomodar com a barba por fazer quando ele deixou de lado o pretexto do trabalho e se aproximou tanto dela que seus pelos roçaram a bochecha da comissária. Por outro lado, ela não demonstrou nenhuma empolgação, simplesmente ficou ali de pé, diante do armário meio vazio, como se esperasse por aquilo e não estivesse nem um pouco surpresa. Era uma reação desconcertante e, depois de alguns segundos, Pat se afastou.

– Imagino que você deva me achar um predador inescrupuloso – disse ele –, tentando me aproveitar de você desse jeito.

– Não especialmente – respondeu Sue, dando uma risada um tanto cansada. – Fico feliz em saber que não estou caindo nessa. Nenhuma garota se incomoda com um homem que *começa* a dar em cima dela. O que incomoda é quando ele não consegue parar.

– Você quer que eu pare?

– Nós não estamos apaixonados, Pat. E isso, para mim, é importante. Mesmo agora.

– Continuaria sendo importante se você soubesse que não vamos conseguir sair dessa?

A testa dela franziu de concentração.

– Não tenho certeza... mas você mesmo disse que precisamos acreditar que vão nos encontrar. Se não fizermos isso, podemos acabar desistindo logo de cara.

– Desculpe – disse Pat –, não quero tê-la nessas condições. Gosto muito de você, para começo de conversa.

– Fico feliz em ouvir isso. Você sabe que sempre gostei de trabalhar com você. Eu podia ter pedido transferência para vários outros empregos.

– Azar o seu de não ter feito isso – respondeu Pat. A breve rajada de desejo, desencadeada pela proximidade, pela solidão e pela escassez de roupas, além da tensão emocional, já tinha evaporado.

– Agora você está sendo pessimista de novo – disse Sue. – Você sabe que esse é seu maior problema. Você deixa as coisas te derrubarem. E você não se impõe, qualquer um consegue te levar na flauta.

Pat olhou para ela mais surpreso do que irritado.

– Eu não fazia ideia de que você gastava seu tempo me analisando – disse ele.

– Não gasto. Mas se você está interessado em alguma pessoa com quem trabalha, como pode evitar saber mais sobre ela?

– Bom, eu não acho que as pessoas me levem na flauta.

– Não? E quem está conduzindo esta nave agora?

– Se você está falando do comodoro, isso é completamente diferente. Ele é mil vezes mais qualificado para assumir essa tarefa do que eu. E ele tem sido absolutamente correto em relação a isso, pedindo minha permissão a todo momento.

– Ele não está incomodando ainda. Enfim, não é essa a discussão. Você não ficou *feliz* que ele tenha assumido?

Pat pensou sobre isso por vários segundos. Então encarou Sue com um respeito ressentido.

– Talvez você esteja certa, eu nunca liguei para impor a minha opinião ou afirmar minha autoridade, se é que tenho alguma. Acho que é por isso que sou motorista de um ônibus lunar, e não comandante de uma nave espacial. É um pouco tarde para tomar qualquer providência quanto a isso.

– Você ainda nem completou 30 anos.

– Obrigado por essas palavras tão gentis. Estou com 32. Nós da família Harris conservamos a beleza da juventude até uma idade avançada. Geralmente é só o que nos resta quando chegamos lá.

– Trinta e dois... e sem uma namorada firme?

*Há!, tem muitas coisas sobre mim que você não sabe*, pensou Pat. Mas não fazia sentido mencionar Clarissa e seu apartamentinho em Copernicus City, que agora parecia tão distante. (Será que Clarissa está muito decepcionada?, perguntou-se ele. Qual dos meninos a está consolando? Talvez Sue tenha razão, no fim das contas. Eu não tenho uma namorada *firme*. Não tive nenhuma desde Yvonne, e isso já faz cinco anos. Não, meu Deus, faz *sete* anos.)

– Acho que esses números ainda estão seguros – disse ele. – Qualquer dia desses eu acabo sossegando.

– Talvez você ainda esteja dizendo isso quando tiver 40 anos, ou 50. Tem tantos astronautas assim. Nunca sossegam antes da hora de aposentar, e aí é tarde demais. Veja só o comodoro, por exemplo.

– O que tem ele? Estou começando a ficar um pouco cansado deste assunto.

– Ele passou a vida inteira no espaço. Não tem família nem filhos. A Terra não deve significar muito para ele, afinal, passou tão pouco tempo lá. Mas ele deve ter ficado bem perdido quando atingiu o limite de idade. Esse acidente foi um presente de Deus; ele está aproveitando de verdade.

– Bom para ele, ele merece isso. Vou ficar feliz se tiver feito um décimo do que ele fez quando chegar a essa idade, o que não me parece muito provável no momento.

Pat se deu conta de que ainda estava segurando as planilhas de inventário; tinha esquecido completamente daquilo. Elas eram um lembrete dos recursos minguantes, e ele as olhou com certo desgosto.

– Vamos voltar ao trabalho – disse ele. – Precisamos pensar nos passageiros.

– Se a gente ficar muito tempo aqui – respondeu Sue –, os passageiros vão começar a pensar coisas a nosso respeito.

Essa frase continha mais verdade do que ela podia imaginar.

# 12

O silêncio do dr. Lawson, decidiu o engenheiro-chefe, tinha durado o bastante. Já passava da hora de retomar a comunicação.

– Tudo certo, doutor? – perguntou ele, com seu tom mais amigável.

Houve um latido curto e irritado, mas aquela raiva se destinava ao Universo, e não a ele.

– Não vai funcionar – respondeu Lawson, com amargura. – A imagem de calor é muito confusa. Tem dezenas de pontos quentes, não só aquele que eu estava esperando.

– Pare o seu esqui. Vou me aproximar para dar uma olhada.

O Espanador Dois deslizou até parar, e o Espanador Um foi se aproximando até os dois veículos quase se encostarem. Movendo-se com uma facilidade surpreendente apesar da dificuldade imposta por seu traje espacial, Lawrence se lançou de um esqui para o outro e ficou de pé, segurando os suportes da capota suspensa, atrás de Lawson. Ele conferiu a imagem do conversor infravermelho por cima do ombro do astrônomo.

– Entendi o que você estava dizendo, é uma bagunça. Mas por que estava uniforme quando as suas fotos foram tiradas?

– Deve ser o efeito do nascer do Sol. O Mar está se aquecendo e, por algum motivo, não está esquentando todas as partes na mesma proporção.

– Talvez ainda possa fazer sentido fora desse padrão. Notei que tem áreas bastante nítidas, e deve haver alguma explicação para isso. Se a gente conseguir entender o que está acontecendo, pode ajudar.

Tom Lawson se mexeu fazendo um grande esforço. A casca quebradiça de sua autoconfiança tinha sido despedaçada por esse contratempo inesperado, e ele estava muito cansado. Tinha dormido pouco nos dois últimos dias, apressando-se do satélite para a nave espacial, em seguida até a Lua e ao esqui de poeira para, depois de tudo isso, a ciência ter falhado com ele.

– Pode haver dezenas de explicações – disse ele, aborrecido. – Essa poeira parece uniforme, mas deve ter pontos com diferentes condutividades. E deve ser mais fundo em alguns lugares do que em outros, isso poderia alterar o fluxo de calor.

Lawrence ainda estava mirando o padrão na tela, tentando relacioná-lo com o visual, a cena panorâmica ao seu redor.

– Espere um minuto – disse ele –, acho que você encontrou algo. – E dirigiu-se para o piloto: – Qual a profundidade da poeira aqui?

– Ninguém sabe. O Mar nunca foi adequadamente monitorado com sonar. Mas é bem raso nestas partes, estamos perto da extremidade norte. Às vezes a pá de uma hélice até atinge um recife de corais.

– Tão raso *assim*? Bom, aí está a sua resposta. Se tiver rochas a apenas alguns centímetros abaixo de nós, qualquer coisa pode acontecer com o padrão de calor. Pode apostar que a imagem vai voltar a ficar mais clara quando estivermos livres desses baixios. Isso é só um efeito local, causado por irregularidades logo abaixo de nós.

– Talvez você tenha razão – disse Tom, retomando o ânimo levemente. – Se a *Selene* afundou, deve estar em alguma área onde a poeira é relativamente profunda. Você tem *certeza* de que é raso aqui?

– Vamos descobrir, tenho uma sonda de 22 metros no meu esqui.

Uma única parte da haste telescópica bastou para provar o argumento. Quando Lawrence a enfiou na poeira, a sonda penetrou menos de 2 metros antes de atingir um obstáculo.

– Quantas hélices de substituição nós temos? – perguntou ele, pensativo.

– Quatro, dois conjuntos completos – respondeu o piloto. – Mas, quando atingimos uma rocha, o pino da cavilha se tensiona e as hélices não são danificadas. De todo modo, elas são feitas de borracha, normalmente só se torcem. Eu perdi apenas umas três no ano passado. A *Selene* perdeu uma dia desses, e o Pat Harris teve que sair para trocar. Um pouco de empolgação para os passageiros.

– Certo, vamos voltar a nos mexer. Tome o rumo do desfiladeiro. Tenho uma teoria de que ele continua debaixo do Mar, então a poeira deve ser mais funda lá. Se for, sua imagem deve começar a ficar mais clara quase que de imediato.

Sem muita esperança, Tom observou os padrões de luz e sombra que percorriam a tela. Os esquis estavam se movendo bem lentamente agora, o que lhe dava tempo para analisar a imagem. Eles tinham avançado 2 quilômetros quando ele viu que Lawrence estava perfeitamente certo.

As manchas e salpicados começaram a desaparecer; aquela desordem de calor e frio se aproximava de uma uniformidade. A tela adquiria um cinza estável à medida que as variações de temperatura se suavizavam. Não havia dúvidas: a poeira estava ficando mais profunda abaixo deles.

Saber que seu equipamento mais uma vez se provava eficiente deveria ter deixado Tom satisfeito, mas quase despertava o efeito contrário. Ele conseguia pensar apenas nas profundidades ocultas sobre as quais estava flutuando, apoiado no mais traiçoeiro e instável dos meios. Abaixo de si, podia haver golfos que se aprofundavam até o núcleo misterioso da Lua. A qualquer momento, aquilo podia engolir o esqui de poeira, como já tinha engolido a *Selene*.

Ele se sentia como se estivesse andando em uma corda bamba sobre um abismo ou como se estivesse abrindo um caminho estreito por uma areia movediça trêmula. Em toda a sua vida, ele fora inseguro, tendo acessado sentimentos de confiança e segurança somente por meio de suas capacidades técnicas – jamais no nível das relações pessoais. Agora os riscos de sua posição atual estavam reagindo com esses medos interiorizados. Ele sentia uma necessidade desesperada de um pouco de solidez, de algo firme e estável em que pudesse se segurar.

Ao longe estavam as montanhas, a apenas 3 quilômetros de distância – imensas e eternas, com suas raízes ancoradas na Lua. Ele observou o santuário daqueles picos elevados iluminado pelo Sol como um náufrago desamparado deve ter mirado, de sua jangada à deriva no Pacífico, uma ilha que passava além de seu alcance.

Do fundo de seu coração, ele desejou que Lawrence trocasse aquele oceano traiçoeiro e imaterial pela segurança da terra firme.

– Siga para as montanhas! – ele se pegou sussurrando. – Siga para as montanhas!

Não existe privacidade em um traje espacial quando o rádio está ligado. A 50 metros de distância Lawrence ouviu aquele sussurro e soube exatamente o que ele queria dizer.

Alguém não se torna engenheiro-chefe de meio mundo sem conhecer tanto os homens quanto as máquinas. *Assumi um risco calculado*, pensou Lawrence, *e parece que não funcionou. Mas não vou desistir sem antes tentar, talvez eu ainda consiga desarmar o estopim dessa bomba-relógio psicológica antes que ela exploda.*

Tom não tinha notado a aproximação do segundo esqui, já consumido demais por seu pesadelo. No entanto, de repente ele estava sendo sacudido violentamente, com tanta força que sua testa bateu na beirada inferior de seu capacete. Por um momento sua vista foi ofuscada por lágrimas de dor. Depois, com raiva – embora, ao mesmo tempo, também uma inexplicável sensação de alívio –, ele se percebeu olhando no fundo dos olhos obstinados de Lawrence e ouvindo sua voz reverberar nos alto-falantes do traje.

– Chega desse absurdo – disse o engenheiro-chefe. – E espero que você não vomite dentro de um de nossos trajes espaciais. Toda vez que isso acontece temos que desembolsar 500 dólares para colocá-lo de volta em operação. E mesmo assim ele nunca mais volta a ser exatamente o mesmo.

– Eu não estava passando mal – Tom tentou balbuciar. Então ele se deu conta de que a verdade era muito pior e sentiu gratidão por tamanha sensibilidade da parte de Lawrence.

Antes que ele pudesse acrescentar qualquer coisa, o outro retomou a fala ainda com firmeza, mas com um pouco mais de gentileza:

– Ninguém mais pode nos ouvir, Tom, estamos no circuito do traje agora. Então me ouça, e não fique bravo. Sei bastante coisa a seu respeito, sei que você foi bem maltratado pela vida. Mas você tem um cérebro, e dos bons, por isso, não vá desperdiçá-lo se comportando feito uma criança assustada. Claro, todos nós somos crianças assustadas em um momento ou outro, mas não é hora disso. Tem 22 vidas dependendo de você. Dentro de 5 minutos vamos resolver essa história de um jeito ou de outro. Fique de olho nessa tela e se esqueça de todo o resto. Vou tirar você daqui inteiro, não se preocupe com *isso*.

Lawrence deu um tapinha no traje – dessa vez com mais sutileza – sem desviar o olhar do rosto aflito do jovem cientista. Em seguida, sentindo um alívio imenso, ele viu Lawson relaxar aos poucos.

Por alguns instantes, o astrônomo ficou sentado quase sem se mover, sem dúvida com total controle de si, mas aparentemente dando ouvidos a alguma voz interna. O que ela estaria lhe dizendo?, perguntou-se Lawrence. Talvez que ele fazia parte da raça humana, por mais que tivesse sido condenado àquele orfanato indescritível quando criança. Talvez que, em algum lugar no mundo, devia haver alguém que podia se importar com ele, e que conseguiria romper o gelo que tinha incrustado seu coração.

Era uma composição bem estranha a planície lisa como um espelho entre as Montanhas da Inacessibilidade e o Sol nascente. Como navios em calmaria num mar morto e estagnado, o Espanador Um e o Espanador Dois flutuavam lado a lado, sem que seus pilotos sequer desconfiassem do conflito de vontades que acabara de acontecer, ainda que fizessem uma vaga ideia. Ninguém que observasse aquilo a distância poderia adivinhar as questões que estavam em jogo, as vidas e destinos que tinham estremecido naquele balanço, e os dois homens envolvidos nunca voltariam a mencionar o assunto.

De fato, eles já estavam preocupados com outra coisa. Pois, naquele mesmo instante, os dois se deram conta de uma situação de elevada ironia.

Todo o tempo em que estiveram parados ali, tão concentrados em seus próprios assuntos, nem ao menos tinham olhado para a tela do escâner infravermelho, que mostrava pacientemente a imagem que eles vinham buscando.

Quando Pat e Sue terminaram o inventário e saíram da eclusa pressurizada, os passageiros ainda estavam concentrados na Inglaterra dos tempos da Restauração. À breve palestra de física de Sir Isaac seguiu-se, como dava para prever com alguma facilidade, uma aula de anatomia consideravelmente mais longa da parte de Nell Gwyn. O público estava mergulhado fundo naquilo, especialmente com o sotaque inglês de Barrett a todo vapor.

> – Por certo, Sir Isaac, o senhor é um homem deveras sábio. Ainda assim, creio que uma mulher possa lhe ensinar muito.
>
> – E o que seria isso, minha bela senhora?
>
> Com alguma timidez, a sra. Nell ruborizou.

– Suspeito – soltou ela num suspiro – que o senhor tenha dedicado sua vida às coisas da mente. Esqueceu-se, Sir Isaac, de que o corpo também tem uma sabedoria bastante curiosa.

– Pode me chamar de Ike – disse o sábio com a voz rouca, enquanto seus dedos desajeitados investiam contra os fechos da blusa dela.

– Não aqui... no palácio! – protestou Nell, sem fazer esforço algum para mantê-lo distante. – O rei logo estará de volta!

– Não fique alarmada, minha bela. Charles está na folia com aquele escritor Pepys. Não vamos ver nem rastro dele hoje à noite...

*Se a gente conseguir sair daqui*, pensou Pat, *precisamos mandar uma carta de agradecimento para a adolescente de 17 anos que mora em Marte e supostamente escreveu essa bobagem. Está mantendo todos entretidos, e isso é tudo o que importa agora.*

Não, havia alguém que não estava *nada* entretido. Com certo desconforto, ele se deu conta de que a srta. Morley estava tentando fisgar seu olhar. Lembrando-se de suas atividades enquanto capitão, ele se voltou na direção dela e lhe deu um sorriso tranquilizador, mas mais para constrangido.

Ela não retribuiu o gesto. Se muito, sua expressão ganhou um caráter ainda maior de censura. Lenta e deliberadamente, ela olhou para Sue Wilkins e, depois, de volta para ele.

Palavras não se faziam necessárias. Ela estava dizendo, com tanta clareza quanto se tivesse gritado em alto e bom som: "Eu sei o que *vocês dois* andam fazendo lá atrás na eclusa de ar".

Pat sentiu o próprio rosto se inflamar de indignação, a devida indignação de um homem acusado injustamente. Por um momento, ele ficou congelado em sua poltrona enquanto o sangue bombeava em suas bochechas. Então balbuciou para si mesmo: "Vou mostrar para essa vaca velha".

Ele ficou de pé, deu um sorriso de doçura venenosa para a srta.

Morley e disse alto o suficiente para que ela pudesse ouvir:

– Srta. Wilkins! Acho que esquecemos de algo. Você pode voltar à eclusa de ar?

Quando a porta se fechou mais uma vez atrás deles, interrompendo a narração de um incidente que despertava as mais graves dúvidas sobre a paternidade do duque de St. Albans, Sue Wilkins olhou para ele com uma surpresa perplexa.

– Você viu aquilo? – disse ele, ainda fervilhando.

– Vi o quê?

– A srta. Morley...

– Ah – interrompeu Sue –, não se preocupe com ela, coitadinha. Ela está de olho em você desde que saímos da base. Você sabe qual é o problema dela.

– Qual? – perguntou Pat, já desconfortavelmente certo da resposta que viria.

– Imagino que possa ser chamado de virgindade encravada. É uma queixa comum, e os sintomas são sempre os mesmos. Só existe uma cura para isso.

Os caminhos do amor são estranhos e tortuosos. Havia meros 10 minutos, Pat e Sue tinham deixado a eclusa de ar juntos, tendo concordado mutuamente em manter um clima casto de afeto. Mas agora, a improvável combinação da srta. Morley com Nell Gwyn, mais a sensação de que "se está no inferno, abrace o capeta" – acrescida, talvez, do conhecimento instintivo de seus corpos de que, no longo prazo, o amor era a única defesa contra a morte –, tudo se unia para dominá-los. Por um momento eles ficaram ali parados, no espaço minúsculo e bagunçado da eclusa. Na sequência, sem que nenhum dos dois soubesse dizer quem deu o primeiro passo, estavam entregues aos braços um do outro.

Sue teve tempo de dizer apenas uma frase antes que os lábios de Pat a silenciassem:

– Não *aqui* – sussurrou ela –, no palácio!

# 13

O engenheiro-chefe Lawrence ficou encarando a tela de brilho fraco, tentando ler a mensagem. Como todos os engenheiros e cientistas, ele tinha passado uma fração considerável de sua vida observando imagens pintadas por elétrons apressados, que registravam eventos muito grandes ou muito pequenos, muito intensos ou muito tênues para serem percebidos por olhos humanos. Fazia mais de cem anos que o tubo de raio catódico tinha firmado o mundo invisível na compreensão do Homem, e ele próprio já havia esquecido que algo assim um dia estivera fora de seu alcance.

A 200 metros dali, de acordo com o escâner infravermelho, havia uma mancha de calor ligeiramente mais intensa do que no restante na superfície daquele deserto empoeirado. Era quase perfeitamente circular e bastante isolada. Não existiam outras fontes de calor em todo o campo de visão. Ainda que fosse muito menor do que o trecho que Lawson tinha fotografado do *Lagrange*, estava situada no lugar certo. Dava pouca margem para pensar se não era a mesma coisa.

No entanto, não havia provas de que era aquilo que estavam buscando. Várias explicações eram possíveis; talvez apenas marcasse o local de um pico isolado, que vinha escalando das profundezas até quase chegar à superfície do Mar. Só havia uma maneira de descobrir.

– Você fique aqui – disse Lawrence. – Vou seguir em frente com o Espanador Um. Me diga quando eu estiver exatamente no centro do local.

– Você acha que vai ser perigoso?

– Não é muito provável, mas não faz sentido que nós dois corramos risco.

Devagar, o Espanador Um foi deslizando adiante até chegar àquela mancha de brilho enigmático – tão óbvia para o escâner infravermelho, mas totalmente invisível ao olhar.

– Um pouco para a esquerda – ordenou Tom. – Mais alguns metros... Está quase lá... Uou!

Lawrence ficou encarando a poeira acinzentada sobre a qual seu veículo estava flutuando. À primeira vista, parecia tão inexpressiva quanto qualquer outra parte do Mar. Então, olhando mais de perto, ele viu algo que fez seus pelos se arrepiarem.

Examinando com muito cuidado, como ele estava fazendo naquele momento, a poeira exibia um padrão alternado extremamente fino. *Esse padrão estava se movendo, a superfície do Mar estava rastejando lentamente na direção dele, como se estivesse sendo assoprada por um vento invisível.*

Lawrence não gostou nem um pouco daquilo. Na Lua, aprendia-se a ficar desconfiado de qualquer coisa anormal e inexplicável; geralmente significava que algo ia mal ou que logo desandaria. A poeira que ia arrastando devagar era ao mesmo tempo sinistra e perturbadora. Se uma embarcação tinha naufragado ali, algo tão pequeno quanto um esqui devia correr riscos ainda maiores.

– É melhor manter distância – aconselhou ele ao Espanador Dois. – Tem algo estranho aqui, não estou entendendo.

Ele descreveu o fenômeno cuidadosamente para Lawson, que refletiu um pouco e respondeu quase de imediato:

– Você está dizendo que parece uma nascente no meio da poeira?

É exatamente isso. Nós já sabemos que existe uma fonte de calor aqui. E é potente o bastante para despertar uma corrente de convecção.

– Mas o que poderia fazer isso? Não pode ser a *Selene*.

O engenheiro-chefe sentiu uma onda de desapontamento tomar conta de si. Era uma caça infrutífera, como ele temia desde o princípio. Algum bolsão de radioatividade ou uma erupção de gases quentes liberados pelo tremor tinham enganado seus instrumentos e os arrastado até aquele ponto desolado. Era melhor que saíssem dali quanto antes, pois isso ainda podia representar perigo.

– Um minuto – disse Tom. – Um veículo com maquinário considerável e 22 passageiros deve produzir uma boa quantidade de calor. Uns 3 ou 4 quilowatts, no mínimo. Se essa poeira estiver em equilíbrio, é o suficiente para criar uma nascente.

Lawrence pensou que aquilo era muito improvável, mas estava disposto a se apegar à menor das evidências. Ele então sacou a fina sonda de metal e a enfiou verticalmente na poeira. De início, conseguiu penetrar quase sem resistência, mas, à medida que as extensões telescópicas eram acrescentadas ao comprimento, foi ficando cada vez mais difícil movê-la. Quando os 20 metros da sonda já estavam operantes, ele precisou de toda a sua força para empurrá-la para baixo.

A extremidade superior da sonda desapareceu na poeira. Ele não tinha atingido nada. Mas também eram parcas as suas esperanças de ter sucesso logo na primeira tentativa. Ele teria que realizar esse trabalho com base na ciência e definir um padrão de busca.

Depois de alguns minutos indo para lá e para cá, ele tinha traçado um quadrante em toda a área com faixas paralelas de fita branca, a 5 metros de distância. Feito um lavrador das antigas plantando batatas, ele começou a se mover ao longo da primeira das fitas, colocando a sonda dentro da poeira. Era um trabalho lento, que exigia concentração. Era como se ele fosse um cego tateando no escuro com um bastão flexível e esguio. Se aquilo que buscava estivesse além do alcance de seu bastão, ele teria que pensar em uma alternativa. Mas esse problema seria tratado no devido tempo.

Fazia uns 10 minutos que ele estava fazendo suas buscas quando acabou ficando um pouco descuidado. Era preciso contar com as duas mãos para operar a sonda, especialmente quando ela se aproximava do limite de sua extensão. Ele estava empurrando com toda a sua força, inclinado na extremidade do esqui, quando escorregou e caiu de cabeça na poeira.

Pat estava ciente da mudança de atmosfera assim que saiu da eclusa de ar. A leitura de *A laranja e a maçã* tinha acabado havia algum tempo, e uma discussão acalorada estava acontecendo. Ela só parou quando Pat entrou na cabine, e fez-se um silêncio embaraçoso enquanto ele avaliava a cena. Alguns dos passageiros olharam para o capitão de canto de olho, enquanto outros fingiram que ele não estava ali.

– E então, comodoro, qual o problema? – disse ele.

– Há uma sensação de que não estamos fazendo o nosso melhor para sair daqui – respondeu ele. – Eu expliquei que não temos alternativa senão esperar até que alguém nos encontre, mas nem todo mundo concorda com isso.

*Isso estava para acontecer mais cedo ou mais tarde*, pensou Pat. Conforme o tempo ia se esgotando e não havia nenhum sinal de resgate, os nervos iam começar a se exaltar e os humores, a se desentender. Não demorariam os pedidos para que se tomasse uma atitude – *qualquer* atitude. Era contra a natureza humana ficar sentado esperando sem fazer nada diante da morte.

– Já falamos disso várias vezes – disse ele, algo cansado. – Estamos a pelo menos 10 metros de profundidade e, mesmo que abríssemos a eclusa, ninguém conseguiria chegar até a superfície por causa da resistência da poeira.

– Você tem certeza disso mesmo? – alguém perguntou.

– Muita certeza – respondeu Pat. – Você já tentou nadar na areia? Não chegaria muito longe.

– Que tal tentar os motores?

– Duvido que eles consigam nos mover um centímetro que seja. Mesmo que conseguissem, iríamos para a frente, não para cima.

– Nós podíamos ir todos para a traseira, assim nosso peso talvez faça a dianteira empinar.

– É a tensão no casco que me preocupa – disse Pat. – Suponham que eu dê partida de fato nos motores; seria como dar de cabeça numa parede de tijolos. Só Deus sabe o dano que isso poderia causar.

– Mas existe uma chance de que isso possa funcionar. Não vale a pena correr esse risco?

Pat lançou um olhar para o comodoro, sentindo-se um pouco incomodado por ele ainda não ter demonstrado seu apoio. Hansteen o encarou de volta como quem diz: "Já cuidei disso até aqui, agora é a sua vez". Bom, aquilo era justo, especialmente depois do que Sue tinha acabado de dizer. Era chegada a hora de ele agir por conta própria ou pelo menos de demonstrar que era capaz de fazer isso.

– O perigo é muito grande – disse ele, categórico. – Estamos perfeitamente seguros aqui por pelo menos mais quatro dias. E muito antes disso, alguém vai nos encontrar. Então, por que arriscar tudo por uma chance de um em um milhão? Se fosse o nosso último recurso, eu diria sim, mas não agora.

Ele olhou em volta na cabine, desafiando qualquer um que quisesse discordar dele. Ao fazer isso, não pôde evitar cruzar com o olhar da srta. Morley, tampouco tentou evitá-lo. No entanto, foi com tamanha surpresa e constrangimento que a ouviu dizer:

– Talvez o capitão não esteja com muita pressa para sair daqui. Notei que não o temos visto muito ultimamente... *nem* a srta. Wilkins.

*Por que isso, sua vaca murcha?*, pensou Pat. *Só porque nenhum homem em pleno juízo...*

– Fique calmo, Harris! – disse o comodoro, bem a tempo. – *Eu* vou cuidar disso.

Foi a primeira vez que Hansteen se impôs de verdade. Até então ele tinha conduzido as coisas com calma e facilidade, ou ficava em segundo plano e deixava Pat ir em frente com os trabalhos. Mas agora estavam ouvindo a autêntica voz da autoridade, feito uma convocação de trompete em um campo de batalha. Aquele não era um astronauta aposentado falando, e sim um comodoro do espaço.

– Srta. Morley – disse ele –, esse foi um comentário muito insensato e desnecessário. Somente o fato de estarmos todos sob uma tensão considerável pode vir a explicar isso. Acho que a senhorita devia se desculpar com o capitão.

– É verdade – disse ela, com teimosia. – Peça para ele negar isso.

Em trinta anos, o comodoro Hansteen nunca perdera as estribeiras, e não tinha a intenção de fazer isso naquele momento. Mas ele sabia quando fingir essa reação, e o caso pedia um pouco de simulação. Ele não só estava irritado com a srta. Morley como também estava incomodado com Pat, pois sentia que o capitão o havia decepcionado. Claro, a acusação da srta. Morley podia ser infundada, mas Pat e Sue certamente tinham levado tempo à beça para fazer uma tarefa simples. Havia ocasiões em que aparentar inocência era quase tão importante quanto a coisa em si. Ele se lembrou de um velho provérbio chinês: "Não se abaixe para amarrar seus cadarços no canteiro de melões do seu vizinho".

– Eu não dou a mínima para as relações entre a srta. Wilkins e o capitão – disse ele com sua voz mais contundente. – Isso é assunto deles, e enquanto cumprirem suas funções com eficiência, não temos o direito de interferir. A senhorita está sugerindo que o capitão Harris não está fazendo o trabalho dele?

– Bom... eu não diria isso.

– Então, por favor, não diga nada. Já temos problemas suficientes em nossas mãos, não precisamos ficar inventando outros.

Os demais passageiros estavam sentados ouvindo tudo aquilo com a típica mistura de constrangimento e satisfação que a maioria dos homens sentia ao ouvir por acaso uma briga na qual não têm nenhuma participação. Todavia, num sentido bastante real, aquilo de fato dizia respeito a todos a bordo da *Selene*, pois era o primeiro desafio de autoridade, o primeiro sinal de que a disciplina estava fraquejando. Até agora o grupo estava bem consolidado em um todo harmonioso, mas então uma voz se insurgiu contra os mais velhos da tribo.

A srta. Morley podia ser uma solteirona neurótica, mas também era durona e determinada. O comodoro notou, sentindo uma náusea compreensível, que ela estava se preparando para responder.

Ninguém jamais saberia o que ela pretendia dizer, pois, naquele mesmo momento, a sra. Schuster soltou um guincho proporcional às suas dimensões.

Quando um homem cai na Lua, ele normalmente tem tempo para fazer algo a respeito, pois seus nervos e músculos foram projetados para lidar com uma gravidade seis vezes maior. Ainda assim, quando Lawrence, o engenheiro-chefe, caiu do esqui, a distância era tão curta que ele nem teve tempo de reagir. Quase de uma só vez ele atingiu a poeira – e foi engolfado pela escuridão.

Ele não conseguia ver absolutamente nada, exceto uma fluorescência bem fraca do painel de instrumentos dentro de seu traje. Com um cuidado extremo, começou a tatear ao redor naquela substância resistente e meio fluida em que estava chafurdado, tentando encontrar algum objeto sólido no qual se apoiar. Não havia nada. Ele não conseguia nem adivinhar qual era a direção de cima.

Um desespero que minava sua mente e parecia esgotar todas as suas forças quase o dominou. Seu coração hesitava com aquele batimento errático que anuncia a aproximação do pânico e a derrocada final da razão. Ele já tinha visto outros homens se tornarem animais que só faziam gritar e se contorcer, e soube que estava se movendo depressa nessa mesma direção.

De sua mente racional sobrou apenas o suficiente para se lembrar de que, apenas alguns minutos antes, ele tinha salvado Lawson desse mesmo destino, mas não estava em posição de apreciar a ironia da situação. Tinha que concentrar toda a força que lhe restava para retomar o controle e reprimir aquela hesitação em seu peito, que parecia estar a um passo de rasgá-lo em pedaços.

Então, bem alto e claro no alto-falante de seu capacete, fez-se um som tão completamente inesperado que as ondas de pânico cessaram de castigar a ilha de sua alma. Era Tom Lawson – rindo.

A risada foi breve, seguida de desculpas.

– Sinto muito, sr. Lawrence, não pude evitar. O senhor está tão engraçado aí, balançando as pernas no ar.

O engenheiro-chefe congelou em seu traje. O medo sumiu instantaneamente para dar lugar à raiva. Ele estava furioso com Lawson, mas muito mais furioso consigo mesmo.

Claro que ele não estava correndo perigo. Com seu traje inflado ele era como uma bexiga flutuando sobre a água, igualmente incapaz de afundar. Agora que sabia o que tinha acontecido, conseguia resolver a questão por conta própria. Deu chutes obstinados com suas pernas, empurrou com as mãos e foi saindo de seu centro de gravidade – a visão foi recobrada assim que a poeira escorreu para longe de seu capacete. Ele tinha afundado no máximo uns 10 centímetros, e o esqui estivera ao seu alcance todo o tempo. Era uma façanha notável que ele tivesse se desorientado completamente enquanto se agitava feito um polvo encalhado.

Juntando toda a dignidade possível, Lawrence se segurou no esqui e se colocou de volta a bordo. Não confiava em si mesmo para falar, pois ainda estava sem fôlego depois de tanto esforço desnecessário, e a voz podia acabar entregando o pânico que sentira havia pouco. E ele ainda estava irritado; não teria passado por idiota desse jeito na época em que trabalhava constantemente na superfície lunar. Ele estava fora de forma, pois a última vez que tinha usado um traje fora no seu teste anual de proficiência, e, nessa ocasião, nem tinha posto o pé para fora da eclusa.

De volta ao esqui, enquanto continuava a sondagem, aquela mistura de medo e raiva foi evaporando lentamente. Acabou sendo substituída por um ânimo de ponderação, pois Lawrence se dava conta de quanto os eventos da última meia hora o haviam vinculado a Lawson, quer ele gostasse disso ou não. Verdade, o astrônomo tinha gargalhado quando ele chafurdara na poeira, mas devia mesmo ter sido uma cena irresistivelmente engraçada. E Lawson ainda se desculpara por ter feito graça da situação. Alguns momentos antes, tanto a risada quanto a desculpa teriam sido igualmente inconcebíveis.

Então Lawrence se esqueceu de todo o resto, pois sua sonda atingiu um obstáculo 15 metros abaixo dali.

# 14

Quando a sra. Schuster gritou, a primeira reação do comodoro Hansteen foi: "Meu Deus, essa mulher vai ter um ataque histérico". Meio segundo depois, ele precisou reunir toda a sua força de vontade para não se juntar a ela.

Do lado de fora do casco, onde não havia nenhum som nos últimos três dias, exceto pelo sussurrar da poeira, finalmente fez-se um barulho. Era inconfundível, assim como o que ele significava. Alguma coisa metálica estava raspando o casco.

Instantaneamente, a cabine se encheu de gritos, vivas e choros de alívio. Enfrentando uma dificuldade considerável, Hansteen conseguiu se fazer ouvir.

– Eles nos encontraram – disse ele –, mas podem ainda não saber disso. Se trabalharmos juntos, eles terão mais chances de nos localizar. Pat, vá tentar o rádio. O restante de nós vai ficar batendo no casco, fazendo o velho sinal V em código Morse: PÁ PÁ PÁ PUM. Vamos lá, todos juntos!

A *Selene* reverberou com uma saraivada irregular de pontos e traços, que pouco a pouco foi ficando sincronizada num único batimento contínuo e retumbante.

– Parem um pouco! – disse Hansteen, um minuto depois. – Ouçam atentamente!

Depois do barulho, o silêncio se tornou inquietante, até mesmo enervante. Pat tinha desligado as bombas de ar e as hélices, de modo que o único som a bordo do cruzeiro eram os batimentos daqueles 22 corações.

O silêncio se arrastou por um tempo. Será que aquele barulho, no fim das contas, não passava de um movimento de contração e dilatação do próprio casco da *Selene*? Ou será que a equipe de busca – se é que existia uma – os havia perdido e seguido em frente na superfície vazia do Mar?

Abruptamente, os arranhões voltaram a acontecer. Hansteen interrompeu o entusiasmo renovado com um aceno de mão.

– *Ouçam*, pelo amor de Deus – suplicou ele. – Vamos ver se conseguimos fazer algo com isso.

Os arranhões duraram apenas alguns segundos antes de, mais uma vez, serem seguidos de um silêncio agonizante. Então alguém disse discretamente, mais para romper o suspense do que para fazer uma contribuição útil de fato:

– Isso parecia o barulho de um fio sendo arrastado. Talvez estejam tentando nos rebocar.

– Impossível – respondeu Pat. – A resistência seria muito grande, especialmente nesta profundidade. É mais provável que seja uma haste fazendo uma sondagem de cima a baixo.

– De todo modo – disse o comodoro –, tem uma equipe de buscas a poucos metros de nós. Vamos dar mais uma batida para eles. De novo, todos juntos...

PÁ PÁ PÁ PUM...

PÁ PÁ PÁ PUM...

Através do casco duplo da *Selene* e se espalhando pela poeira palpitava a fatídica abertura da Quinta Sinfonia de Beethoven, assim como havia pulsado na Europa ocupada um século antes. Na poltrona do piloto, Pat Harris ia dizendo, repetidamente, com uma urgência desesperada: "*Selene* chamando. Vocês estão ouvindo? Câmbio". E então ficava ouvindo por 15 segundos que pareciam eternos antes de retomar a transmissão. Mas o éter continuava tão silencioso como sempre estivera desde que a poeira os havia engolido.

A bordo da *Auriga*, Maurice Spenser observava o relógio com ansiedade.

– Caramba – disse ele –, os esquis devem ter chegado lá faz tempo. Quando mandaram a última mensagem?

– Faz 25 minutos – disse o responsável de comunicação da nave. – O relatório de meia em meia hora deve chegar em breve, quer eles tenham encontrado algo ou não.

– Tem certeza de que você ainda está na frequência certa?

– Cuide da sua parte que eu cuido da minha – retrucou o operador de rádio com indignação.

– Desculpe – respondeu Spenser, que tinha aprendido havia tempos a se desculpar rapidamente. – Suspeito que meus nervos estejam saltando.

Ele se levantou de sua poltrona e começou a dar voltas pela salinha de controle da *Auriga*. Depois de ter trombado dolorosamente em um painel de navegação – o jornalista ainda não tinha se acostumado à gravidade lunar, e estava começando a imaginar se isso aconteceria um dia –, ele conseguiu se controlar de novo.

Aquela era a pior parte de seu trabalho, a espera para saber se teria uma matéria ou não. Até o momento ele já tinha desembolsado uma pequena fortuna. Mas isso seria fichinha se comparado às faturas que logo se acumulariam se ele ordenasse ao capitão Anson que seguisse adiante. Mas, nesse caso, suas preocupações acabariam, pois ele teria seu furo.

– Aqui estão eles – disse o responsável de comunicação repentinamente. – E 2 minutos adiantados. Alguma coisa aconteceu.

* * *

– Eu atingi alguma coisa – disse Lawrence, lacônico. – Mas não sei dizer o que é.

– A que profundidade? – perguntaram Lawson e os dois pilotos, simultaneamente.

– A cerca de 15 metros. Avance mais 2 metros à direita. Vou tentar de novo.

Ele recolheu a sonda para voltar a inseri-la quando o esqui se movesse para a nova posição.

– Continua lá – relatou ele. – E na mesma profundidade. Avance 2 metros mais.

Agora o obstáculo tinha sumido, ou estava fundo demais para que a sonda pudesse alcançar.

– Nada ali. Me leve de volta na outra direção.

O mapeamento dos contornos de qualquer coisa que estivesse soterrada lá embaixo seria um trabalho lento e cansativo. Fora dois séculos antes, com métodos tão tediosos quanto esse, que homens começaram a vasculhar os oceanos da Terra, baixando cabos com pesos até o leito do mar e recapturando-os de volta. Era uma pena, pensou Lawrence, que ele não tivesse um sonar de eco que funcionasse ali, mas ele tinha também suas dúvidas de que ondas acústicas ou de rádio pudessem penetrar mais do que alguns metros naquela poeira.

Que besta! Ele devia ter pensado nisso antes! Era *isso* que estava acontecendo com os sinais de rádio da *Selene*. Se ela tinha sido engolida pela poeira, esta teria abafado e absorvido suas transmissões. Mas a esta distância, se ele realmente estivesse passando em cima do cruzeiro...

Lawrence sintonizou seu receptor na faixa de DESASTRE LUNAR... e lá estava ela, gritando ao máximo com sua voz robótica. O sinal estava pungente de tão forte – intenso o suficiente, pensaria ele, para ser capturado pelo *Lagrange* ou por Porto Roris. Então ele lembrou que sua sonda metálica ainda estava sobre o casco soterrado, o que configurava um caminho fácil para as ondas chegarem até a superfície.

O engenheiro-chefe ficou ouvindo aquela sucessão de pulsos por uns bons 15 segundos antes de juntar coragem para o passo seguinte. Ele nunca tinha esperado encontrar algo de fato, e mesmo agora aquela busca podia ser em vão. O transmissor automático poderia ficar ecoando por semanas, como uma voz vinda das tumbas, mesmo depois que os ocupantes da *Selene* estivessem mortos.

Então, com um gesto abrupto e irritado que desafiava a sorte a fazer o seu pior, Lawrence sintonizou na frequência do próprio cruzeiro – e quase ficou surdo com os gritos de Pat Harris: "*Selene* chamando. *Selene* chamando. Vocês estão me ouvindo? Câmbio".

– Aqui quem fala é o Espanador Um – respondeu ele. – Engenheiro-chefe na escuta. Estou 15 metros acima de vocês. Vocês estão todos bem? Câmbio.

Demorou bastante até que ele conseguisse entender algo da resposta, pois os gritos e comemorações ao fundo eram bem altos. Isso, por si só, bastava-lhe para confirmar que todos os passageiros estavam vivos e com o ânimo em dia. Ao ouvi-los, dava de fato para imaginar que estavam comemorando algo, embriagados. Tomados pela alegria de terem sido descobertos e fazer contato com a raça humana, eles pensavam que seus problemas tinham acabado.

– Espanador Um chamando Central de Controle de Porto Roris – disse Lawrence enquanto esperava o tumulto se acalmar. – Encontramos a *Selene* e estabelecemos contato por rádio. A julgar pelo barulho que vem de lá, todo mundo parece estar bem. Ela está a 15 metros de profundidade, exatamente onde o dr. Lawson tinha indicado. Farei contato de novo dentro de alguns minutos. Câmbio.

Na velocidade da luz, ondas de alívio e alegria começariam a se espalhar pela Lua, pela Terra e pelos demais planetas, devolvendo esperança aos corações de bilhões de pessoas. Nas ruas e esteiras rolantes, nos ônibus e naves espaciais, completos desconhecidos iam se voltar uns aos outros dizendo: "Você ficou sabendo? Encontraram a *Selene*".

De fato, em todo o Sistema Solar havia apenas um homem que não partilharia sinceramente de tamanha satisfação. Sentado em seu esqui, ouvindo toda aquela algazarra subterrânea e observando o padrão que se desenhava na poeira, o engenheiro-chefe Lawrence viu-se mais assustado e desamparado do que os homens e mulheres que se encontravam presos abaixo de si. Ele sabia que estava diante da maior batalha de sua vida.

# 15

Pela primeira vez em 24 horas, Maurice Spenser conseguiu relaxar. Tudo que podia ser feito tinha sido feito. Homens e equipamentos já tinham sido mobilizados a caminho de Porto Roris. (Por sorte, quem estava em Clavius era Jules Braques, que por acaso era um dos melhores câmeras do ramo, e eles tinham trabalhado juntos várias vezes.) O capitão Anson estava fazendo contas no computador e olhando pensativo para os mapas de contorno das montanhas. A tripulação (todos os seis integrantes) fora recolhida dos bares (todos os três) e informada de que havia mais uma mudança de rota. Na Terra, pelo menos uma dúzia de contratos fora assinada e enviada por telefax, e somas vultosas de dinheiro já tinham passado de uma mão a outra. Os magos financeiros do *Notícias Interplanetárias* estariam agora calculando, com precisão científica, quanto exatamente poderiam cobrar das outras agências pela matéria sem levá-las a enviar naves próprias até lá – não que isso fosse sequer provável, pois Spenser tinha garantido o furo. Era quase impossível que algum concorrente conseguisse chegar às montanhas em menos de 48 horas, ao passo que ele estaria lá dali a seis.

Sim, era bastante agradável levar a situação numa boa, com calma e confiante na certeza de que tudo estava sob controle e assumindo o rumo desejado. Eram esses interlúdios que faziam a vida valer a pena, e Spenser sabia como aproveitá-los ao máximo. Eram sua panaceia contra úlceras – que, mesmo depois de uma centena de anos, continuavam sendo a doença ocupacional da indústria da comunicação.

Contudo, relaxar no trabalho era algo típico dele. Spenser estava deitado, com um drinque na mão e uma bandeja de sanduíches na outra, na pequena sala de observação do prédio de embarque. Através das folhas duplas de vidro, ele avistava a doca minúscula de onde a *Selene* partira três dias antes. (Não havia meios de escapar desse vocabulário de marinheiro, por mais que fosse inapropriado para a situação.) Tratava-se de uma mísera faixa de concreto que avançava cerca de 20 metros na insipidez sinistra da superfície de poeira. Ao longo de quase todo o seu comprimento, feito uma sanfona gigante, estava o tubo flexível pelo qual os passageiros podiam caminhar do Porto até o cruzeiro. Agora aberto ao vácuo, ele estava esvaziado e parcialmente desmantelado – Spenser não conseguia pensar em uma vista mais deprimente.

Ele olhou seu relógio e, em seguida, aquele horizonte inacreditável. Se alguém lhe tivesse pedido para adivinhar a distância, ele teria dito que aquilo estava a pelo menos 100 quilômetros dali, e não a míseros 2 ou 3. Poucos minutos depois, um reflexo brilhoso do Sol acertou sua vista. Lá estavam eles, escalando até o topo da Lua. Eles estariam ali em 5 minutos, e fora da eclusa de ar em dez. Tempo bastante para terminar seu último sanduíche.

O dr. Lawson não demonstrou nenhum sinal de reconhecimento quando Spenser o cumprimentou. Nada surpreendente, posto que a última e breve conversa que tiveram acontecera quase que na escuridão total.

– Dr. Lawson? Sou o chefe de redação do *Notícias Interplanetárias*. O senhor autoriza a gravação?

– Um minuto – interrompeu Lawrence. – Eu conheço o cara do *Interplanetárias. Você* não é o Joe Leonard...

– Correto. Sou Maurice Spenser. Assumi a vaga do Joe na semana passada. Ele vai ter que se acostumar com a gravidade da Terra de novo. Caso contrário, ficará preso aqui pelo resto da vida.

– Bom, pelo visto você é bem rápido no gatilho. A gente mandou a informação por rádio não faz nem uma hora.

Spenser achou melhor não mencionar que tinha passado a maior parte do dia ali.

– Eu ainda quero saber se posso gravar um depoimento – repetiu Spenser, que era muito escrupuloso quanto a isso; alguns jornalistas costumavam aproveitar a oportunidade e seguiam em frente sem pedir permissão, mas, se você fosse pego fazendo isso, perdia o emprego; como chefe de redação, ele tinha que manter as regras às claras para proteger sua profissão e o público.

– Agora não, se você não se importar – disse Lawrence. – Tenho umas cinquenta coisas para organizar, mas o dr. Lawson terá o prazer de falar com você; foi ele quem fez a maior parte do trabalho e merece todo o crédito por isso. *Esse* depoimento meu você pode usar.

– Ahn... obrigado – balbuciou Tom, sentindo-se constrangido.

– Bom... vejo você mais tarde – disse Lawrence. – Eu estarei no escritório do engenheiro local, vivendo à base de comprimidos. Mas você bem que podia dormir um pouco.

– Não sem antes falar comigo – corrigiu Spenser, pegando Tom e conduzindo-o rumo ao hotel.

A primeira pessoa que eles encontraram no lobby de 10 metros quadrados foi o capitão Anson.

– Estive à sua procura, sr. Spenser – disse ele. – O Sindicato de Trabalhadores do Espaço está nos causando problemas. O senhor sabe que existe uma determinação de tempo de folga entre viagens. Bom, parece que...

– *Por favor*, capitão, agora não. Trate disso com o departamento jurídico do *Notícias Interplanetárias*. Ligue pra Clavius 1234 e peça para falar com o Harry Dantzig. Ele vai cuidar disso.

Spenser foi empurrando Tom Lawson, que não apresentava nenhuma resistência, escada acima (era estranho deparar com um hotel sem elevadores, mas eles eram desnecessários em um mundo onde um indivíduo pesava mais ou menos uns 12 quilos) e para dentro de sua suíte.

Exceto pelo tamanho excessivamente pequeno e pela total ausência de janelas, podia ser uma suíte de qualquer hotel na Terra. As cadeiras, o sofá e a mesa, bastante simples, eram fabricados com um mínimo de material, a maioria em plástico reforçado com fibra de vidro, embora quartzo fosse algo comum na Lua. O banheiro era perfeitamente convencional (o que era um alívio, depois daquelas traiçoeiras privadas de queda livre), mas a cama tinha uma aparência ligeiramente desconcertante. Alguns visitantes vindos da Terra achavam difícil dormir sob um sexto da gravidade a que estavam habituados, e, para benefício deles, um lençol elástico podia ser colocado na cama e ficava preso por molas leves. O conjunto todo tinha um aspecto distinto, misto de camisa de força com cela de paredes acolchoadas.

Outro toque animador era o aviso atrás da porta, que anunciava em inglês, russo e mandarim:

ESTE HOTEL É PRESSURIZADO INDEPENDENTEMENTE. CASO OCORRA ALGUMA FALHA NA CÚPULA, VOCÊ ESTARÁ EM PLENA SEGURANÇA. SE ISSO ACONTECER, POR FAVOR, FIQUE EM SEU QUARTO E ESPERE POR MAIS INSTRUÇÕES. OBRIGADO.

Spenser leu o aviso várias vezes, e continuava achando que essas informações básicas poderiam ter sido veiculadas de maneira mais confiante e despreocupada. O palavreado pecava no quesito charme.

E esse, decidiu ele, era o maior problema na Lua. A disputa contra as forças da natureza era tão intensa que não sobrava nenhuma energia para levar uma vida agradável. Isso ficava mais flagrante no contraste entre a incrível eficiência dos serviços técnicos e o comportamento displicente de pegar-ou-largar que se observava em outras esferas da vida. Se você reclamasse do telefone, do encanamento, do ar (do ar principalmente!), tudo era consertado em questão de minutos. Mas tente conseguir um serviço rápido em um bar ou restaurante...

– Sei que o senhor está muito cansado – começou Spenser –, mas eu gostaria de fazer algumas perguntas. Imagino que não ficaria incomodado se eu ligasse o gravador?

– Não – disse Tom, que havia muito abandonara essa história de se importar com o que quer que fosse; ele estava afundado em uma cadeira, tomando mecanicamente o drinque servido por Spenser, mas obviamente sem sentir gosto algum.

– Aqui é Maurice Spenser, do *Notícias Interplanetárias*, conversando com o dr. Thomas Lawson. Doutor, tudo o que sabemos até o momento é que o senhor e o sr. Lawrence, engenheiro-chefe da Face Terrestre, encontraram a *Selene*, e que as pessoas estão seguras lá dentro. Talvez o senhor possa nos contar, sem entrar em muitos detalhes técnicos, como foi que vocês... mas que diabos!

Ele pegou o copo que ia caindo lentamente sem derrubar nenhuma gota, então acomodou o astrônomo adormecido no sofá. Bom, ele nem podia reclamar; aquela era a única coisa que não tinha funcionado conforme o plano. E até mesmo aquilo podia funcionar a seu favor, pois ninguém mais conseguiria encontrar Lawson enquanto ele estivesse dormindo naquela que o Hotel Roris, com uma pitada de senso de humor, chamava de suíte de luxo.

Em Clavius City, o comissário de turismo finalmente conseguiu convencer todo mundo de que não estava favorecendo ninguém.

Seu alívio ao ficar sabendo da descoberta da *Selene* logo sofreu um golpe quando a *Reuters*, a *Time-Space*, as *Publicações Triplanetárias* e o *Notícias Lunares* ligaram para ele numa sucessão rápida para perguntar como era possível que o *Notícias Interplanetárias* tivesse conseguido tomar a dianteira nessa história. Tudo estava disponível nas linhas de transmissão, na verdade, mesmo antes de chegar à sede da administração, graças ao monitoramento cuidadoso dos rádios dos esquis de poeira realizado por Spenser.

Agora que estava na cara o que tinha acontecido, as suspeitas de todos os outros serviços de notícias foram substituídas por uma franca admiração pela sorte e iniciativa de Spenser. Ainda demoraria um pouco até que se dessem conta de que ele tinha um truque ainda maior em sua tão generosa manga.

O Centro de Comunicação em Clavius tinha vivido muitos momentos dramáticos, mas esse era um dos mais memoráveis. Era quase como ouvir vozes do além-túmulo, pensou o comissário Davis. Algumas poucas horas antes, todos aqueles homens e mulheres estavam sendo dados por mortos – por mais que estivessem em forma e alegres, fazendo fila no microfone enterrado para transmitir mensagens que tranquilizassem seus amigos e parentes. Graças à sonda que Lawrence tinha deixado como marcador e antena, aquele cobertor de poeira de 15 metros não era mais capaz de apartar o cruzeiro do resto da humanidade.

Os repórteres impacientes teriam que esperar até que houvesse uma interrupção nas transmissões da *Selene* para conseguirem fazer suas entrevistas. A srta. Wilkins estava falando agora, ditando as mensagens que os passageiros tinham passado. O cruzeiro devia estar lotado de pessoas escrevendo seus telegramas na contracapa de guias, tentando condensar o máximo de informação no menor número possível de palavras. É claro que nenhum material desses podia ser citado ou reproduzido, era tudo informação privada, e o Ministro dos Correios dos três planetas despejaria uma fúria equivalente à de toda aquela gente em qualquer repórter que fosse tolo a ponto de usar isso. Falando estritamente, eles não deviam nem estar ouvindo tudo aquilo pelo circuito, como o responsável de comunicação havia indicado várias vezes com um nível de indignação que aumentava gradativamente.

– ... e diga pra Martha, pro Jan e pra Ivy não se preocuparem comigo, vou voltar logo para casa. Pergunte ao Tom como foi a negociação com Ericson e me dê notícias quando ligar de volta. Mando todo o meu amor para vocês. George. Fim da mensagem. Você pegou essa? *Selene* chamando. Câmbio.

– Central Lunar chamando *Selene*. Sim, temos tudo anotado, vamos garantir que essas mensagens sejam entregues sem demora e voltaremos com as respostas assim que elas chegarem. Agora podemos falar com o capitão Harris? Câmbio.

Fez-se uma breve pausa durante a qual os barulhos de fundo do cruzeiro podiam ser ouvidos claramente – sons de vozes que reverberavam levemente naquele espaço restrito, uma cadeira rangendo, um "com licença" abafado, e então:

– Capitão Harris chamando a Central. Câmbio.

O comissário Davis assumiu o microfone.

– Capitão Harris, aqui é o comissário de turismo. Sei que todos vocês têm mensagens para enviar, mas os serviços de notícias estão aqui e estão muito ansiosos para dar uma palavrinha com vocês. Em primeiro lugar, o senhor poderia fazer uma descrição sucinta das condições dentro da *Selene*? Câmbio.

– Bom, está bem quente, e não estamos usando muita roupa. Mas acho que nem podemos reclamar do calor, pois foi justamente isso que ajudou a nos encontrar. De todo modo, já nos acostumamos. O ar ainda está bom e temos comida e água o suficiente, embora o menu seja... monótono, por assim dizer. O que mais o senhor quer saber? Câmbio.

– Pergunte a ele sobre o moral, como os passageiros estão lidando com isso? Tem algum sinal de tensão? – disse o representante das *Publicações Triplanetárias*. O comissário de turismo transmitiu a pergunta, com um pouco mais de tato. Aquilo parecia causar um leve constrangimento do outro lado da linha.

– Todo mundo se comportou bastante bem – disse Pat, só um pouco precipitado demais. – Claro, todos nós estamos nos perguntando quanto tempo vai demorar para vocês nos tirarem daqui. O senhor saberia nos dar alguma ideia disso? Câmbio.

– O engenheiro-chefe Lawrence está em Porto Roris agora, planejando a operação de resgate – respondeu Davis. – Assim que ele tiver uma estimativa, vamos informar vocês. Nesse ínterim, como vocês têm passado o tempo? Câmbio.

Pat contou a ele, o que multiplicou imensamente as vendas de *Os brutos também amam* e, desafortunadamente, também deu novo fôlego a *A laranja e a maçã*, que já vinha apresentando sinais de arrefecimento. Ele também fez um breve relato dos procedimentos do tribunal, que tinham sido adiados *sine die*.

– Deve ter sido uma bela diversão – disse Davis –, mas agora não precisam mais depender somente de seus recursos escassos. Podemos mandar o que vocês quiserem: música, peças, debates. É só dar um nome que nós providenciaremos. Câmbio.

Pat se permitiu algum tempo para responder aquilo. O *link* de rádio já tinha transformado a vida deles, devolvendo a esperança e colocando-os em contato com as pessoas que amavam. Ainda assim, de certa forma, ele quase lamentava o fim do isolamento. Aquele clima de solidariedade tão acalentador, que nem mesmo a explosão da srta. Morley conseguira abalar muito, já tinha se transformado em sonho longínquo. Eles não formavam mais um único grupo, unido pela causa comum da sobrevivência. Agora suas vidas estavam divergindo novamente em uma série de objetivos e ambições independentes. A humanidade os havia engolido mais uma vez, assim como o oceano engole uma gota de chuva.

# 16

O engenheiro-chefe Lawrence não acreditava que comitês fossem capazes de realizar alguma coisa. Seus pontos de vista eram bem conhecidos na Lua, pois logo após a última visita bienal do Conselho de Pesquisas Lunares aparecera um bilhete na mesa dele que trazia a seguinte mensagem: Pouco vale o bom conselho onde não querem segui-lo.

Mas ele aprovava a existência desse comitê, uma vez que preenchia suas exigências um tanto rígidas. Ele era o presidente; não havia minutas, nem secretária, nem cronograma. Melhor de tudo, ele podia ignorar ou aceitar as recomendações feitas a seu bel-prazer. Era ele o homem encarregado das operações de resgate, a menos que o administrador-chefe decidisse dispensá-lo – o que Olsen só faria se sofresse grande pressão da Terra. O comitê existia meramente para fornecer ideias e conhecimento técnico, era seu grupo particular de especialistas.

Apenas metade dos doze integrantes estava presente fisicamente, os demais estavam espalhados pela Lua, pela Terra e pelo espaço. O especialista em física do solo, situado na Terra, estava em desvantagem, pois devido à velocidade finita das ondas de rádio, ele sempre ficaria com o atraso de um segundo e meio, e até seus comentários chegarem à Lua, quase 3 segundos teriam se passado. Por esse motivo, foi pedido a ele que tomasse notas e guardasse suas opiniões até o fim, interrompendo somente se fosse absolutamente necessário. Como muitas pessoas descobriram depois de fazer teleconferências a preços altíssimos, nada conseguia ser mais eficaz em atrapalhar uma discussão acalorada do que esse *delay* de 3 segundos.

– Para ajudar os recém-chegados – disse Lawrence, após a chamada de presença ter sido concluída –, vou deixá-los a par da situação. A *Selene* está a 15 metros de profundidade, em posição estável. Ela não sofreu danos, todos os seus equipamentos estão funcionando e as 22 pessoas lá dentro ainda estão com o ânimo em dia. Elas têm oxigênio suficiente por mais 90 horas, e *esse* é o prazo que devemos ter em mente.

E continuou:

– Para aqueles que não sabem como é a *Selene*, temos aqui um modelo em escala de um para vinte – e ele levantou o modelo da mesa, girando-o lentamente diante da câmera. – Ela é exatamente como um ônibus, ou uma pequena aeronave. O que ela tem de único é o sistema de propulsão, que utiliza essas hélices de pás largas e de arremetimento variável. Nosso maior problema, claro, é a poeira. Se vocês nunca a viram, não conseguem imaginar como ela é. Qualquer noção que vocês possam ter sobre areia ou outros materiais na Terra não se aplica aqui. Esse negócio é mais parecido com um líquido. Temos aqui uma amostra dela.

Lawrence ergueu um cilindro vertical comprido cujo terço inferior estava preenchido por uma substância cinza amorfa. Ele inclinou o objeto e aquela coisa começou a escorrer. Era algo que se movia mais rápido do que uma calda e mais devagar do que água, e levava alguns segundos para que sua superfície voltasse a ficar na horizontal depois de ter sido perturbada. Ninguém jamais poderia ter imaginado, só de olhar para aquilo, que não era um fluido.

– Este cilindro está selado com vácuo dentro, assim a poeira mostra seu comportamento normal – explicou Lawrence. – No ar é bastante diferente, fica muito mais pegajosa e se comporta como areia bem fina ou talco em pó. E adianto que é impossível fazer uma amostra sintética que tenha as propriedades da coisa de verdade. São bilhões de anos de dessecamento para produzir o artigo original. Se vocês quiserem fazer experimentos, podemos enviar quanto precisarem dessa poeira. Temos aqui para dar e vender, só Deus sabe.

Ele acrescentou:

– Alguns outros assuntos. A *Selene* está a 3 quilômetros do solo firme mais próximo: as Montanhas da Inacessibilidade. Pode haver várias centenas de metros de poeira abaixo dela, embora não estejamos certos disso. Assim como também não podemos ter muita certeza de que não acontecerão outros desmoronamentos, embora os geólogos achem que é muito improvável. Nosso único meio de chegar até o local é com os esquis de poeira. Temos duas unidades, e mais uma está sendo enviada da Face Remota para cá. Eles conseguem carregar ou rebocar até 5 toneladas de equipamentos. O maior volume individual que conseguiríamos colocar em um trenó seria de cerca de 2 toneladas. Então não podemos levar nenhum equipamento muito pesado para lá.

E finalizou:

– Bom, é esse o cenário. Temos 90 horas. Alguma sugestão? Eu tenho cá algumas ideias, mas gostaria de ouvir as de vocês antes.

Fez-se um longo silêncio enquanto os integrantes do comitê, espalhados por uma distância de quase 400 mil quilômetros, trouxeram à tona seus diversos talentos para abordar o problema. Então o engenheiro-chefe da Face Remota assumiu a fala, de algum lugar no bairro de Joliot-Curie:

– Meu palpite é que nós não vamos conseguir fazer nada efetivo em 90 horas. Teremos que construir equipamentos especiais, e isso sempre toma tempo. Então... precisamos providenciar um fornecimento de ar para a *Selene* lá embaixo. Onde fica a conexão umbilical dela?

– Atrás da entrada principal, na traseira. Não consigo visualizar como podemos mandar um tubo lá para baixo e ainda conseguir acoplá-lo a 15 metros de profundidade. Além disso, tudo ficará entupido de poeira.

– Tenho uma ideia melhor – interveio alguém. – Colocar um tubo pelo teto.

– Você precisará de dois tubos – sinalizou outro interlocutor. – Um para bombear o oxigênio para dentro e outro para sugar o ar impuro.

– Isso significa usar um purificador de ar completo. E nem vamos precisar disso se conseguirmos tirar essas pessoas de lá dentro no prazo de 90 horas.

– É uma aposta muito arriscada. Depois que o fornecimento de ar estiver seguro, podemos demorar o tempo que precisarmos, e aí essas 90 horas não vão mais nos preocupar.

– Aceito esse argumento – disse Lawrence. – Na verdade, tenho vários homens trabalhando nessas conexões agora mesmo. A próxima pergunta é: Será que tentamos içar o cruzeiro com todo mundo dentro ou vamos removendo os passageiros individualmente? Lembrem-se de que tem apenas um traje espacial a bordo.

– Seria possível afundar uma passagem até a porta e conectá-la à eclusa de ar? – perguntou um dos cientistas.

– Tem o mesmo problema dos tubos de ar. Até pior, na verdade, já que a conexão seria muito maior.

– E uma ensecadeira grande o suficiente para passar pelo entorno de todo o cruzeiro? Poderíamos afundá-lo em volta dela para então tirar toda a poeira.

– Isso exigiria toneladas de empilhamentos e escoramentos. E não se esqueçam de que essa barragem teria que ser isolada na parte de baixo. Caso contrário, a poeira escorreria de volta tão rápido quanto a tirássemos de cima.

– Dá para bombear esse negócio? – perguntou outra pessoa.

– Sim, com o tipo certo de impulsor. Mas não dá para sugá-la, claro. Ela precisa ser erguida. Uma bomba normal faz apenas cavitação.

– Essa poeira – resmungou o engenheiro-assistente de Porto Roris – tem as piores propriedades dos sólidos e dos líquidos, e nenhuma das vantagens. Ela não flui nem fica parada quando você quer.

– Posso dizer uma coisa? – disse o padre Ferraro, falando da estação Platão. – Essa palavra "poeira" é muito traiçoeira. O que temos aqui é uma substância que não tem como existir na Terra, por isso não tem um nome na nossa língua. O último a falar foi bem correto. Às vezes você tem que pensar nela como um líquido que não molha, meio parecido com mercúrio, mas muito mais leve. Em outras ocasiões, é um sólido fluido, feito piche, exceto pelo fato de que, obviamente, ela se move muito mais rápido.

– Alguma maneira de estabilizar isso? – alguém perguntou.

– Acho que essa é uma pergunta para o pessoal da Terra – disse Lawrence. – Dr. Evans, o senhor gostaria de comentar o assunto?

Todo mundo esperou pelos tais 3 segundos que, como sempre, pareciam muito mais compridos. Então o físico assumiu a palavra, com tamanha clareza que parecia estar na mesma sala:

– Andei pensando nisso. Deve haver algum aglutinante orgânico, uma espécie de cola, se preferirem, que grudaria o todo e permitiria lidar com isso mais facilmente. Água pura e simples poderia ter alguma utilidade? Vocês já tentaram isso?

– Não, mas vamos tentar – respondeu Lawrence, tomando nota.

– Esse negócio é magnético? – perguntou o oficial de controle de tráfego.

– Boa pergunta – disse Lawrence. – É, padre?

– Ligeiramente. Ele contém uma quantidade considerável de ferro meteórico. Mas não acho que isso possa nos ajudar em nada. Um campo magnético iria atrair o material ferroso, mas não atingiria a poeira como um todo.

– Seja como for, vamos tentar. – Lawrence fez outra anotação.

Ele tinha uma esperança, ainda que bastante tênue, de que alguma ideia brilhante sairia daquele embate de cérebros, algum conceito aparentemente rebuscado mas fundamentalmente razoável que resolveria o seu problema. E era um problema dele, quer gostasse disso ou não. Lawrence era responsável, mediante seus vários representantes e departamentos, por todo e qualquer pedaço de equipamento técnico naquela face da Lua – especialmente quando algo dava errado.

– Suspeito seriamente que sua maior dor de cabeça seja mesmo a logística – disse o oficial de controle de tráfego de Clavius. – Todo equipamento precisa ser transportado até lá nos esquis, e eles demoram pelo menos 2 horas para fazer a viagem de ida e volta, ou até mais, se estiverem rebocando carga pesada. Antes mesmo de entrar em operação, você vai ter que construir alguma espécie de plataforma de trabalho, tipo uma jangada, que possa ser deixada no local. Pode demorar cerca de um dia para colocar isso no lugar, e muito mais para levar todo o seu equipamento até ela.

– Inclusive alojamentos temporários – alguém acrescentou. – Os trabalhadores terão que ficar no local.

– Isso é uma consequência direta. Assim que arrumarmos uma jangada, podemos inflar um iglu em cima dela.

– Melhor ainda, você nem precisa de uma jangada. Um iglu irá boiar por conta própria.

– Voltando a essa história de jangada – disse Lawrence –, queremos unidades resistentes e desmontáveis que possam ser fixadas juntas no próprio local. Alguma ideia?

– Tanques de combustível vazios?

– Muito grandes e frágeis. Talvez tenha algo nas reservas técnicas.

E assim continuou; o grupo de especialistas estava reunido. Lawrence daria a eles mais meia hora para então se decidir quanto a seu plano de ação.

Não dava para passar muito tempo falando enquanto os minutos tiquetaqueavam e muitas vidas estavam em jogo. Ainda assim, esquemas precipitados e mal concebidos eram mais do que inúteis, pois podiam absorver recursos e habilidades capazes de fazer a balança pender entre o fracasso e o sucesso.

À primeira vista, parecia ser um trabalho bastante direto. Lá estava a *Selene*, a uns 100 quilômetros de uma base bem equipada. Sua posição era conhecida com precisão, e ela estava a apenas 15 metros de profundidade. Mas esses 15 metros apresentavam para Lawrence alguns dos problemas mais desconcertantes de toda a sua carreira.

E era uma carreira que podia chegar ao fim abruptamente, ele sabia muito bem. Seria muito difícil explicar sua falha caso aqueles 22 homens e mulheres morressem.

Era mesmo uma pena que não houvesse nenhuma testemunha para ver a descida da *Auriga*, pois tinha sido uma visão gloriosa. Uma nave espacial decolando ou aterrissando é um dos espetáculos mais impressionantes que o homem já forjou – excluindo alguns dos esforços mais exuberantes de engenheiros nucleares. E quando isso acontece na Lua, em câmera lenta e com um silêncio sinistro, adquire uma qualidade um tanto onírica que uma pessoa que tenha testemunhado isso jamais esquece.

O capitão Anson não via impedimento para tentar fazer alguma navegação extravagante, especialmente levando em conta que outra pessoa pagaria pelo combustível. Não havia nada no *Manual do mestre* sobre voar com uma nave espacial de carreira por 100 quilômetros – *100* quilômetros mesmo! –, ainda que os matemáticos fossem adorar elaborar uma trajetória, com base no cálculo de variações, usando o mínimo possível de combustível. Anson simplesmente irrompeu direto para cima a mil quilômetros (eram as especificações para o espaço profundo de acordo com a legislação interplanetária, mas ele só contaria isso a Spenser mais tarde) e tornou a descer com uma abordagem vertical padrão, contando com orientações finais do radar. O computador da nave e o radar monitoravam um ao outro, e ambos eram monitorados pelo capitão Anson. Qualquer um dos três podia ter feito o trabalho, por isso era algo bastante simples e seguro, por mais que não parecesse.

Especialmente para Maurice Spenser, que começou a sentir uma saudade imensa das colinas verdejantes e suaves da Terra à medida que aqueles picos desolados mostravam suas garras na direção dele. Por que tinha inventado de fazer aquilo? Com certeza havia maneiras mais baratas de cometer suicídio.

A pior parte era a queda livre entre os períodos sucessivos de frenagem. Imagine se os foguetes falhassem em seguir o comando de ignição e a nave continuasse mergulhando na direção da Lua, acelerando lenta e inexoravelmente até bater? De nada adiantava fingir que esse era um medo estúpido ou infantil, porque a mesma coisa já acontecera mais de uma vez.

No entanto, não aconteceria à *Auriga*. A insustentável fúria dos jatos de frenagem já estava castigando as rochas, mandando para o céu a poeira e os detritos cósmicos que não tinham sido perturbados em 3 bilhões de anos. Por um momento, a nave ficou suspensa num equilíbrio delicado a poucos centímetros do chão. Em seguida, quase relutantes, as colunas de chamas que a sustentavam se retraíram em seus compartimentos. As pernas amplamente espaçadas do trem de pouso fizeram contato, suas bases de apoio se acomodaram seguindo os contornos do chão, e a nave toda chacoalhou levemente por um segundo enquanto os amortecedores neutralizavam a energia residual do impacto.

Pela segunda vez num intervalo de 24 horas, Maurice Spenser tinha pousado na Lua. Esse era um feito que pouquíssimos homens podiam ostentar.

– Bom – disse o capitão Anson assim que deixou o painel de controle –, espero que você esteja satisfeito com a vista. Ela lhe custou bastante... e ainda tem aquele probleminha das horas extras. De acordo com o Sindicato de Trabalhadores do Espaço...

– O senhor não tem alma, capitão? Por que me incomodar com uma banalidade dessas num momento como este? Mas, se me permite dizer, e sem cobrar mais por isso, foi um pouso e tanto.

– Ah, isso faz parte do trabalho de rotina – respondeu o comandante, mesmo sem conseguir esconder alguns leves indícios de prazer. – Aliás, você se importaria de assinar aqui no diário de bordo, confirmando o horário de pouso?

– Para que serve *isso*? – perguntou Spenser, tomado de suspeitas.

– Comprovante de entrega. O diário de bordo é nosso documento legal primordial.

– Parece um pouco antiquado fazer isso por escrito – disse Spenser. – Achei que tudo fosse feito com tecnologia nuclear hoje em dia.

– Tradições do serviço – respondeu Anson. – Claro, os registros de voo circulam a todo momento quando estamos operando, e a viagem sempre pode ser retraçada a partir deles. Mas somente o diário de bordo do comandante fornece pequenos detalhes que diferenciam uma viagem da outra. Do tipo: "Passageira da segunda classe deu à luz gêmeos hoje de manhã", ou "No sinal das seis, foi avistada uma baleia branca na proa a estibordo".

– Retiro o que disse, capitão – falou Spenser. – O senhor *tem* mesmo uma alma, no fim das contas. – E acrescentou sua assinatura ao diário de bordo, para depois ir até a janela de observação a fim de avaliar a paisagem.

A cabine de controle, 150 metros acima do chão, contava com as únicas janelas desimpedidas da nave, e a vista que se tinha através delas era esplêndida. Atrás, ao norte, ficavam os baluartes das Montanhas da Inacessibilidade, chegando até o meio do céu. Aquele nome parecia agora inapropriado, pensou Spenser, pois *ele* as tinha acessado, e enquanto a nave estivesse ali talvez fosse possível até fazer pesquisas científicas de alguma utilidade, como coletar amostras de rochas. Muito além do valor jornalístico de estar em um local tão remoto, ele sentia um interesse genuíno pelas descobertas que podiam ser feitas ali. Nenhum homem jamais ficaria tão *blasé* a ponto de a promessa do desconhecido e do inexplorado não conseguir comovê-lo nem um pouco.

Na outra direção, ele conseguia ver pelo menos uns 40 quilômetros de extensão do Mar da Sede, que dominava no mínimo metade de seu campo de visão com um arco imenso de planeza imaculada. Mas o que o interessava mesmo estava a menos de 5 quilômetros de distância – e 2 quilômetros para baixo.

Claramente visível com ajuda de um par de binóculos de baixo consumo de energia estava a haste metálica que Lawrence deixara como marcador, por meio da qual a *Selene* estava agora ligada ao mundo. Aquela visão não era impressionante – apenas uma ponta de ferro saliente em meio a uma planície interminável –, mas, mesmo assim, tinha uma simplicidade resoluta que atraía Spenser. Daria uma bela abertura; simbolizava a solidão do homem naquele Universo imenso e hostil que ele estava tentando conquistar. Em poucas horas, essa planície seria tudo, menos solitária, mas até lá aquela haste serviria para montar o palco enquanto os comentaristas discutiriam possíveis planos de resgate e preencheriam o restante do tempo com entrevistas pertinentes. Aquilo não seria problema dele. A sucursal de Clavius e os estúdios lá na Terra dariam conta do recado. Agora ele só tinha um trabalho: ficar sentado em seu ninho de águias observando as imagens que não parariam de surgir. Com grandes lentes de *zoom* e graças à claridade perfeita daquele mundo sem ar, quando a ação começasse ele praticamente conseguiria fazer *closes* a partir do próprio lugar onde estava.

Spenser mirou a sudoeste, onde o Sol ia se erguendo vagaroso no céu. Na contagem da Terra, quase duas semanas de luz do dia esperava por eles. Portanto, não havia motivo para se preocupar com a iluminação. O palco estava pronto.

# 17

O administrador-chefe Olsen raramente fazia gestos públicos. Ele preferia governar a Lua com calma e eficiência nos bastidores, deixando que extrovertidos mais amigáveis, como era o caso do comissário de turismo, se encarregassem dos jornalistas. Assim, suas infrequentes aparições ganhavam um ar ainda mais impressionante – como ele pretendia que acontecesse.

Embora milhões de pessoas lhe estivessem assistindo, os 22 homens e mulheres a quem ele de fato se dirigia não podiam sequer vê-lo, pois não se julgou necessário instalar circuitos de imagem na *Selene*. No entanto, sua voz era tranquilizadora o suficiente e dizia tudo o que eles queriam saber.

– Olá, pessoal da *Selene* – começou ele –, quero lhes dizer que todos os nossos recursos na Lua estão agora sendo mobilizados para resgatar vocês. As equipes técnicas e de engenharia da minha administração estão trabalhando ininterruptamente para ajudá-los.

Olsen prosseguiu:

– O sr. Lawrence, engenheiro-chefe da Face Terrestre, está no comando, e tenho total confiança nele. Ele está agora em Porto Roris, onde os equipamentos especiais necessários para a operação estão sendo reunidos. Decidiu-se, e estou certo de que vocês vão concordar com isso, que a tarefa mais urgente é garantir a manutenção do suprimento de oxigênio de vocês. Por esse motivo, planejamos baixar tubos até aí. Isso pode ser feito com relativa rapidez, assim poderemos bombear oxigênio até aí embaixo, além de água e comida, se necessário. Então, assim que os tubos forem instalados, vocês não terão mais com o que se preocupar. Ainda pode demorar um pouquinho para acessá-los e tirá-los daí, mas vocês estarão bastante seguros. Só precisam se sentar e esperar por nós.

E finalizou:

– Agora vou encerrar a transmissão e liberar este canal de novo para que vocês possam falar com seus amigos e familiares. Sinto muito por todo o inconveniente e pela tensão a que vocês foram submetidos, mas tudo isso acabou agora. Vamos tirar vocês daí dentro de um ou dois dias. Boa sorte!

Uma explosão de conversas alegres irrompeu dentro da *Selene* assim que a transmissão do administrador-chefe Olsen chegou ao fim. Aquilo tinha despertado precisamente o efeito que ele pretendia. Os passageiros já estavam pensando em todo aquele episódio como uma aventura que viraria tema de conversa pelo resto da vida. Pat Harris era o único que estava um pouco descontente.

– Eu preferiria que o administrador-chefe não tivesse sido tão confiante – disse ele ao comodoro Hansteen. – Na Lua, comentários desse tipo sempre parecem desafiar o destino.

– Sei exatamente como você está se sentindo – respondeu o comodoro. – Mas você nem pode culpá-lo; ele só está pensando no nosso moral.

– E tudo bem quanto a isso, eu diria, especialmente agora que podemos falar com nossos amigos e parentes.

– Isso me lembra que tem um passageiro que não enviou nem recebeu nenhuma mensagem. E mais, ele parece não demonstrar o menor interesse nisso.

– Quem?

Hansteen baixou ainda mais o volume da voz:

– O neozelandês, Radley. Ele simplesmente fica sentado quieto naquele canto ali. Não sei muito bem por quê, mas ele me deixa um pouco ressabiado.

– Talvez esse pobre camarada não tenha ninguém na Terra com quem queira falar.

– Um homem com dinheiro suficiente para vir até a Lua tem que ter *algum* amigo – respondeu Hansteen e, em seguida, abriu um sorriso; era quase uma risada de moleque, que cintilou rapidamente por seu rosto suavizando-lhe as rugas e pés de galinha. – Isso pareceu cínico, não era a minha intenção. Mas sugiro que a gente fique de olho no sr. Radley.

– O senhor falou a respeito dele para a Sue... ahn, para a srta. Wilkins?

– Foi ela quem apontou isso para *mim*.

*Eu devia ter adivinhado*, pensou Pat com admiração, *são poucas as coisas que passam despercebidas aos olhos dela.* Agora que parecia de fato haver um futuro para ele, no fim das contas, Pat tinha começado a pensar com bastante seriedade em Sue e no que ela tinha-lhe dito. Em toda a sua vida, ele havia se apaixonado por umas cinco ou seis garotas – ou pelo menos era o que jurava à época –, mas essa era outra história. Ele conhecia Sue havia mais de um ano e desde o início sentira uma atração por ela, mas, até então, não tinha dado em nada. Quais eram os verdadeiros sentimentos dela? Sue poderia argumentar – e ele também, valia lembrar – que o que acontecera na eclusa de ar não era mais relevante. Fora apenas a ação de um homem e de uma mulher que pensavam ter somente algumas horas mais de vida. Não tinham sido eles mesmos.

Mas talvez tivessem sido, sim. Talvez fosse o verdadeiro Pat Harris e a verdadeira Sue Wilkins que finalmente tinham emergido daquele disfarce, revelados pela tensão e pela ansiedade dos últimos dias. Ele ficou imaginando como poderia ter certeza disso, mas, mesmo enquanto pensava a respeito, soube que só o tempo teria a resposta. Se havia algum teste infalível e científico que pudesse identificar quando você estava apaixonado, era algo que Pat desconhecia.

A poeira que se sobrepôs – se é que era esse o termo – ao cais de onde a *Selene* partira quatro dias antes tinha apenas alguns metros de profundidade, mas, para aquele teste, não era preciso mais. Se o equipamento construído às pressas funcionasse ali, funcionaria também em mar aberto.

Lawrence ficou assistindo do prédio de embarque enquanto seus assistentes em traje espacial parafusavam toda a estrutura. Como 90% das armações na Lua, ela era feita de faixas e barras de alumínio encaixadas. Em certos aspectos, pensou Lawrence, a Lua era um paraíso para engenheiros. A baixa gravidade, a total falta de ferrugem ou corrosão – na verdade, de clima em si, com seus ventos e chuvas e geadas imprevisíveis – acabavam de uma só vez com uma série de problemas que afligia todas as empreitadas terrestres. Mas, para compensar, claro, a Lua tinha algumas particularidades bem suas, como as noites a 200 graus abaixo de zero e a poeira contra a qual eles agora estavam lutando.

A estrutura leve da jangada estava apoiada sobre uma dúzia de grandes tambores de metal, que traziam os seguintes dizeres estampados em destaque: "Contém álcool etílico. Por favor, quando estiver vazio, devolva ao Centro de Expedição nº 3, Copérnico". O conteúdo deles agora era um vácuo de nível elevado; cada tambor suportaria o equivalente a 2 toneladas lunares antes de afundar.

Agora a jangada estava rapidamente ganhando forma. *Certifiquem-se de ter várias porcas e parafusos extras*, Lawrence pensou consigo. Ele tinha visto pelo menos meia dúzia deles cair na poeira, que os engolira de imediato. Uma chave inglesa também se fora. Solte um comunicado de que todas as ferramentas *devem* estar presas à jangada mesmo quando em uso, por mais inconveniente que isso possa ser.

Quinze minutos. Nada mau, considerando que os homens estavam trabalhando no vácuo e, além disso, eram dificultados por seus trajes. A jangada podia ser ampliada em qualquer direção, conforme fosse necessário, mas aquilo já bastaria para começar. Sozinho, esse primeiro segmento conseguia carregar mais de 20 toneladas, e ainda demoraria um pouco para descarregarem todo esse peso em equipamento no local.

Satisfeito com essa etapa do projeto, Lawrence deixou o prédio de embarque enquanto seus assistentes ainda estavam desmontando a jangada. Cinco minutos depois (essa era uma vantagem de Porto Roris, dava para chegar em qualquer lugar em 5 minutos) ele estava no depósito local de engenharia. O que ele encontrou lá não foi tão satisfatório assim.

Apoiado por um par de cavaletes, havia um modelo de 2 metros quadrados do teto da *Selene* – uma cópia exata da versão real, feita com os mesmos materiais. Faltava somente a camada externa de tecido revestido de alumínio que fazia as vezes de escudo solar; era tão fina e superficial que não afetaria o restante.

O experimento era absurdamente simples e envolvia apenas três ingredientes: um pé de cabra afiado, uma marreta e um engenheiro frustrado, que, apesar de seus vigorosos esforços, ainda não tinha conseguido martelar o pé de cabra no teto.

Qualquer um com o *mínimo* conhecimento das condições lunares teria adivinhado de cara por que ele não estava conseguindo. A marreta, obviamente, tinha só um sexto de seu peso terrestre. Portanto – e tão óbvio quanto –, ela era muito menos eficiente.

Esse raciocínio teria sido inteiramente falso. Uma das coisas mais difíceis para um leigo entender era a diferença entre peso e massa, e a incapacidade de fazer isso tinha levado a inúmeros acidentes. Pois o peso era uma característica arbitrária que podia ser mudada passando de um mundo a outro. Na Terra, aquela marreta pesaria seis vezes mais do que ali; no Sol, seria quase duzentas vezes mais pesada; e no espaço, não pesaria absolutamente nada.

Mas em todos esses lugares, e mesmo em todo o Universo, sua massa ou sua inércia seriam exatamente as mesmas. O esforço necessário para mover a marreta a certa velocidade e o impacto que ela produziria quando fosse interrompida seria constante em qualquer espaço ou tempo. Em um asteroide quase sem gravidade, onde pesaria menos do que uma pluma, essa marreta poderia pulverizar uma rocha com tanta eficácia quanto na Terra.

– Qual o problema? – disse Lawrence.

– O teto é muito flexível – explicou o engenheiro, secando o suor de sua testa. – O pé de cabra simplesmente quica toda vez que bate.

– Entendi. Mas será que isso vai acontecer quando estivermos usando um tubo de 15 metros, repleto de poeira em volta? Isso talvez absorva o recuo.

– Talvez... mas veja só isso.

Eles se ajoelharam sob o modelo e inspecionaram a parte de baixo do teto. Linhas de giz tinham sido traçadas em cima para indicar a posição da fiação elétrica, que devia ser evitada a todo custo.

– Esse material é tão rígido que não dá para fazer um buraco perfeito através dele. Quando ele perfura de fato, ele se estilhaça e despedaça. Veja só... já começou a trincar. Receio que se a gente tentar essa abordagem com força bruta vamos acabar quebrando o teto.

– E não podemos correr esse risco – concordou Lawrence. – Bom, então abandone essa ideia. Se não conseguimos com um bate-estaca, vamos ter que perfurar. Use uma broca parafusada na extremidade do tubo para que ela possa ser tirada facilmente. Como você está se saindo com o resto do encanamento?

– Quase pronto, é tudo equipamento padrão. Devemos acabar isso em 2 ou 3 horas.

– Volto daqui a duas – disse Lawrence.

Ele não acrescentou, como muitos teriam feito, que queria aquilo terminado até lá. Sua equipe estava fazendo o máximo possível, e não ajudava ameaçar nem persuadir homens treinados e dedicados para que trabalhassem mais rápido do que o seu máximo. Trabalhos como aquele não podiam ser apressados, e o suprimento de oxigênio da *Selene* ainda ia durar três dias. Dentro de algumas horas, se tudo corresse bem, esse prazo seria adiado para um futuro indefinido.

Infelizmente, as coisas estavam longe de correr bem.

O comodoro Hansteen foi o primeiro a reconhecer o perigo lento e traiçoeiro que se arrastava até eles. Já tinha passado por aquele tipo de situação antes, quando estava usando um traje espacial defeituoso em Ganimedes – um incidente do qual ele nem queria se lembrar, mas que nunca esquecera de fato.

– Pat – disse ele tranquilamente, garantindo que ninguém o pudesse ouvir por acaso –, você sentiu alguma dificuldade em respirar?

Pat ficou assustado, e então respondeu:

– Agora que você mencionou, sim. Eu atribuiria isso ao calor.

– Eu também pensei nisso de início. Mas conheço esses sintomas, especialmente a respiração rápida. Estamos começando a ficar intoxicados de dióxido de carbono.

– Mas isso é ridículo. Estamos supostamente tranquilos por mais três dias, a menos que alguma coisa tenha dado errado com os purificadores de ar.

– Suspeito que tenha mesmo. Que sistema nós usamos para nos livrar do dióxido de carbono?

– Absorção química direta. É um esquema muito simples e confiável. Nunca tivemos nenhum problema com isso antes.

– Sim, mas ele nunca teve que funcionar nessas condições antes. Acho que o calor deve ter nocauteado os produtos químicos. Nós temos algum meio de conferir isso?

Pat deu um meneio de cabeça.

– Não. A comporta de acesso fica do lado de fora do casco.

– Sue, minha querida – disse uma voz cansada que eles mal conseguiram reconhecer como sendo da sra. Schuster. – Você tem alguma coisa para dor de cabeça?

– Se tiver, eu também quero – disse outro passageiro.

Pat e o comodoro se entreolharam com gravidade. Os sintomas clássicos estavam se desenvolvendo com precisão clínica.

– Quanto tempo o senhor estimaria? – disse Pat, discretamente.

– Duas ou três horas no máximo. E vai demorar pelo menos seis até que o Lawrence e o pessoal dele consigam chegar aqui.

Foi então que Pat soube, sem nem mais discutir, que estava genuinamente apaixonado por Sue. Pois sua primeira reação não foi temer pela própria segurança, e sim sentir raiva e pesar pelo fato de que, depois de ter suportado tanta coisa, ela teria que morrer tão perto de serem salvos.

# 18

Quando Tom Lawson acordou naquele quarto de hotel estranho, não sabia ao certo nem mesmo *quem* era, e menos ainda onde estava. O fato de ter algum peso foi o primeiro lembrete de que ele não se encontrava mais no *Lagrange*; também não estava pesado o suficiente para estar na Terra. Então não tinha sido um sonho: ele estava na Lua e tinha mesmo estado no fatídico Mar da Sede.

E ele tinha ajudado a encontrar a *Selene*. Vinte e dois homens e mulheres agora tinham uma chance de viver graças à sua ciência e habilidade. Depois de tantos desapontamentos e frustrações, seus sonhos adolescentes de glória estavam prestes a se tornar realidade. Agora o mundo teria que se reaver com ele por sua indiferença e negligência.

O fato de que a sociedade havia fornecido a ele uma educação que, um século antes, apenas alguns homens podiam bancar, não aliviava em nada o rancor que Tom sentia por ela. Esse tratamento era automático nas eras atuais, em que toda criança era educada até o nível que sua inteligência e suas aptidões permitiam. Agora que a civilização precisava de todos os talentos que era capaz de encontrar simplesmente para se manter de pé, qualquer outra abordagem de política educacional seria suicídio. Tom não agradecia à sociedade por ter oferecido o ambiente ideal para que ele obtivesse seu doutorado, pois ela tinha agido em interesse próprio.

Ainda assim, naquela manhã ele não estava se sentindo tão amargo em relação à vida nem tão cínico quanto aos seres humanos. Sucesso e reconhecimento são ótimos emolientes, e ele estava no caminho certo para conseguir ambas as coisas. Mas tinha mais por trás disso: ele vislumbrara uma satisfação mais profunda. Lá fora, no Espanador Dois, quando seus medos e incertezas quase o esmagaram, ele tinha feito contato com outro ser humano e trabalhado numa parceria bem-sucedida com um homem cujas habilidades e coragem ele conseguia respeitar.

Não passava de um contato tênue que, como outros ocorridos no passado, podia acabar não levando a nada. Parte de sua mente esperava que isso acontecesse de fato, para que ele pudesse mais uma vez se assegurar de que todos os homens são canalhas egoístas e sádicos. Tom não tinha como fugir de sua tenra infância como o fizera Charles Dickens, que, com todo o sucesso e fama alcançados, conseguira escapar das sombras da fábrica de graxa que tinham obscurecido sua infância, tanto metafórica quanto literalmente. Mas ele tinha operado um novo começo – embora ainda tivesse muito o que fazer antes de se tornar um integrante da raça humana em sua plenitude.

Depois de tomar um banho e se arrumar, ele notou a mensagem deixada por Spenser sobre a mesa: "Tive que sair às pressas. Mike Graham está assumindo as atividades no meu lugar, ligue para ele no quarto 3443 assim que você acordar".

*Dificilmente eu conseguiria ligar para ele* antes *de acordar*, pensou Tom, cuja mente excessivamente lógica adorava pegar essas falhas de discurso. Mas ele obedeceu ao pedido de Spenser, resistindo heroicamente ao impulso de pedir o café da manhã antes.

Quando ele completou a ligação para Mike Graham, descobriu que tinha dormido por 6 horas bastante agitadas na história de Porto Roris, que Spenser tinha partido na *Auriga* para o Mar da Sede e que a cidade estava cheia de jornalistas vindos de toda a Lua, a maioria deles atrás do dr. Lawson.

– Fique exatamente onde você está – disse Graham, que tinha um nome e uma voz vagamente familiares para Tom; eles deviam ter se encontrado em alguma daquelas raras ocasiões em que ele sintonizava as transmissões lunares. – Estarei aí dentro de 5 minutos.

– Eu estou morrendo de fome – protestou Tom.

– Ligue para o serviço de quarto e peça o que quiser, por nossa conta, claro. Mas não saia da suíte.

Tom não se incomodou por estar recebendo ordens dessa maneira algo cavalheiresca. No fim das contas, aquilo significava que ele tinha se tornado uma propriedade importante. Ele ficou muito mais incomodado com o fato de Mike Graham ter chegado muito antes do serviço de quarto, como qualquer pessoa em Porto Roris poderia ter adivinhado. Diante da câmera miniatura de Mike havia agora um astrônomo faminto que tentava explicar exatamente, e para pelo menos 200 milhões de espectadores, como ele tinha conseguido localizar a *Selene*.

Graças à transformação operada pela fome e por suas experiências recentes, ele executou sua tarefa com toda a classe. Poucos dias antes, se algum repórter televisivo tivesse tentado arrastar Lawson para a frente das câmeras a fim de explicar a técnica de detecção por infravermelho, ele teria sido rápida e desdenhosamente cegado pela ciência. Tom teria feito uma palestra desenfreada e repleta de termos como eficiência de quantum, radiação de corpos negros e sensibilidade espectral, que teriam convencido seu público de que o assunto era extremamente complexo (o que, em grande medida, era verdade) e totalmente impossível de entender por parte de um leigo (o que, em grande medida, era falso).

Mas agora, apesar dos ocasionais clamores de urgência de seu estômago, ele estava respondendo às perguntas de Mark Graham com considerável cuidado e paciência, usando termos que a maioria dos espectadores podia entender. Para grande parte da comunidade astronômica que havia levado patadas de Tom em algum momento, aquilo era uma revelação. No *Lagrange II*, o prof. Kotelnikov resumiu bem o sentimento de todos os seus colegas quando, ao final dessa performance, fez o maior elogio que Tom poderia receber:

– Francamente – disse ele com um tom de incredulidade –, eu nunca o teria reconhecido.

Tinha sido praticamente uma façanha enfiar sete homens na eclusa de ar da *Selene*, mas, como Pat bem havia demonstrado, era o único lugar onde se podia ter uma conversa privada. Os outros passageiros sem dúvida se puseram a imaginar o que estava acontecendo, e eles logo ficariam sabendo.

Quando Hansteen terminou de falar, seus interlocutores pareciam compreensivelmente preocupados, mas não particularmente surpresos. Eles eram homens inteligentes, e já deviam ter adivinhado a verdade.

– Estou contando a vocês primeiro – explicou o comodoro – porque o capitão Harris e eu decidimos que todos são sensatos e resistentes o suficiente para nos ajudar se precisarmos. Espero por Deus que não seja o caso, mas podemos ter alguns problemas quando eu fizer o meu anúncio.

– E se houver? – perguntou Harding.

– Se alguém causar agitação, saltem para cima deles – respondeu o comodoro brevemente. – Mas pareçam tão casuais quanto puderem ao voltar para a cabine. Não deem a impressão de estar esperando por alguma briga, pois essa é a melhor maneira de começar uma de fato. O trabalho de vocês é estancar o pânico antes que ele se espalhe.

– O senhor acha que é justo – disse o dr. McKenzie – não darmos a oportunidade de as pessoas enviarem algumas mensagens derradeiras?

– Nós pensamos nisso, mas levaria muito tempo e deixaria todo mundo completamente deprimido. Queremos resolver isso tudo o mais rápido possível. Quanto antes agirmos, maior é a nossa chance.

– O senhor acha mesmo que temos alguma? – perguntou Barrett.

– Sim – disse Hansteen. – Apesar do fato de que eu detestaria citar as probabilidades. Mais alguma pergunta? Bryan? Johanson? Certo, então vamos em frente.

Enquanto eles marchavam de volta para a cabine e reassumiam seus lugares, os demais passageiros os encararam com curiosidade e com um alerta crescente. Hansteen não os deixou no suspense.

– Trago algumas notícias graves – disse ele, falando bem lentamente. – Vocês todos devem ter sentido dificuldade em respirar, e vários já reclamaram de dor de cabeça... Sim, suspeito que seja o ar. Ainda temos bastante oxigênio, não é esse o nosso problema. Só que não estamos conseguindo nos livrar do dióxido de carbono que exalamos. Ele está se acumulando dentro da cabine. Não sabemos o porquê disso. Meu palpite é que o calor invalidou os absorventes químicos. Mas a explicação pouco importa, pois não há nada que possamos fazer a respeito. – Ele teve que parar e dar várias respirações fundas antes de conseguir continuar.

– Então precisamos encarar esta situação. A dificuldade que estão sentindo em respirar vai ficar cada vez pior, assim como as dores de cabeça. Não vou tentar enganar vocês. A equipe de resgate possivelmente não conseguirá chegar até nós em menos de 6 horas, e não podemos esperar tanto assim.

Um suspiro abafado ecoou de algum lugar no meio do público. Hansteen evitou olhar em busca da origem daquilo. Um momento depois, houve um ronco agonizante da parte da sra. Schuster. Em outra ocasião, aquilo teria sido engraçado, mas não agora. Ela era uma das sortudas: já estava pacificamente, senão silenciosamente, inconsciente.

O comodoro tornou a encher os pulmões. Era cansativo ficar falando pelo tempo que fosse.

– Se eu não pudesse lhes oferecer alguma esperança – emendou ele –, não teria dito nada. Mas temos sim uma chance e precisamos agarrá-la logo. Não é das mais agradáveis, mas a alternativa é muito pior. Srta. Wilkins, por favor, passe-me os tubos de sono.

Fez-se um silêncio sepulcral, que não foi interrompido nem pela sra. Schuster, enquanto a comissária passava adiante uma pequena caixa de metal. Hansteen abriu-a e tirou um pequeno cilindro branco, do mesmo tamanho e formato de um cigarro.

– Vocês provavelmente sabem – continuou ele – que todos os veículos espaciais são obrigados por lei a carregar estes itens em seu kit de primeiros socorros. Eles são praticamente indolores e fazem você desmaiar por umas 10 horas. Isso pode acabar significando toda a diferença entre vida e morte, pois a taxa de respiração humana é reduzida a menos da metade quando se está inconsciente. Assim, nosso ar irá durar duas vezes mais do que duraria em outros casos. Tempo suficiente, esperamos, para que Porto Roris consiga nos acessar. Agora, é fundamental que pelo menos uma pessoa fique acordada para manter contato com a equipe de resgate. E, por segurança, é melhor que sejam duas. Uma delas deve ser o capitão, e acho que nisso todo mundo concorda.

– E imagino que a outra deva ser o senhor? – disse uma voz bastante familiar.

– Sinto muitíssimo, srta. Morley – disse o comodoro Hansteen, sem o menor indício de ressentimento, posto que não fazia sentido reavivar uma discussão que já tinha sido apaziguada. – Apenas para afastar quaisquer equívocos...

Antes que qualquer um se desse conta de fato do que acabara de acontecer, ele tinha pressionado o cilindro contra o próprio antebraço.

– Espero rever todos vocês daqui a 10 horas – disse com vagar e nitidez enquanto andava até a poltrona mais próxima; ele mal teve tempo de chegar ao seu destino quando caiu brusca e tranquilamente no esquecimento.

*Agora o show é todo seu*, Pat pensou consigo enquanto se punha de pé. Por um momento, ele sentiu vontade de dirigir algumas poucas e boas palavras à srta. Morley, até que se deu conta de que isso estragaria toda a dignidade da saída do comodoro.

– Eu sou o capitão desta embarcação – disse ele com uma voz firme e baixa. – E de agora em diante, eu dito as ordens.

– Não para *mim* – retorquiu a indomável srta. Morley. – Eu sou uma passageira pagante e tenho meus direitos. Não tenho a menor das intenções de usar esse negócio.

Aquela maldita mulher parecia intransigente. Pat também era obrigado a admitir que ela tinha coragem. Ele teve um vislumbre ligeiro e digno de pesadelo do futuro sugerido pelas palavras dela. Dez horas sozinho apenas com a srta. Morley e ninguém mais para conversar.

Ele lançou um olhar para os cinco apagadores de incêndio. O que estava mais próximo da srta. Morley era o engenheiro civil jamaicano, Robert Bryan. Ele parecia pronto e disposto a entrar em ação, mas Pat ainda esperava que aquele dissabor pudesse ser evitado.

– Eu bem gostaria de não ter que discutir sobre direitos – disse ele –, mas se vocês olharem as letras miúdas que existem nas passagens, irão descobrir que, em caso de emergência, eu sou o responsável absoluto aqui. Qualquer que seja a ocorrência, isto é para o próprio bem e para o conforto de vocês. Eu mesmo preferiria mil vezes estar dormindo do que acordado enquanto esperamos a equipe de resgate chegar.

– Eu acho o mesmo – disse o prof. Jayawardene, de maneira inesperada. – Como afirmou o comodoro, isso irá preservar o ar, então é a nossa única chance. Srta. Wilkins, pode me dar um negócio desses?

A lógica serena dessa intervenção ajudou a baixar a temperatura emocional, assim como o deslizar suave e obviamente confortável do professor rumo à inconsciência. "Dois já foram, faltam dezoito", murmurou Pat para si mesmo.

– Não vamos perder mais tempo – disse ele em voz alta. – Como podem ver, essas injeções são totalmente indolores. Dentro de cada cilindro tem um microjato hipodérmico, vocês não vão sentir nem uma picada de agulha.

Sue já estava entregando aqueles tubinhos de aparência inocente, e vários dos passageiros os utilizaram imediatamente. Lá se foram os Schuster (Irving, com uma ternura relutante e comovente, pressionou o tubo contra o braço de sua esposa adormecida) e o enigmático sr. Radley. Restavam quinze. Quem seria o próximo?

Agora Sue estava se aproximando da srta. Morley. *É agora*, pensou Pat. Se ela *ainda* estivesse determinada a causar um rebuliço...

Ele devia ter esperado por aquilo.

– Achei que tivesse deixado *bastante* claro que não quero um negócio desses. Por favor, tire isso daqui.

Robert Bryan começou a avançar, mas foi a voz sardônica e britânica de David Barrett que resolveu a questão.

– O que *realmente* preocupa essa boa senhora, capitão – ele ia dizendo, obviamente se deleitando com a alfinetada –, é que o senhor pode tirar proveito dela nessa condição de desamparo.

Por alguns segundos, a srta. Morley ficou sentada sem palavras e enfurecida, enquanto suas bochechas se enrubesciam vivamente.

– Eu nunca fui tão insultada em toda... – começou ela.

– Nem *eu*, minha senhora – retrucou Pat, concluindo a desmoralização dela.

Ela olhou para aquele círculo de rostos em volta – a maioria deles com ar solene, mas vários outros esboçando uma risada – e percebeu que só havia uma saída.

Enquanto a srta. Morley se afundava em uma poltrona, Pat soltou um longo suspiro de alívio. Depois daquele pequeno episódio, o restante devia ser fácil.

Então ele avistou a sra. Williams, cujo aniversário fora celebrado em estilo tão espartano poucas horas antes, e notou que ela estava encarando o cilindro em sua mão, congelada numa espécie de transe. Aquela pobre mulher estava obviamente aterrorizada, e ninguém podia culpá-la por isso. Na poltrona seguinte, seu marido já tinha se entregado. *Era meio deselegante*, pensou Pat, *isso de ir primeiro e deixar sua esposa se virando sozinha.*

Antes que ele conseguisse tomar qualquer atitude, Sue seguiu em frente.

– Sinto muito, sra. Williams, eu cometi um erro. Dei para a senhora um cilindro vazio. Será que pode me devolver?

Tudo aquilo foi feito com tamanho esmero que parecia um truque de encantamento. Sue pegou – ou pareceu pegar – o tubo daqueles dedos que nem apresentavam resistência, mas, ao fazer isso, deve tê-lo pressionado contra a sra. Williams. A mulher nunca soube o que aconteceu; ela se encaramujou silenciosamente e juntou-se a seu marido.

Metade das pessoas estava inconsciente agora. No geral, pensou Pat, aquilo causara uma desordem extraordinariamente pequena. O comodoro Hansteen fora muito pessimista. A brigada antitumulto nem se fizera necessária, no fim das contas.

Então, com um leve sentimento de náufrago, ele notou algo que o fez mudar de ideia. Parecia que, como de costume, o comodoro sabia exatamente o que estava fazendo. A srta. Morley não seria a única freguesa complicada.

* * *

Fazia pelo menos dois anos desde que Lawrence estivera dentro de um iglu. Houvera uma época, quando era engenheiro júnior de projetos de construção, que ele precisara viver em um por semanas a fio, até mesmo esquecendo como era estar cercado por paredes rígidas. Desde aqueles idos, muitas melhorias de design foram feitas, claro. Agora não apresentava nenhuma dificuldade especial viver em uma casa que poderia ser dobrada e guardada dentro de uma pequena caminhonete.

Tratava-se de um dos últimos modelos – um Goodyear modelo XX – que conseguia acomodar seis homens por um período indefinido de tempo, desde que eles tivessem fornecimento de energia, água, comida e oxigênio. O iglu podia prover todo o resto, até mesmo entretenimento, pois ele trazia embutida uma microbiblioteca de livros, músicas e vídeos. Não era nenhum luxo extravagante, embora os auditores questionassem isso com frequência. No espaço, o tédio podia ser fatal. Talvez demorasse mais do que um vazamento em um dos tubos de ar, mas era tão eficaz quanto, e às vezes ainda mais confuso.

Lawrence se abaixou ligeiramente para entrar na eclusa de ar. Em alguns dos modelos mais antigos, lembrou ele, era preciso se mover praticamente de quatro. Ele esperou pelo sinal de "pressão equalizada" para então adentrar a câmara principal hemisférica.

Era como estar dentro de um balão. De fato, era exatamente isso mesmo. Ele só conseguia ver parte do interior, pois o iglu tinha sido dividido em vários compartimentos por divisórias móveis. (Mais um refinamento moderno; nos tempos *dele*, a única privacidade que havia era uma cortina diante da privada.) No alto, 3 metros acima do chão, estavam as luzes e a grade do ar-condicionado, suspensas no teto por correias de elástico. Apoiadas na parede curva estavam estantes de metal desmontáveis, erguidas parcialmente. Do outro lado da divisória mais próxima vinha o som de uma voz que lia um inventário, ao passo que um interlocutor repetia em intervalos de poucos segundos: "Confere".

Lawrence deu a volta na divisória e se encontrou na área dos dormitórios do iglu. Assim como as estantes nas paredes, os beliches não tinham sido montados por inteiro. Fizeram só o necessário para ter certeza de que todas as peças e pedaços estavam no lugar, pois assim que o inventário fosse concluído, todas aquelas coisas seriam empacotadas e levadas com pressa para o local de ação.

Lawrence não interrompeu os dois estoquistas enquanto eles continuavam fazendo o inventário cuidadosamente. Era um daqueles trabalhos tediosos, mas fundamentais, do tipo que havia aos montes na Lua e dos quais vidas podiam depender. Um erro ali seria uma sentença de morte para alguém, em algum momento no futuro.

Quando a checagem atingiu o fim da planilha, Lawrence disse:

– Este é o maior modelo que vocês têm no estoque?

– O maior que se pode usar – foi a resposta. – Temos um para doze homens, modelo XIX, mas tem um pequeno vazamento no invólucro externo que precisa ser consertado.

– Quanto tempo isso vai demorar?

– Apenas alguns minutos. Mas depois tem um teste de inflação de 12 horas antes que a gente possa conferir tudo.

Essa era uma daquelas ocasiões em que o homem que criou as regras tinha que quebrá-las.

– Não podemos esperar pelo teste completo. Faça um remendo duplo e depois uma leitura de vazamento. Se estiver dentro do padrão de tolerância, faça a conferência do iglu imediatamente. Eu autorizo a liberação.

O risco era banal, e ele talvez precisasse logo daquela grande cúpula. De algum jeito, ele tinha que providenciar ar e abrigo para os 22 homens e mulheres que estavam no Mar da Sede. Não havia como todos eles usarem trajes espaciais do momento em que deixassem a *Selene* até serem levados de volta a Porto Roris.

Ouviu-se um "bipe bipe" do comunicador atrás de seu ouvido direito. Ele pressionou o interruptor em seu cinto e atendeu a ligação.

– Engenheiro-chefe falando.

– Mensagem da *Selene*, senhor – disse uma voz clara e diminuta. – É muito urgente. Eles estão em apuros.

# 19

Até então, Pat mal notara o homem que estava sentado de braços cruzados na poltrona 3D, ao lado da janela, e teve que pensar duas vezes para lembrar o nome dele. Era alguma coisa tipo "Builder"... Isso, *Baldur*, Hans Baldur. Ele parecia o típico turista calado que nunca dava problema.

Ele ainda estava quieto, mas não parecia mais tão típico assim, pois teimava em continuar consciente. À primeira vista, ele parecia estar ignorando tudo ao redor, mas um músculo da bochecha que não parava de se contrair denunciava sua tensão.

– O que está esperando, sr. Baldur? – perguntou Pat, com o tom mais neutro que conseguiu; ele estava muito satisfeito com o apoio moral e físico arrebanhado atrás de si, e Baldur não parecia excepcionalmente forte, mas decerto era mais do que os músculos de Pat, nascido na Lua, poderiam enfrentar, se é que as coisas chegariam a esse ponto.

Baldur balançou a cabeça e continuou encarando o mundo do lado de fora da janela, como se conseguisse ver algo além de seu próprio reflexo.

– Você não pode me obrigar a injetar esse negócio, e eu não vou fazer isso – disse ele, com um sotaque bem acentuado.

– Eu não quero forçá-lo a nada – respondeu Pat. – Mas não consegue perceber que é para seu próprio bem e para o bem de todos os outros? Que objeção o senhor pode apresentar em relação a isso?

Baldur hesitou, ele parecia estar lutando com as palavras.

– Isso é... é contra os meus princípios – disse ele. – Sim, é isso. Minha religião não me permite tomar injeções.

Pat sabia vagamente que existia gente com esse tipo de escrúpulo. No entanto, ele não acreditou por um instante sequer que Baldur fosse uma dessas pessoas. Aquele homem estava mentindo. Mas por quê?

– Posso dizer uma coisa? – disse uma voz nas costas de Pat.

– Claro, sr. Harding – respondeu ele, recebendo de bom grado qualquer coisa que pudesse resolver o impasse.

– O senhor diz que não irá permitir nenhuma injeção, sr. Baldur – continuou Harding, em tons que lembraram Pat do interrogatório que tinham feito com a sra. Schuster (aquilo parecia ter acontecido havia *tanto* tempo!). – Mas consigo identificar que o senhor não nasceu na Lua. Ninguém consegue chegar aqui sem passar pela quarentena; então... como fez para entrar sem tomar as vacinas de praxe?

A pergunta, ficou claro, deixou Baldur extremamente agitado.

– Isso não é problema seu – ele retrucou de cara.

– Não é mesmo. Só estou tentando ajudar – disse Harding com um tom agradável, e então deu um passo à frente e esticou a mão esquerda. – Imagino que o senhor não me deixaria ver sua carteira interplanetária de vacinação?

Isso era algo muito estúpido de se perguntar, pensou Pat. Nenhum olho humano conseguiria ler as informações de registro magnético em uma carteira de vacinação. Ele ficou pensando se isso passaria pela cabeça de Baldur, e, se fosse o caso, que medida ele tomaria a esse respeito.

Baldur não tinha tempo para fazer mais nada e continuou ali encarando a palma da mão de Harding, obviamente tomado de surpresa, quando seu interrogador moveu a outra mão com tanta rapidez que Pat nunca viu exatamente o que tinha acontecido. Foi como o truque de encantamento de Sue com a sra. Williams, só que muito mais espetacular, e muito mais fatal. Até onde Pat podia julgar, envolvia a lateral da mão e a base do pescoço – e ele teve bastante certeza de que era o tipo de habilidade que jamais gostaria de adquirir.

– Isso vai contê-lo por uns 15 minutos – disse Harding com um tom prosaico enquanto Baldur estava largado em suà poltrona. – Você pode me passar um desses tubos? Obrigado. – Ele pressionou o cilindro contra o braço do homem inconsciente; não houve nenhum indício de ter causado algum efeito adicional.

A situação tinha fugido um pouco de seu controle, pensou Pat. Ele estava agradecido por Harding ter exercido suas habilidades tão singulares, mas não estava tão contente assim com elas.

– O que foi isso que acabou de acontecer? – perguntou ele, em tom queixoso.

Harding ergueu a manga esquerda de Baldur e virou seu braço para revelar a parte inferior. A pele estava literalmente coberta por centenas de picadas de agulha quase invisíveis.

– Sabe o que é isso? – disse ele, com calma.

Pat deu um aceno negativo com a cabeça. Alguns tinham demorado mais do que outros para fazer a viagem, mas, naquela altura do campeonato, todos os vícios da velha e cansada Terra já tinham chegado à Lua.

– Não dá para culpar esse pobre diabo por não contar seus verdadeiros motivos. Ele foi condicionado contra o uso da agulha. A julgar pela situação dessas cicatrizes, ele começou sua cura há poucas semanas. Agora é psicologicamente impossível para ele aceitar uma injeção. Espero que eu não tenha lhe imposto uma recaída, mas essa é a menor de suas preocupações agora.

– Mas como ele conseguiu passar pela quarentena desse jeito?

– Ah, tem uma seção especial para pessoas assim. Os médicos não falam muito a respeito, mas os pacientes são recondicionados temporariamente com hipnose. Tem mais gente como ele do que você pode imaginar. Uma viagem à Lua é altamente recomendada como parte da reabilitação. Porque tira você de seu ambiente original.

Pat gostaria de poder fazer várias outras perguntas para Harding, mas eles já tinham desperdiçado vários minutos. Graças a Deus que todos os demais passageiros haviam desmaiado. Aquela última demonstração de judô, ou o que quer que tivesse sido, devia ter incentivado outros retardatários.

– Você não vai mais precisar de mim – disse Sue, com um sorriso pequenino e corajoso. – Adeus, Pat... me acorde quando isso tiver acabado.

– Pode deixar – prometeu ele, acomodando-a gentilmente no espaço entre as fileiras de poltronas. – Ou não – acrescentou, quando viu que os olhos dela tinham se fechado.

Ele continuou inclinado sobre ela por vários segundos antes de se recompor o suficiente para encarar os outros. Tinha tanta coisa que ele queria dizer a ela, mas agora a oportunidade havia passado, talvez para sempre.

Tentando engolir para vencer a secura de sua garganta, ele se voltou aos cinco sobreviventes. Ainda havia um último problema a solucionar, e David Barrett o resumiu para ele.

– Bom, capitão, não nos deixe neste suspense – disse ele. – Quem de nós o senhor quer para lhe fazer companhia?

A cada um Pat entregou os outros cinco tubos de sono.

– Obrigado pela ajuda de vocês – disse ele. – Sei que é um pouco melodramático, mas é a maneira mais limpa de fazer isso. Apenas quatro desses tubos vão funcionar.

– Espero que o meu funcione – disse Barrett, sem perder tempo.

E funcionou mesmo. Alguns segundos depois, Harding, Bryan e Johanson seguiram o britânico e caíram no esquecimento.

– Bom – disse o dr. McKenzie –, parece que sou o estranho no ninho. Fico lisonjeado com a sua escolha... ou você deixou isso nas mãos da sorte mesmo?

– Antes de responder à sua pergunta – replicou Pat –, é melhor eu avisar Porto Roris do que acabou de acontecer.

Ele foi andando até o rádio e fez um breve resumo da situação. Houve um silêncio perturbado do outro lado. Poucos minutos depois, o engenheiro-chefe Lawrence estava na linha.

– Você fez o melhor que pôde, claro – disse ele depois que Pat repetiu toda a história com ainda mais detalhes. – Mesmo que a gente não acerte nenhum obstáculo no caminho, possivelmente não conseguiremos chegar até vocês em menos de 5 horas. Você conseguirá segurar a situação até lá?

– Nós dois juntos, acredito que sim – respondeu Pat. – Podemos nos alternar no uso do circuito de respiração do traje espacial. É com os passageiros que estou mais preocupado.

– Tudo o que você pode fazer é conferir a respiração deles e dar uma rajada de oxigênio se eles parecerem desconfortáveis. Vamos fazer o máximo possível do lado de cá. Algo mais que você queira dizer?

Pat pensou por alguns segundos.

– Não – disse ele, um pouco cansado. – Vou chamá-los de novo a cada 15 minutos. *Selene* encerrando a transmissão.

Pat se pôs lentamente de pé, pois a tensão e a intoxicação por dióxido de carbono começavam agora a ganhar peso sobre ele, e disse a McKenzie:

– Muito bem, doutor... venha me dar uma mão com o traje espacial.

– Estou com vergonha. Tinha-me esquecido completamente disso.

– E eu estava preocupado porque alguns dos outros passageiros podiam ter se lembrado. Todos eles devem ter visto isso quando entraram pela eclusa. Isso só comprova como a gente é capaz de não perceber o óbvio.

Eles precisaram de apenas 5 minutos para soltar os frascos de absorventes e o cilindro do traje com suprimento de 24 horas de oxigênio. Todo o circuito fora projetado para ser solto rapidamente caso fosse necessário usá-lo para respiração artificial. Não era a primeira vez que Pat louvava toda a habilidade, criatividade e previdência que haviam sido esbanjadas na *Selene*. Algumas coisas até podiam ter passado batidas ou poderiam ter sido feitas um pouco melhor, mas elas não eram muitas.

Com os pulmões doendo, os dois únicos homens que ainda estavam conscientes a bordo do cruzeiro ficaram se entreolhando através do cilindro cinza de metal que continha mais um dia de vida. Então, simultaneamente, ambos disseram:

– Vá você primeiro.

Eles riram sem muito humor daquela situação banal, então Pat respondeu:

– Eu não vou discutir – e colocou a máscara sobre seu rosto.

Como a brisa fresca do mar depois de um dia seco de verão; como o vento das montanhosas florestas de pinheiros que agitavam o ar estagnado em algum vale profundo em meio a terras baixas – eram essas impressões que o fluxo de oxigênio causava em Pat. Ele fez quatro aspirações lentas e profundas, expirando também o máximo que podia para liberar seus pulmões do dióxido de carbono. Então, como se fosse um cachimbo da paz, ele passou o kit de respiração para McKenzie.

Aquelas quatro inalações tinham sido suficientes para que ele recobrasse seu vigor e se livrasse das teias de aranha que vinham se acumulando em seu cérebro. Talvez fosse algo parcialmente psicológico (será que alguns centímetros cúbicos de oxigênio podiam ter um efeito tão profundo assim?), mas, qualquer que fosse a explicação, ele se sentia um novo homem. Agora conseguia encarar as 5 horas (ou mais) de espera que aguardavam por ele.

Dez minutos depois, ele sentiu outra onda de confiança. Todos os passageiros pareciam estar respirando normalmente, dentro do esperado – muito lentamente, mas com constância. Ele deu a cada um alguns segundos de oxigênio, então voltou a chamar a base.

– *Selene* falando – disse ele. – Capitão Harris apresentando o relatório. O dr. McKenzie e eu estamos nos sentimos bem agora, e nenhum dos passageiros aparenta dificuldades. Vou continuar na escuta e chamarei vocês de novo dentro de meia hora.

– Mensagem recebida. Mas, espere um minuto, tem muitas agências de notícias querendo falar com você.

– Sinto muito – respondeu Pat –, já passei toda a informação disponível e tenho vinte homens e mulheres inconscientes para cuidar. *Selene* encerrando a chamada.

Aquilo era só uma desculpa, claro, e ainda por cima das fracas. Pat nem tinha certeza de por que tinha dito aquilo. Ele ficou pensando, com uma explosão atípica e repentina de rancor: *Por que um homem não pode nem morrer em paz hoje em dia?* Se ele soubesse da câmera que estava à espera a míseros 5 quilômetros de distância, sua reação talvez tivesse sido ainda pior.

– O senhor ainda não respondeu a minha pergunta, capitão – disse o dr. McKenzie, pacientemente.

– Que pergunta? Ah... *aquilo*. Não, não foi sorte. O comodoro e eu pensamos que você poderia ser o homem mais valioso a ser mantido acordado. Você é cientista, identificou o risco de superaquecimento antes de qualquer outra pessoa e ainda conseguiu ficar quieto a esse respeito quando nós lhe pedimos.

– Bom, vou tentar satisfazer suas expectativas. Com certeza estou mais alerta do que estive há horas. Deve ser o oxigênio que estamos respirando. A grande questão é: Quanto tempo ele vai aguentar?

– Entre nós dois, 12 horas. Tempo suficiente para os esquis chegarem aqui. Mas talvez tenhamos que fornecer a maior parte para os outros, se eles demonstrarem algum indício de desconforto. Receio que o nosso tempo seja bastante limitado.

Os dois estavam sentados no chão de pernas cruzadas, logo ao lado da posição do piloto e com o cilindro de oxigênio entre eles. A cada intervalo de poucos minutos, revezavam o inalador – apenas duas respirações por vez. *Nunca imaginei*, Pat pensou consigo, *que eu fosse me envolver no clichê número um das telenovelas espaciais.* Mas aquele tipo de coisa tinha ocorrido muitas vezes na vida real para continuar sendo engraçado, ainda mais quando acontecia com você.

Tanto Pat quanto McKenzie – ou um deles, com quase toda a certeza – poderia sobreviver se abandonasse os outros passageiros à própria sorte. Ao tentar manter esses vinte homens e mulheres com vida, eles podiam também acabar destruindo a si próprios.

A situação era do tipo em que a lógica estava em guerra com a consciência. Mas não havia nada de novo, certamente não era nada tão peculiar assim na era espacial. Era algo tão antigo quanto a própria humanidade, pois inúmeras vezes no passado grupos perdidos ou isolados tinham encarado a morte por falta de água, de comida ou de calor. Agora era o oxigênio que estava se esgotando, mas o princípio era o mesmo.

Alguns desses grupos não tinham deixado nenhum sobrevivente. Outros, um punhado deles, que passariam o resto de suas vidas se autojustificando. O que teria pensado George Pollard, derradeiro capitão do barco baleeiro *Essex*, ao andar pelas ruas de Nantucket com a mácula do canibalismo pairando sobre sua alma? Aquela era uma história de duzentos anos antes, da qual Pat nunca tinha ouvido falar. Ele vivia num mundo ocupado demais em construir suas próprias lendas para importar as que vinham da Terra. Até onde ele sabia, sua escolha já estava feita, e também sabia, sem nem ter perguntado, que McKenzie concordaria com ele. Nenhum dos dois era o tipo de homem que brigaria pela última bolha de oxigênio do cilindro. Mas se *de fato* chegassem a ponto de uma briga...

– Por que você está com esse sorrisinho? – perguntou McKenzie.

Pat relaxou. Havia alguma coisa naquele cientista australiano corpulento que ele achava bastante tranquilizadora. Hansteen lhe causava a mesma impressão, mas McKenzie era um homem bem mais jovem. Existem pessoas em quem você sabe que pode confiar e tem certeza de que nunca vão decepcioná-lo. Ele tinha essa sensação em relação a McKenzie.

– Se você quer mesmo saber – disse Pat, abaixando a máscara de oxigênio –, eu estava pensando que não teria muitas chances se você decidisse ficar com o cilindro só para você.

McKenzie pareceu um tanto surpreso, então também deu um sorriso.

– Achei que todos vocês, nascidos na Lua, fossem sensíveis quanto a isso – disse ele.

– *Eu* nunca me senti assim – respondeu Pat. – Afinal de contas, um cérebro vale mais do que músculos. Não posso evitar o fato de ter nascido em um campo gravitacional que é um sexto do seu. Enfim, como você adivinhou que eu nasci na Lua?

– Bom, em parte por causa da sua constituição. Todos vocês têm esse mesmo físico alto e esguio. E tem também a cor da sua pele. Parece que as lâmpadas ultravioleta nunca conseguem dar um bronzeado tão natural quanto a luz do sol.

– Elas com certeza deixaram *você* bem bronzeado – respondeu Pat com um sorriso. – À noite você deve ser uma ameaça à navegação. Aliás, como você acabou recebendo um nome assim, McKenzie?

Por ter tido pouco contato com as tensões raciais que ainda não haviam se resolvido de todo na Terra, Pat podia fazer esses comentários sem constrangimento; na verdade, sem nem mesmo se dar conta de que eles podiam causar algum constrangimento.

– Meu avô obteve esse nome de um missionário quando foi batizado. Tenho cá minhas dúvidas se isso tem alguma... hm... significância genética. Até onde sei, sou aborígene de puro sangue.

– Aborígene?

– Isso mesmo. Éramos o povo que ocupava a Austrália antes da chegada dos brancos. Os eventos posteriores a isso foram bastante deprimentes.

O conhecimento de Pat da história terrestre era bem vago. Como a maioria dos residentes da Lua, ele costumava supor que não havia acontecido nada de grande importância antes de 8 de novembro de 1967, quando fora celebrado de maneira tão espetacular o quinquagésimo aniversário da Revolução Russa.

– Imagino que tenha acontecido uma guerra?

– Não pode muito bem ser chamado assim. Nós tínhamos lanças e bumerangues, eles tinham armas de fogo. Isso sem falar na tuberculose e nas doenças venéreas, que foram muito mais eficazes. Passaram-se uns 150 anos para superar o impacto causado. Foi só no século passado, desde meados de 1940, que nosso número voltou a crescer. Agora nós somos cerca de 100 mil, *quase* a mesma quantidade de pessoas que havia quando seus ancestrais chegaram.

McKenzie soltou essa informação com uma indiferença irônica que afastava qualquer ataque pessoal, mas Pat pensou que era melhor assumir responsabilidade pelos delitos de seus predecessores terrestres.

– Não me culpe pelo que aconteceu na Terra – disse ele. – Nunca estive lá, nem nunca irei. Eu não conseguiria suportar a gravidade. Mas observei a Austrália várias vezes por telescópio. Tenho alguma espécie de sentimento por esse lugar; meus pais vieram de Woomera.

– E foram meus ancestrais que batizaram esse lugar. *Woomera* é uma espécie de plataforma impulsionadora de lanças.

– Ainda existe alguém do seu povo – Pat começou a perguntar, escolhendo suas palavras com todo o cuidado – que vive em condições primitivas? Eu ouvi dizer que isso ainda acontece em algumas partes da Ásia.

– A antiga vida tribal acabou. Foi-se embora muito rápido, quando as nações africanas da ONU começaram a ameaçar a Austrália.

Muitas vezes de maneira bastante injusta, devo acrescentar, porque, em primeiro lugar, sou australiano e, em segundo lugar, aborígene. Mas devo admitir que, na maioria das vezes, meus conterrâneos brancos eram muito estúpidos. Enfim, só podem ter sido mesmo, para achar que *nós* éramos estúpidos! Porque muitos deles ainda pensavam que nós éramos selvagens vivendo na Idade da Pedra. Tudo bem, nossa tecnologia era da Idade da Pedra, mas nós, não.

Sob a superfície da Lua, essa discussão sobre um modo de vida tão distante no espaço e no tempo parecia não ter nada de incongruente para Pat. Ele e McKenzie teriam que entreter um ao outro, ficar de olho em seus vinte companheiros inconscientes e lutar contra o sono por pelo menos 5 horas mais. Aquele era o melhor dos jeitos de fazer isso.

– Se o seu povo não vivia na Idade da Pedra, doutor, e para alimentar a discussão suponho que *o senhor* também não, como foi que os brancos acabaram chegando a essa ideia?

– Pura estupidez, com uma mãozinha de certa tendência preconceituosa. É fácil supor que, se um homem não consegue contar, escrever nem falar corretamente, deve ser pouco inteligente. Posso dar um exemplo perfeito da minha própria família. Meu avô, o primeiro McKenzie, viveu até os anos 2000, mas nunca aprendeu a contar além de dez. E sua descrição de um eclipse total da Lua foi: "Lamparina de querosene pertence Jesus Cristo quebrou acabou tudo junto".

E ele continuou:

– Agora eu consigo escrever equações diferenciais do movimento orbital da Lua, mas não consigo ser mais brilhante do que meu avô. Se nós fôssemos trocados de época, ele podia ser um físico melhor do que eu. Nossas oportunidades foram diferentes, só isso. O vô nunca teve a oportunidade de aprender a contar, e eu nunca pude criar uma família no deserto, o que era uma função de alta habilidade e de tempo integral.

– Talvez a gente pudesse contar com algumas habilidades do seu avô aqui – disse Pat, pensativo. – Porque é isto que estamos tentando fazer agora: sobreviver no deserto.

– Imagino que você possa pensar assim, embora eu não ache que um bumerangue e uma tocha fossem se revelar muito úteis para nós. Talvez pudéssemos nos valer de um pouco de mágica, mas suspeito que eu não conheça nenhuma, e duvido muito que os deuses tribais conseguissem fazer algo lá das terras de Arnhem.

– Você costuma lamentar essa ruptura do modo de vida do seu povo? – perguntou Pat.

– Como poderia? Eu mal conheci esse modo de vida. Nasci em Brisbane e aprendi a usar um computador eletrônico antes mesmo de ter visto um *corroboree* pela primeira vez...

– Ter visto o quê?

– Uma dança tribal religiosa. E metade das pessoas que participava *disso* estava se formando em antropologia cultural. Não tenho ilusões românticas em relação à vida simples e à nobreza dos selvagens. Meus ancestrais foram boas pessoas, e não tenho nenhuma vergonha deles, mas a geografia acabou por deixá-los encurralados num beco sem saída. Depois de se debaterem para simplesmente sobreviver, eles não tinham mais energia para constituir uma civilização. No longo prazo, foi até bom que os brancos chegassem, apesar do hábito tão encantador de nos vender farinha envenenada quando queriam nossas terras.

– Eles faziam *isso*?

– Pode apostar que sim. Mas por que você fica surpreso? Foi mais de cem anos antes de Belsen.

Pat ficou pensando no assunto por alguns minutos. Então olhou para seu relógio e disse, com uma clara expressão de alívio:

– Hora de mandar um relatório para a base de novo. Vamos dar uma conferida rápida nos passageiros antes disso.

# 20

Agora não havia tempo para se preocupar com iglus infláveis e outros refinamentos de uma vida agradável no Mar da Sede. Tudo o que importava era mesmo descer com aqueles tubos de ar até o cruzeiro. Os engenheiros e técnicos teriam simplesmente que suar dentro de seus trajes até que a tarefa estivesse concluída. Essa tribulação não duraria muito tempo. Se eles não conseguissem dentro do prazo de 5 ou 6 horas, podiam dar meia-volta e retornar para casa, deixando a *Selene* no mundo em homenagem ao qual ela fora batizada.

Nas oficinas de Porto Roris, verdadeiros milagres de improvisação nunca antes vistos e tampouco celebrados estavam sendo operados naquele momento. Uma unidade completa de ar-condicionado, com seus tanques de oxigênio líquido, absorventes de umidade e de dióxido de carbono, além de reguladores de temperatura e pressão, tinha que ser desmontada e carregada em um trenó. Assim como um pequeno dispositivo de perfuração, enviado às pressas em um foguete de transporte da Divisão de Geofísica de Clavius, e também os encanamentos especialmente projetados para a ocasião, que agora precisavam funcionar já na primeira tentativa, pois não haveria oportunidade de executar modificações.

Lawrence nem tentou orientar aqueles homens, pois sabia que não era necessário. Ele se manteve em segundo plano, conferindo o fluxo de equipamentos que iam das lojas e oficinas até os esquis e tentando pensar em todo e qualquer imprevisto que poderia surgir. Que ferramentas seriam necessárias? Havia peças de substituição o suficiente? A jangada estava sendo carregada nos esquis por último para que pudesse ser o primeiro item descarregado? Seria seguro bombear oxigênio para dentro da *Selene* antes de conectar o tubo exaustor? Esses e uma centena de outros detalhes – alguns triviais, outros vitais – passaram por sua cabeça. Ele ligou para Pat várias vezes a fim de fazer perguntas técnicas, como quais eram a pressão e a temperatura interna, se a válvula de escape da cabine já tinha explodido (não tinha, provavelmente havia emperrado com a poeira), além de pedir conselhos sobre os melhores lugares para perfurar o teto. A cada vez, Pat respondia com mais lentidão e dificuldade.

Apesar de todas as tentativas de contatá-lo, Lawrence se recusou decididamente a falar com os jornalistas que naquele momento rondavam Porto Roris aos montes, congestionando metade das rotas entre a Terra e a Lua. Ele tinha emitido uma breve declaração explicando a situação e o que pretendia fazer a respeito. O resto cabia ao pessoal administrativo. Era função deles protegê-lo para que ele conseguisse dar continuidade ao seu trabalho sem ser incomodado. Lawrence deixara isso bastante claro para o comissário de turismo, encerrando a ligação antes mesmo que David pudesse discutir.

Claro, o engenheiro-chefe nem tinha tempo para bater o olho por conta própria na cobertura televisiva, embora tivesse chegado a seus ouvidos que o dr. Lawson estava rapidamente construindo uma reputação de personalidade algo espinhosa. Isso, supôs ele, era coisa daquele homem do *Notícias Interplanetárias*, nas mãos de quem ele tinha largado o astrônomo. Aquele indivíduo devia estar se sentindo bem contente.

* * *

O tal indivíduo não estava se sentindo nada contente. Bem no alto dos baluartes das Montanhas da Inacessibilidade, cujo nome ele tinha refutado de maneira tão convincente, Maurice Spenser caminhava a passos largos para aquela úlcera que ele vinha evitando em toda a sua vida profissional. Ele tinha gastado 100 mil dólares para levar a *Auriga* até ali, e agora parecia que não ia conseguir matéria nenhuma, no fim das contas.

Tudo poderia acabar antes mesmo que os esquis conseguissem chegar. A operação de resgate repleta de suspense, de tirar o fôlego, que manteria bilhões de pessoas grudadas em suas telas nunca iria se materializar. Poucas pessoas conseguiriam resistir a assistir a 22 homens e mulheres serem salvos da morte, mas ninguém ia querer ver uma exumação.

Essa era a análise fria que Spenser fazia da situação do ponto de vista de um apresentador de notícias, mas ele estava igualmente decepcionado enquanto ser humano. Era terrível ficar sentado ali na montanha, a meros 5 quilômetros de distância da tragédia iminente, e, mesmo assim, incapaz de fazer qualquer coisa que pudesse impedi-la. Ele quase se envergonhava a cada respiração, sabendo que aquelas pessoas lá embaixo lentamente sufocavam. De tempos em tempos o jornalista pensava se havia algo que a *Auriga* pudesse fazer para ajudar (e o valor disso enquanto notícia não lhe passava despercebido, claro), mas naquele momento ele tinha certeza de que só poderia atuar como espectador. Aquele Mar implacável excluía qualquer possibilidade de ajuda.

Spenser já tinha coberto desastres antes, mas, desta vez, estava singularmente se sentindo um vampiro.

* * *

O clima estava bastante pacífico a bordo da *Selene* – tão pacífico que era preciso lutar contra o sono. Que agradável seria, pensou Pat, se ele pudesse se juntar aos outros, que sonhavam alegremente em seu entorno. Ele sentia inveja deles, e às vezes ciúme. Então se servia de algumas doses do minguante suprimento de oxigênio e a realidade tornava a se impor à medida que ele reconhecia o perigo que estava vivendo.

Um único homem nunca teria conseguido ficar acordado nem atento a vinte homens e mulheres inconscientes, fornecendo-lhes oxigênio quando demonstrassem indícios de dificuldades respiratórias. Ele e McKenzie tinham agido como cães de guarda mútuos, e várias vezes um arrastara o outro de volta dos limites do sono. Não seria uma dificuldade caso houvesse oxigênio o bastante, mas aquele único cilindro estava se esgotando depressa. Era enlouquecedor saber que ainda havia tantos quilos de oxigênio líquido nos tanques principais do cruzeiro, mas que não havia meios para usá-los. O sistema automático mensurava tudo isso por meio dos evaporadores e dentro da cabine, onde o ar estava também contaminado pela atmosfera quase irrespirável.

Pat nunca sentira o tempo passando tão devagar assim. Parecia muito incrível que tivessem transcorrido apenas 4 horas desde que ele e McKenzie ficaram de guardas de seus companheiros adormecidos. Ele podia jurar que eles estavam ali havia dias, conversando baixo entre si, ligando para Porto Roris a cada 15 minutos, monitorando o pulso e a respiração dos outros e racionando o oxigênio com certa avareza.

Mas nada dura para sempre. No rádio, vindo do mundo que ninguém de fato acreditava que ele um dia fosse rever, chegaram as notícias que tanto esperavam.

– Estamos a caminho – disse a voz cansada mas determinada do engenheiro-chefe Lawrence. – Vocês só precisam aguentar por mais 1 hora. É o tempo que precisamos para chegar aí em cima de vocês. Como você está se sentindo?

– Muito cansado – disse Pat, lentamente. – Mas vamos conseguir.

– E os passageiros?

– Mesma coisa.

– Tudo bem. Vou te ligar de 10 em 10 minutos. Deixe seu receptor ligado e com o volume alto. Isso foi ideia do departamento médico; eles não querem correr o risco de você cair no sono.

O som metálico de trombetas fez estrondo na face da Lua para depois seguir ecoando até a Terra e ultrapassá-la rumo aos recônditos mais distantes do Sistema Solar. Hector Berlioz jamais poderia ter sonhado que, dois séculos depois de tê-la composto, o ritmo capaz de agitar almas de sua "Marcha Rákóczi" devolveria esperança e força a homens que estavam lutando por suas vidas em outro mundo.

Conforme a música reverberava na cabine, Pat olhou para o dr. McKenzie com um sorriso abatido.

– Pode até ser antiquado – disse ele –, mas está funcionando.

O sangue estava pulsando em suas veias, e seus pés iam batucando com a cadência da música. Do meio do céu lunar, fulgurando pelo espaço, ouvia-se o caminhar de exércitos em marcha, o estrondo de cavalaria percorrendo milhares de campos de batalhas, o chamado de cornetas que outrora convocara nações a cumprir seu destino. Tudo isso passara havia tempos, e para o bem do mundo, mas deixara atrás de si muitas coisas belas e nobres, exemplos de heroísmo e sacrifício pessoal, provas de que o homem ainda conseguia aguentar quando seu corpo já tinha ultrapassado os limites da resistência física.

À medida que seus pulmões trabalhavam naquele ar estagnado, Pat Harris entendeu que precisava daquela inspiração do passado se quisesse sobreviver à hora interminável que se anunciava.

* * *

A bordo da plataforma minúscula e entulhada do Espanador Um, o engenheiro-chefe Lawrence ouviu a mesma música e reagiu da mesma maneira. Sua pequena frota estava de fato indo para a batalha contra o inimigo que o Homem teria de encarar até o fim dos tempos. Conforme se espalhava pelo universo de planeta em planeta e de sol em sol, o homem fora confrontado pelas forças da Natureza de maneiras sempre novas e inesperadas. Até mesmo a Terra, depois de tantos éons, ainda apresentava muitas armadilhas para os incautos, e num mundo conhecido pelo homem havia apenas uma vida, a morte espreitava sob mil disfarces inocentes. Independentemente de o Mar da Sede ser privado de suas vítimas ou não, Lawrence estava certo de uma coisa: haveria sempre um novo desafio.

Cada esqui estava rebocando um único trenó, com equipamentos empilhados até o alto que pareciam muito mais pesados e impressionantes do que eram de fato. A maior parte da carga era composta apenas de tambores vazios sobre os quais a jangada ficaria flutuando. Tudo o que não era absolutamente necessário fora deixado para trás. Assim que o Espanador Um se livrasse de sua carga, Lawrence o mandaria de volta para Porto Roris a fim de trazer a próxima leva. Dessa maneira, ele seria capaz de manter um serviço de transporte entre o local e a base, para que, caso precisasse de alguma coisa depressa, nunca tivesse de esperar mais de uma hora. Essa era a visão otimista, claro. No momento em que ele chegasse até a *Selene*, não haveria mais pressa.

Quando os prédios de Porto Roris foram logo se abaixando atrás da linha do horizonte, Lawrence repassou o procedimento com seus homens. Ele tinha pretendido fazer um ensaio completo antes de partir em missão, mas esse plano teve que ser abortado por falta de tempo. A primeira contagem regressiva empreendida seria a única que importava.

– Jones, Sikorsky, Coleman, Matsui, quando chegarmos à marcação vocês devem descarregar os tambores e dispô-los no padrão correto. Assim que isso for feito, Bruce e Hodges vão instalar as partes cruzadas. Tomem muito cuidado para não derrubar nenhuma porca ou parafuso, e mantenham todas as suas ferramentas amarradas a vocês. Se caírem acidentalmente, não entrem em pânico. Sei que vocês só podem afundar alguns centímetros.

Ele continuou:

– Sikorsky, Jones, ajudem com o assoalho assim que a estrutura da jangada estiver pronta. Coleman, Matsui, quando houver espaço para trabalhar, comecem a montar os tubos de ar e o encanamento de imediato. Greenwood, Renaldi, vocês são os encarregados da operação de perfuração...

E assim prosseguiu, tópico por tópico. Lawrence sabia que o maior risco era que seus homens atrapalhassem uns aos outros enquanto trabalhavam num espaço confinado. Um único acidente trivial bastaria para que todo o esforço fosse em vão. Um dos medos secretos de Lawrence, que o vinha preocupando desde a partida de Porto Roris, era que alguma ferramenta fundamental tivesse sido deixada para trás. E havia um pesadelo ainda pior: que os 22 homens e mulheres na *Selene* morressem a minutos de serem resgatados porque a única ferramenta capaz de fazer a conexão final tinha sido derrubada do esqui ou da plataforma.

Nas Montanhas da Inacessibilidade, Maurice Spenser estava espiando em seus binóculos e ouvindo as vozes que atravessavam o Mar da Sede pelo rádio. A cada 10 minutos Lawrence se comunicava com a *Selene*, e toda vez a pausa antes da resposta era um pouco mais comprida. Mas Harris e McKenzie ainda estavam se segurando firme e conscientes, graças à sua pura força de vontade e, provavelmente, também ao incentivo musical que estavam recebendo de Clavius City.

– O que o DJ psicólogo está inoculando neles agora? – perguntou Spenser.

Do outro lado da cabine de controle, o oficial de rádio da nave aumentou o volume, e as Valquírias começaram a cavalgar pelas Montanhas da Inacessibilidade.

– Não acredito que eles tenham tocado alguma coisa posterior ao século 19 – resmungou o capitão Anson.

– Tocaram, sim – corrigiu Jules Braques, enquanto fazia um ajuste infinitesimal em sua câmera. – Eles tocaram "Dança do sabre", de Khachaturian, agora mesmo. Essa tem só uns 100 anos.

– É hora de o Espanador Um chamar de novo – disse o oficial de rádio, e a cabine ficou em silêncio de imediato.

Naquele exato momento, chegou o sinal do esqui de poeira. Agora a expedição estava tão próxima que a *Auriga* conseguia recebê-lo diretamente, sem precisar do intermédio de Lagrange.

– Lawrence chamando *Selene*. Estaremos acima de vocês em 10 minutos. Vocês estão bem?

Novamente, fez-se aquela pausa agonizante. Desta vez, durou quase 5 segundos. E então:

– *Selene* respondendo. Sem mudanças por aqui.

Aquilo foi tudo. Pat Harris não estava desperdiçando o fôlego que lhe restava.

– Dez minutos – disse Spenser. – Eles devem estar visíveis agora. Tem alguma coisa na tela?

– Ainda não – respondeu Jules, reduzindo o *zoom* no horizonte e deslizando a câmera lentamente naquele arco esvaziado, acima do qual havia apenas a noite escura do espaço.

A Lua, pensou Jules, certamente representava algumas dores de cabeça para um câmera. Tudo parecia fuligem ou cal, não havia tons agradáveis e suaves. E, claro, havia o eterno dilema das estrelas, que era mais um problema estético do que técnico.

O público esperava ver as estrelas no céu lunar mesmo durante o dia, apenas porque elas estavam lá. Mas o fato era que o olho humano não podia vê-las normalmente. Durante o dia, o olho ficava tão insensível por causa do brilho que o céu parecia ser um escuro vazio e absoluto. Para ver as estrelas era preciso olhar para elas através de óculos de proteção que filtram todas as outras fontes de luz, de modo que as pupilas consigam se dilatar lentamente e as estrelas apareçam uma a uma até encher todo o campo de visão. Mas logo que se olhava para qualquer outra coisa... *puf*, elas desapareciam. O olho humano podia olhar para as estrelas *ou* para a paisagem à luz do dia, jamais as duas coisas ao mesmo tempo.

Mas a câmera de tevê, se quisesse, conseguia fazer isso, e alguns diretores preferiam assim. Outros argumentavam que isso falsificava a realidade. Era um daqueles problemas que não têm resposta certa. Jules, que estava do lado dos realistas, mantinha o circuito do cinturão de estrelas desligado, a menos que o estúdio pedisse o contrário.

A qualquer momento aconteceria alguma ação vinda da Terra. As redes de notícias já tinham conseguido *flashes* – vistas gerais das montanhas, panoramas lentos sobre o Mar, vistas aproximadas daquele marcador solitário enfiado na poeira. Mas muito em breve, e talvez por horas a fio, sua câmera poderia acabar sendo os olhos de vários bilhões de pessoas. Essa matéria podia ser um fracasso, ou a mais importante do ano.

Ele segurou o talismã que levava no bolso. Jules Braques, integrante da Sociedade de Engenheiros Cinematográficos e Televisivos, se ofenderia se alguém o acusasse de carregar um amuleto da sorte. Por outro lado, ele ficaria embaraçado se tivesse que explicar por que nunca tirava seu brinquedinho do bolso antes que sua matéria fosse ao ar com segurança.

– Lá estão eles! – gritou Spenser, com uma voz que revelava a tensão sob a qual estava trabalhando; ele baixou os binóculos e lançou um olhar para a câmera. – Você está muito para a direita!

Jules já estava fazendo uma panorâmica. Na tela do monitor, a suavidade geométrica do horizonte distante fora enfim rompida. Duas estrelas minúsculas e brilhantes tinham aparecido naquele arco perfeito que separava o Mar do espaço. Os esquis de poeira estavam se aproximando pela superfície da Lua.

Mesmo com o foco prolongado da lente de *zoom*, eles pareciam pequenos e distantes. Estava do jeito que Jules queria; via-se ansioso para transmitir a impressão de solidão e vazio. Então ele deu uma olhadela para a tela principal da nave, agora sintonizada no canal do *Notícias Interplanetárias*. Sim, estava sendo transmitido ao vivo.

Jules pôs a mão no bolso, alcançou uma caderneta e a colocou em cima da câmera. Ao levantar a capa, que ficava fixa quando colocada na posição vertical, imediatamente tudo ganhou vida com cor e movimento. Ao mesmo tempo, uma voz fraca e quase inaudível começou a dizer que aquele era um programa especial do Serviço de *Notícias Interplanetárias*, canal um-zero-sete – e agora vamos levar vocês para a Lua.

Na tela minúscula estava a imagem que ele via diretamente em seu monitor. Não, não era *exatamente* a mesma imagem, e sim a que ele tinha captado 2,5 segundos antes. Era com essa distância que ele estava olhando para o passado. Naqueles 2,5 milhões de microssegundos – mudando para a escala de tempo da engenharia eletrônica –, o cenário passara por muitas aventuras e transformações. De sua câmera, a imagem tinha sido enviada para o transmissor da *Auriga* e transmitida direto para o Lagrange, 50 mil quilômetros acima dali. Lá a cena foi despachada pelo espaço com algumas centenas de impulsos e se apressou na direção da Terra para ser captada por um e outro satélite de retransmissão. Então desceu pela ionosfera – sendo essas últimas centenas de quilômetros as mais difíceis de todas – até o prédio do *Notícias Interplanetárias*, onde suas aventuras começaram de fato ao se juntar à incessante enxurrada de sons e imagens e impulsos elétricos que informavam e divertiam uma fração considerável da raça humana.

E ali estava a cena mais uma vez – depois de passar pelas mãos dos diretores de programas, pelos departamentos de efeitos especiais e pelos assistentes de engenharia –, de volta ao seu ponto de partida, transmitida para toda a Face Terrestre da Lua a partir do transmissor de alta potência do Lagrange II, e também para toda a Face Remota a partir do Lagrange I. Para percorrer a simples distância de um palmo entre a câmera de tevê de Jules e seu receptor de bolso, aquela imagem tinha viajado 750 mil quilômetros.

Ele ficou imaginando se valia toda a trabalheira – uma pergunta que os homens se fazem desde que a televisão foi inventada.

# 21

Lawrence avistou a *Auriga* enquanto ainda estava a 15 quilômetros de distância de seu destino. Ele nem tinha como não a ter, pois ela, com todo aquele plástico e metal, tornava-se um objeto conspícuo ao reluzir a luz do Sol.

*Que diabos é isso?*, pensou ele consigo, e logo respondeu à própria pergunta. Obviamente era uma nave, e ele se lembrava de ter ouvido vagos rumores de que alguma rede de notícias tinha fretado um voo até as montanhas. Aquilo não lhe dizia respeito, embora ele mesmo tivesse cogitado em determinado momento a possibilidade de pousar lá com seus equipamentos, pulando esse deslocamento tedioso pelo Mar. Infelizmente, o plano não teria funcionado. Não havia um ponto de aterrissagem a menos de 500 metros do nível do Mar. O rebordo que fora tão conveniente para Spenser não podia ser útil, pois estava a uma altitude muito elevada.

O engenheiro-chefe não tinha muita certeza se gostava da ideia de ter todos os seus movimentos sob o olhar de lentes de longo alcance no alto das colinas – não que pudesse fazer algo a respeito. Ele já tinha vetado uma tentativa de colocar uma câmera em seu esqui – para imenso alívio do *Notícias Interplanetárias* e extrema frustração dos outros serviços de notícias, ainda que Lawrence não soubesse disso. Então ele se deu conta de que talvez pudesse ser útil ter uma nave a poucos quilômetros de distância. Ajudaria como um canal adicional de informação, e talvez eles pudessem utilizar seus serviços de alguma outra maneira. Quem sabe até servisse de acomodação enquanto os iglus não pudessem ser rebocados.

Onde estava a haste do marcador? Certamente devia estar no campo de visão a esta altura! Por um instante de grande desconforto, Lawrence pensou que o artefato tinha caído e desaparecido na poeira. Isso não os impediria de encontrar a *Selene*, claro, mas talvez os atrasasse em 5 ou 10 minutos, num momento em que cada segundo era crucial.

Ele deu um suspiro de alívio. Posicionada contra o plano de fundo resplandecente das montanhas, a haste delgada tinha passado despercebida a seus olhos. Seu piloto já tinha avistado o ponto desejado e alterado a rota ligeiramente para a direção certa.

Os esquis foram reduzindo a velocidade até parar, um de cada lado do marcador, e irromperam em atividade de uma só vez. Oito figuras em traje espacial começaram a descarregar trouxas amarradas e grandes tambores cilíndricos em grande velocidade, de acordo com o plano predeterminado. Rapidamente a jangada começou a ganhar forma à medida que sua estrutura lacunar era parafusada no lugar, em torno dos tambores, e o leve plástico reforçado com fibra de vidro que servia de assoalho era colocado sobre ela.

Em toda a história da Lua, nenhum trabalho de construção jamais fora conduzido com tamanho apelo publicitário, graças ao olho atento que os observava das montanhas. Depois que começaram os trabalhos, porém, os oito homens que estavam nos esquis não tinham mais a menor consciência de que havia milhões de pessoas assistindo a tudo por cima de seus ombros. Tudo o que lhes importava nesse momento era colocar a jangada no lugar e acertar as aparas que iam guiar as perfuratrizes ocas, capazes de devolver a vida ao alvo lá embaixo.

A cada 5 minutos ou menos, Lawrence falava com a *Selene*, mantendo Pat e McKenzie informados do andamento. O fato de que também estava informando o mundo inteiro, que esperava com igual ansiedade, mal passava por sua cabeça.

Por fim, em incríveis 20 minutos a perfuratriz estava pronta, com sua primeira seção de 5 metros a postos feito um arpão para entrar no Mar. Um arpão que fora projetado para devolver a vida, e não causar a morte.

– Estamos descendo – disse Lawrence. – A primeira seção está entrando agora no Mar.

– É melhor vocês correrem – sussurrou Pat. – Não consigo aguentar por muito tempo mais.

O capitão da *Selene* parecia estar se movendo na neblina, incapaz de se lembrar de um momento em que ela não estivesse lá. Além de certa dor nos pulmões, ele não estava se sentindo de todo mal, apenas inacreditavelmente cansado. Agora não passava de um robô lidando com uma tarefa cujo significado tinha esquecido havia muito, se é que algum dia soubera do que se tratava. Segurava uma chave inglesa, que tinha tirado do kit horas antes, sabendo que ela seria necessária. Talvez aquilo o lembrasse do que ele teria de fazer quando chegasse o momento.

A uma grande distância, ao que tudo indicava, ele estava ouvindo um trecho de conversa que obviamente não se destinava a ele. Alguém tinha esquecido de trocar os canais de comunicação.

– A gente devia ter feito isso de modo que a perfuratriz pudesse ser desparafusada do nosso lado. E se ele estiver muito fraco para fazer isso?

– Nós tínhamos que assumir o risco. Os acessórios extras teriam nos atrasado em pelo menos uma hora. Me passe o...

Então o circuito ficou mudo. Mas Pat tinha ouvido o suficiente para ficar irritado – ou tão irritado quanto era possível a um homem naquela condição semientorpecida. Ele ia mostrar para essa gente, junto com seu camarada, o dr. Mc... Mc o quê mesmo? Ele não conseguia mais se lembrar do nome.

Ele deu uma volta vagarosa com sua poltrona giratória e olhou para trás naquela balbúrdia da cabine que mais parecia o Gólgota. Por um momento ele não conseguiu encontrar o físico em meio aos outros corpos caídos. Então viu que o homem estava ajoelhado ao lado da sra. Williams, cujas datas de nascimento e morte agora pareciam estar muito próximas. McKenzie segurava a máscara de oxigênio sobre o rosto dela, sem notar o fato de que o flagrante chiado de gás do cilindro tinha se interrompido, e que o marcador havia tempos atingira a posição zero.

– Estamos quase aí – disse o rádio. – Você irá nos ouvir a qualquer momento.

*Tão logo assim?*, pensou Pat. Mas, claro, um tubo pesado deslizaria poeira abaixo quase tão rápido quanto podia ser afundado. Ele se achou muito esperto por conseguir deduzir isso.

*Bang*! Alguma coisa tinha acertado o teto. Mas onde?

– Estou ouvindo vocês – sussurrou ele. – Vocês nos atingiram.

– Nós sabemos – respondeu a voz. – Podemos sentir o contato. Mas o resto é você quem tem que fazer. Consegue nos dizer onde a perfuratriz está acertando? Está em uma parte desimpedida do teto ou sobre a fiação? Vamos subir e descer com ela várias vezes para ajudar você a localizá-la.

Pat ficou ainda mais ofendido com isso. Parecia terrivelmente injusto que ele tivesse que decidir um assunto tão complicado.

*Toc*, *toc*, *toc*, bateu a perfuratriz contra o teto. Nem por sua vida (por que essa frase parecia tão apropriada?) ele conseguia localizar a posição exata do som. Bom, eles não tinham nada a perder.

– Vão em frente – murmurou ele. – Vocês estão numa área livre. – Pat teve que repetir duas vezes até que entendessem suas palavras.

Instantaneamente – eles estavam rápidos no gatilho lá em cima – a perfuratriz começou a zumbir contra o casco externo. Ele conseguia ouvir o som com nitidez, mais belo do que qualquer música.

A ponta ultrapassou o primeiro obstáculo em menos de um minuto. Ele a ouviu funcionando, então o som parou quando desligaram o motor. Em seguida, o operador baixou-a mais alguns centímetros até o casco interno e a colocou para funcionar novamente.

O som estava muito mais alto agora, podendo ser localizado com precisão. Pat ficou levemente desconcertado ao notar que ele vinha de muito perto do local onde ficava o conduíte principal, bem no centro do teto. Se eles perfurassem *aquilo*...

Lento e cambaleante, ele ficou de pé e foi andando até a fonte de som. Ele tinha acabado de alcançar o ponto exato quando levou um banho de poeira vindo do forro e houve uma rajada repentina de eletricidade – e as luzes principais se apagaram.

Por sorte, as luzes de emergência continuaram acesas. Os olhos de Pat demoraram vários segundos para se adaptar àquele brilho avermelhado e fosco. Então ele viu um tubo metálico perfurando o teto e se movendo lentamente para baixo até adentrar meio metro na cabine, e lá parou.

O rádio estava falando no fundo, dizendo algo que Pat sabia ser muito importante. Ele tentou entender o que era dito enquanto encaixava a chave inglesa ao redor da cabeça da broca, e apertou o parafuso de ajuste.

– *Não* solte a ponta enquanto não dissermos para fazer isso – disse aquela voz remota. – Não tivemos tempo para acoplar uma válvula de retenção. O tubo está aberto ao vácuo na extremidade de cá. Vamos avisá-lo assim que estivermos prontos. Repito, *não tire a ponta enquanto não dissermos para fazer isso*.

Pat desejou que aquele homem parasse de incomodá-lo; ele sabia exatamente o que tinha de fazer. Se ele se inclinasse com toda a sua força no cabo da ferramenta, aí sim a cabeça da broca sairia e ele poderia voltar a respirar.

Por que aquilo não queria se mexer? Ele tentou mais uma vez.

– Meu Deus – disse o rádio –, pare de fazer isso! Não estamos prontos! Você vai perder todo o seu ar!

*Só um minuto*, pensou Pat, ignorando a própria distração. Tem alguma coisa errada aqui. Uma porca pode girar *nesta* direção... ou *naquela*. Será que eu a estou apertando, quando deveria fazer o contrário?

Aquilo era terrivelmente complicado. Ele olhou para sua mão direita, depois para a esquerda, mas nenhuma delas parecia ajudar. (Nem aquele homem idiota gritando no rádio.) Bom, ele podia tentar no outro sentido para ver se dava mais certo.

Com muita dignidade, ele realizou uma volta completa do tubo, rodeando-o o com um dos braços. Ao declinar para a ferramenta do outro lado, ele agarrou o tubo com as duas mãos a fim de não desabar. Por um momento, Pat se segurou a ele, com a cabeça inclinada.

– Periscópio para cima – murmurou ele.

Agora que raios significava aquilo? Ele não fazia ideia, mas tinha ouvido em algum lugar e parecia fazer sentido.

Pat ainda estava matutando sobre o assunto quando a cabeça da broca começou a se desparafusar sob seu peso, com muita facilidade e suavidade.

Quinze metros acima, o engenheiro-chefe Lawrence e seus assistentes ficaram quase paralisados por um momento, tomados de horror. Aquilo era algo que ninguém jamais poderia ter imaginado. Eles tinham pensado em uma centena de outros acidentes possíveis, mas não *nisso*.

– Coleman... Matsui! – disparou Lawrence. – Conectem esse cabo de oxigênio, pelo amor de Deus!

Mesmo enquanto gritava para eles, Lawrence soube que seria tarde demais. Ainda havia duas conexões a serem feitas antes que o circuito de oxigênio fosse fechado. E, claro, eram parafusos de rosca, e não conexões fáceis de soltar. Um desses pequenos detalhes que normalmente não teriam importância em todo um milênio, mas que agora representavam a diferença entre a vida e a morte.

Feito Sansão no moinho, Pat andou com dificuldade em volta do tubo, pressionando o cabo da ferramenta diante de si. Ela não apresentava nenhuma oposição, mesmo ante seu estado de fraqueza. Naquela altura, a ponta estava desparafusada em mais de 2 centímetros e com certeza se soltaria dentro de poucos segundos.

*Ah, está quase.* Ele conseguia ouvir um sibilar ainda fraco que ia aumentando rapidamente conforme a ponta se desenrolava. *Deve ser o oxigênio se apressando para dentro da cabine, claro.* Dali a poucos segundos, ele seria capaz de respirar mais uma vez, e todos os seus problemas iam se acabar.

O zumbido foi se aprofundando até virar um assovio onipresente, e pela primeira vez Pat começou a pensar se estava fazendo exatamente a coisa certa. Ele se deteve, olhou pensativo para a ferramenta e coçou a cabeça. Seus processos mentais lentos não conseguiam encontrar uma falha em suas ações. Se o rádio tivesse lhe passado ordens naquele momento, ele talvez tivesse obedecido, mas já tinham abandonado a tentativa.

Bom, de volta ao trabalho. (Fazia anos que ele não sentia uma ressaca daquelas.) Ele começou a pressionar a ferramenta mais uma vez – e caiu de cara no chão quando a broca se soltou.

Naquele mesmo instante, a cabine reverberou com um rugido penetrante, e uma ventania deixou todos os papéis soltos se agitando pelo ar, feito folhas no outono. Uma névoa de condensação se formou quando o ar, resfriado por sua expansão repentina, descarregou toda a sua umidade numa bruma espessa. Quando Pat se virou, enfim consciente do que tinha acontecido, ele quase foi cegado pela névoa em torno de si.

Aquele quadro significava apenas uma coisa para um astronauta treinado, e suas reações automáticas estavam de volta. Ele precisava encontrar um objeto liso que pudesse ser deslizado sobre o buraco. Qualquer coisa serviria, desde que fosse razoavelmente resistente.

Ele procurou descontroladamente ao redor naquela bruma enrubescida, que já estava ficando mais rala conforme era sugada para o espaço. O barulho era ensurdecedor, parecia incrível que um tubo tão pequeno daqueles pudesse soltar um grito desse porte.

Tropeçando em seus colegas inconscientes e traçando um caminho apoiando-se de poltrona em poltrona, ele quase tinha perdido as esperanças quando viu a resposta a suas súplicas. Lá estava um volume grosso, aberto e virado para o chão, onde fora largado. Não é o jeito certo de tratar livros, pensou Pat, mas ele estava contente por alguém ter sido descuidado assim. Caso contrário, talvez nunca o tivesse visto.

Ao alcançar o orifício que soltava aquele grito penetrante que estava sugando o que havia de vida no cruzeiro, o livro foi literalmente arrancado de suas mãos e se achatou contra a extremidade do tubo. O som desapareceu instantaneamente, e também a ventania. Por um momento, Pat ficou de pé cambaleando feito um bêbado. Em seguida, ele flexionou os joelhos e se largou no chão.

# 22

Os momentos realmente inesquecíveis da tevê são aqueles que ninguém espera, para os quais nem as câmeras nem os comentaristas estão preparados. Nos últimos 30 minutos, a jangada fora local de uma atividade febril, mas controlada – então, sem fazer alerta, fez-se uma erupção.

Por mais impossível que fosse, parecia que um gêiser estava esguichando no Mar da Sede. Automaticamente, Jules rastreou aquela coluna de névoa ascendente que seguia rumo às estrelas (que agora estavam visíveis; o diretor tinha pedido que fosse assim). À medida que ia subindo, ela se expandia como se fosse uma planta estranha e enfraquecida – ou como uma versão mais esguia e débil da nuvem de fumaça de explosões nucleares, com sua forma de cogumelo que aterrorizara duas gerações da humanidade.

Durou apenas alguns segundos, mas manteve milhões de pessoas congeladas diante de suas telas nesse intervalo, imaginando como uma tromba d'água teria possivelmente conseguido se erguer naquele mar árido. Então ela ruiu e morreu, em meio ao mesmo silêncio misterioso em que tinha nascido.

Para os homens na jangada, aquele gêiser de ar carregado de umidade era igualmente silencioso, mas eles sentiam sua vibração enquanto se esforçavam para colocar o último engate no lugar. Eles teriam conseguido mais cedo ou mais tarde, mesmo que Pat não tivesse interrompido o fluxo, pois as forças envolvidas eram bastante corriqueiras. Mas esse "mais tarde" poderia ter sido tarde demais. Talvez, de fato, até já fosse...

– Chamando *Selene*! Chamando *Selene*! – gritou Lawrence. – Você está me ouvindo?

Não houve resposta. O transmissor do cruzeiro não estava operando. Ele nem conseguia ouvir os sons que o microfone da embarcação deviam estar captando dentro da cabine.

– As conexões estão prontas, senhor – disse Coleman. – Devo ligar o gerador de oxigênio?

*Não vai ser nada bom*, pensou Lawrence, se o Harris tivesse conseguido parafusar aquela porcaria de ponta de volta no lugar. *Só posso esperar que ele tenha apenas enfiado alguma coisa na extremidade do tubo, e que a gente consiga desobstruí-lo.*

– OK – disse ele. – Mandem bala, com toda a pressão que der.

Com uma pancada repentina, a cópia gasta de *A laranja e a maçã* foi jateada para longe do tubo no qual ela estava sendo segurada pelo vácuo. Por aquele orifício aberto jorrava uma fonte invertida de gás, tão frio que seus contornos eram visíveis em fantasmagóricos espirais de vapor d'água condensado.

Por vários minutos o gêiser de oxigênio bramia sem produzir nenhum efeito. Então Pat Harris começou a se mexer devagar, tentou se levantar e foi nocauteado de volta ao chão por aquele jato concentrado. Não era um esguicho especialmente potente, mas já era mais forte do que o capitão conseguia ser naquele estado.

Pat se deitou com aquela corrente de ar glacial brincando em seu rosto, apreciando seu frescor revigorante quase tanto quanto seu caráter respirável. Em poucos segundos, ele estava completamente alerta – ainda que sentisse uma dor de cabeça lancinante – e ciente de tudo o que tinha acontecido na última meia hora.

Ele quase desmaiou de novo ao se lembrar de ter desparafusado a ponta de perfuração e lutado com o jorro de ar que chegava. Mas não era hora de se preocupar com erros passados; tudo o que importava agora era que ele estava vivo – e, com alguma sorte, assim permaneceria.

Ele pegou McKenzie ainda inconsciente, que mais parecia um boneco mole, e deitou-o debaixo da corrente de oxigênio, cuja potência estava bem mais fraca, pois a pressão interna do cruzeiro tinha voltado ao normal. Dentro de alguns poucos minutos, a corrente seria apenas um zéfiro suave.

O cientista se reavivou quase que de uma só vez e olhou vagamente ao redor de si.

– Onde estou? – disse ele, sem muita originalidade. – Ah, eles chegaram até nós. Graças a Deus eu consigo respirar de novo. O que aconteceu com as luzes?

– Não se preocupe com isso, vou consertar em breve. Precisamos colocar todo mundo embaixo deste jato o mais rápido que conseguirmos e dar uma descarga de oxigênio em seus pulmões. Você sabe fazer respiração artificial?

– Nunca tentei.

– É muito simples. Espere só até eu encontrar o kit de primeiros socorros.

Quando Pat pegou o ressuscitador, fez sua demonstração no sujeito mais próximo, que por acaso era Irving Schuster.

– Tire a língua do caminho e deslize o tubo pela garganta. Depois pressione este balão, lentamente. Mantenha um ritmo natural de respiração. Captou a ideia?

– Sim, mas por quanto tempo devo fazer isso?

– Umas cinco ou seis respirações profundas devem ser suficientes, acho. Não estamos tentando reavivá-los, afinal, só queremos tirar o ar velho de seus pulmões. Cuide da metade dianteira da cabine, eu vou lidar com a traseira.

– Mas temos só um ressuscitador.

Pat deu um sorriso, sem muito humor.

– Ele não é necessário – respondeu o capitão, inclinando-se sobre seu próximo paciente.

– Ah – disse McKenzie –, eu tinha me esquecido *disso*.

Dificilmente foi por acaso que Pat seguiu direto na direção de Sue, e agora estava assoprando em seus lábios no antigo (e altamente eficiente) método boca a boca. Mas, para ser justo, ele não desperdiçou mais tempo com a comissária ao perceber que ela estava respirando normalmente.

Estava apenas começando a cuidar da terceira pessoa quando o rádio fez mais uma chamada desesperada.

– Olá, *Selene*, tem alguém aí?

Pat demorou alguns segundos para alcançar o microfone.

– Harris chamando. Estamos bem. Estamos aplicando respiração artificial nos passageiros. Não há tempo para dizer mais, chamamos vocês de volta mais tarde. Vou continuar na escuta. Informem-nos sobre o que está acontecendo.

– Graças a Deus que vocês estão bem. Estávamos quase desistindo. Você nos causou um medo e tanto quando desparafusou aquela broca.

Ouvindo a voz do engenheiro-chefe enquanto assoprava ar no sr. Radley, que dormia de modo tranquilo, Pat desejava não ser lembrado daquele incidente. Ele sabia que aquilo nunca seria superado, independentemente do que acontecesse. No entanto, era provável que tivesse sido melhor assim: a maior parte do ar ruim tinha sido sugada para fora da *Selene* naquele agitado minuto de descompressão. Podia até ter durado mais do que isso, pois uma cabine daquele tamanho levaria de 2 a 3 minutos para perder parte de seu ar através de um tubo de apenas 4 centímetros de diâmetro.

– Agora prestem atenção – continuou Lawrence. – Como vocês estavam superaquecendo gravemente, estamos fornecendo o oxigênio a uma temperatura baixa que consideramos segura. É só nos ligarem de volta se ficar muito frio ou muito seco. Dentro de 5 a 10 minutos vamos afundar o segundo tubo até vocês, assim teremos um circuito completo e vamos conseguir assumir toda essa função de ar-condicionado. Nós vamos mirar o tubo na traseira da cabine assim que tivermos rebocado nossa jangada em alguns metros. Estamos nos movendo agora, então volto a chamar vocês em um minuto.

Pat e o doutor não relaxaram enquanto não tinham bombeado o ar viciado dos pulmões de todos os companheiros inconscientes. Então, bastante cansados e ainda sentindo aquele prazer calmo de homens que veem uma grande provação se aproximando de seu fim triunfal, eles se largaram no chão e ficaram esperando a segunda broca atravessar o teto.

Dez minutos depois, eles puderam ouvir a pancada no casco externo, bem na frente da eclusa de ar. Quando Lawrence ligou para conferir a posição, Pat confirmou que desta vez não tinha nenhuma obstrução.

– E não se preocupe – acrescentou ele –, não vou tocar nessa broca enquanto vocês não me disserem para fazer isso.

Agora estava tão frio que ele e McKenzie tinham colocado suas roupas de volta e envolvido os passageiros adormecidos com cobertores. Mas Pat não pediu para mudarem a temperatura: desde que eles não estivessem sob alguma dificuldade real, quanto mais frio, melhor. Enfim repeliam aquele calor fatal que quase os cozinhara, e, mais importante ainda, era provável que seus próprios purificadores de ar voltassem a funcionar agora que a temperatura tinha caído tão drasticamente.

Quando o segundo tubo passasse pelo teto, eles estariam protegidos em dobro. Os homens na jangada podiam abastecê-los de ar indefinidamente, e eles também teriam uma reserva própria de várias horas – quem sabe de até um dia. Talvez ainda tivessem uma longa espera ali, embaixo da poeira, mas o suspense tinha acabado.

A menos, é claro, que a Lua armasse novas surpresas para eles.

– Bom, sr. Spenser – disse o capitão Anson –, parece que o senhor conseguiu sua matéria.

Depois da tensão daquela última hora, Spenser estava se sentindo quase tão exausto quanto qualquer um dos homens na jangada 2 quilômetros abaixo. Ele conseguia vê-los pelo monitor em um *close* médio. Obviamente, estavam relaxando – na medida em que homens podiam relaxar em trajes espaciais.

De fato, cinco deles pareciam tentar tirar um cochilo e estavam lidando com o problema de maneira surpreendente e razoável. Eles se encontravam deitados ao lado da jangada, meio afundados na poeira, como se fossem bonecos de borracha flutuantes. Não ocorrera a Spenser que um traje espacial fosse leve demais para afundar naquela coisa. Ao descer da jangada, os cinco técnicos não só arranjavam um sofá luxuosamente confortável como também abriam um espaço muito maior de trabalho para seus colegas.

Os outros três integrantes da equipe estavam se movendo lentamente em volta, ajustando e conferindo os equipamentos, sobretudo a massa retangular do purificador de ar e as grandes esferas de oxigênio líquido acopladas a ele. Com seu máximo de *zoom* óptico e eletrônico, a câmera conseguia chegar a 10 metros de toda aquela estrutura, quase perto o suficiente para fazer a leitura dos medidores. Mesmo com ampliação média, era fácil avistar os dois tubos que saíam pela lateral e desciam até a invisível *Selene*.

Essa cena de tranquilidade e relaxamento era um contraste surpreendente com o que se observara na hora anterior. Mas não havia mais nada a ser feito ali até que a próxima leva de equipamento chegasse. Ambos os esquis tinham voltado para Porto Roris, pois era lá que toda a atividade estava acontecendo agora, enquanto a equipe de engenharia testava e montava o dispositivo que esperavam ser capaz de alcançar a *Selene*. Pelo menos um dia mais se passaria até que isso ficasse pronto. No meio-tempo, exceto se houvesse algum acidente, o Mar da Sede continuaria se aquecendo imperturbável ao sol da manhã, e a câmera não teria novas cenas para lançar pelo espaço.

A 1,5 segundo-luz de distância, a voz do diretor do programa lá na Terra falava dentro da cabine de controle da *Auriga*.

– Bom trabalho, Maurice, Jules. Vamos continuar gravando a imagem caso alguma coisa dê errado do lado de vocês, mas só pretendemos colocá-la no ar no jornal das seis.

– Como está a audiência?

– Feito uma supernova. E tem um novo enfoque: todos os inventores malucos de quintal que já tentaram patentear um novo clipe de papel estão saindo da toca com ideias. Reunimos um punhado deles para as 6h15. Provavelmente vai ser bem divertido.

– Quem sabe algum deles não dê alguma boa ideia.

– Talvez, mas eu duvido muito. Os mais sensíveis não vão nem se aproximar do nosso programa quando virem o tratamento que está sendo dispensado aos outros.

– Por quê? O que vocês estão fazendo com eles?

– Suas ideias estão sendo analisadas pelo seu amigo cientista, o dr. Lawson. Fizemos uma prévia com ele, que arranca o couro dos outros.

– Ele não é *meu* amigo – protestou Spenser. – Só o vi duas vezes. Na primeira, consegui tirar umas dez palavras dele; na segunda, ele dormiu na minha frente.

– Bom, ele se desenvolveu desde então, acredite se quiser. Você vai vê-lo em... ah, daqui a 45 minutos.

– Eu consigo esperar. De todo jeito, só estou interessado no que Lawrence pretende fazer. Ele deu alguma declaração? Vocês devem conseguir falar com ele, agora que a pressão baixou.

– Ele ainda está furiosamente ocupado e não quer falar. De qualquer maneira, achamos que o departamento de engenharia ainda não decidiu nada.

Era um fato bastante paradoxal, e que Spenser dava totalmente como certo, que, quando se estava cobrindo uma história dessas, geralmente não era possível ter muita ideia do contexto maior. Mesmo quando se estava no centro das coisas, como ele estava agora. Ele tinha dado o pontapé inicial, mas já não estava mais no controle. Era verdade que ele e Jules estavam fazendo a cobertura de vídeo mais importante do caso – ou que pelo menos viria a ser, quando a ação voltasse a acontecer ali –, mas o esquema estava sendo moldado nas redações que ficavam na Terra e em Clavius City. Ele quase desejou poder deixar Jules ali e voltar correndo para a sede.

Isso era algo impossível, claro, e mesmo que fizesse aquilo, Spenser logo se arrependeria. Pois aquele era não só o maior furo de sua carreira. Era também, como ele suspeitava, a última vez em sua vida que poderia cobrir uma matéria em campo. Por causa de seu próprio sucesso, ficaria irrevogavelmente condenado a uma cadeira de escritório – ou, no melhor dos casos, em uma pequena e confortável cabine de observação atrás do amontoado de telas de monitores na sucursal de Clavius.

# 23

Tudo continuava bastante quieto a bordo da *Selene*, mas agora a quietude era do sono, e não da morte. Não demoraria muito até que todas aquelas pessoas acordassem para saudar um dia que poucas delas esperavam ver de fato.

Pat Harris estava de pé, apoiado de maneira algo precária no encosto de uma poltrona, consertando a ruptura que fora produzida no circuito suspenso de iluminação. Por sorte a broca não estava 5 milímetros à esquerda, pois, se fosse o caso, ela teria cortado a comunicação por rádio também, e aí o trabalho seria muito pior.

– Ative o disjuntor número três, doutor – chamou ele, enquanto enrolava a fita isolante. – Devemos estar operantes agora.

As luzes principais se acenderam com um brilho ofuscante depois daquela escuridão rubra. Ao mesmo tempo, fez-se um som explosivo repentino, tão inesperado e alarmante que desestabilizou Pat de seu apoio já instável.

Antes mesmo de atingir o chão, ele já o tinha identificado. Era um espirro.

Os passageiros estavam começando a despertar, e talvez ele tivesse exagerado um pouco na refrigeração, pois agora a cabine estava extremamente fria.

Ele ficou imaginando quem seria o primeiro a retomar a consciência. Esperava que fosse Sue, assim poderiam conversar sem ser interrompidos, pelo menos por um curto período. Depois de tudo aquilo que tinham passado juntos, ele não encarava a presença de Duncan McKenzie como uma interferência – embora Sue talvez não visse as coisas assim.

Embaixo das camadas de cobertores, a primeira pessoa se mexia. Pat se apressou em sua direção para prestar assistência, até que então parou e disse a si mesmo: "Ah, *não*...".

Bom, não dava para sair sempre ganhando, e um capitão tinha que fazer seu trabalho, independentemente do que se apresentasse. Ele se inclinou sobre a figura magricela que estava fazendo força para se levantar e disse, solícito:

– Como está se sentindo, srta. Morley?

Ter se tornado um patrimônio televisivo era ao mesmo tempo a melhor e a pior coisa que poderia ter acontecido ao dr. Lawson. Aquilo lhe dera autoconfiança, ao convencê-lo de que o mundo que ele sempre julgara desprezar estava de fato interessado em seu conhecimento e em suas habilidades especiais. (Tom não tinha se dado conta de quão rápido ele podia ser deixado de lado novamente, tão logo o incidente da *Selene* chegasse ao fim.) A situação também lhe servia como uma válvula para expressar sua devoção legítima à astronomia, algo que se esvaziara por ter vivido muito tempo exclusivamente em meio à sociedade de astrônomos. Além de lhe render quantias satisfatórias de dinheiro.

Mas era como se o programa com o qual ele agora estava envolvido tivesse sido projetado para confirmar sua antiga visão de que, entre os homens, aqueles que não eram brutos mostravam-se, em sua maioria, idiotas. No entanto, isso não era culpa do *Notícias Interplanetárias*, que não tinha como resistir a uma matéria para preencher os longos períodos em que nada acontecia lá na jangada.

O fato de Lawson estar na Lua e suas vítimas estarem na Terra representava apenas um problema menor, que os técnicos de tevê haviam resolvido muito antes. O programa não podia ir ao ar ao vivo, precisava ser gravado de antemão para que pudessem cortar na edição aquelas irritantes pausas de 2,5 segundos que as ondas de rádio demoravam para ir de um planeta ao satélite e voltar. Era algo que chatearia os atores – e nada podia ser feito quanto a *isso* –, mas, depois que um editor habilidoso tivesse acertado o tempo da fita, os ouvintes nem conseguiriam notar que estavam ouvindo uma discussão cujos interlocutores encontravam-se separados por quase 400 mil quilômetros.

O engenheiro-chefe Lawrence ouvia o programa enquanto estava deitado no Mar da Sede, encarando o céu vazio. Foi sua primeira oportunidade de descanso em tantas horas que ele nem conseguia se lembrar quantas, mas sua mente estava muito ativa para deixá-lo dormir. Independentemente do caso, ele nunca adquirira a destreza de dormir em um traje espacial e não via necessidade de aprender a fazer isso àquela altura, pois o primeiro dos iglus já estava vindo de Porto Roris. Quando chegasse, ele poderia viver com um pouco de conforto, tão merecido e necessário.

Apesar de todas as alegações dos fabricantes, ninguém conseguia funcionar com eficiência dentro de um traje por mais de 24 horas, por vários motivos óbvios e outros não tão óbvios. Havia, por exemplo, a desconcertante reclamação conhecida como coceira de astronauta, que afeta a parte inferior das costas – ou pontos menos acessíveis ainda – depois de se passar um dia inteiro encarcerado em um traje. Os especialistas alegam ser algo puramente psicológico, e vários médicos espaciais heroicos usaram trajes por uma semana ou até mais para comprovar isso. A demonstração de nada adiantava para identificar a incidência da doença.

A mitologia dos trajes espaciais é um tema amplo, complexo e muitas vezes irreverente, com uma nomenclatura toda própria. Ninguém sabia ao certo por que um famoso modelo dos anos 1970 era conhecido como Donzela de Ferro, mas qualquer astronauta ficaria contente em explicar por que o modelo XIV de 2010 era chamado de Câmara de Horrores. Todavia, parecia haver pouca verdade na teoria de que ele fora projetado por uma engenheira sádica, determinada a infligir uma vingança diabólica ao sexo oposto.

Lawrence, no entanto, estava razoavelmente tranquilo em seu modelo enquanto ouvia esses entusiasmados amadores darem vazão a suas ideias. Era apenas possível – ainda que muito improvável – que um desses pensadores desinibidos pudesse dar uma ideia de serventia prática. Ele já vira isso acontecer antes e estava preparado para ouvir as sugestões com mais paciência do que o dr. Lawson – que, obviamente, jamais aprenderia a ouvir bobagens alheias calado.

Tom tinha acabado de destruir um engenheiro amador da Sicília que queria assoprar a poeira para longe por meio de jatos de ar posicionados estrategicamente. Era um esquema típico, igual aos outros apresentados. Mesmo quando não havia uma falha científica fundamental, a maioria dessas ideias se desfazia em pedacinhos quando avaliadas quantitativamente. Era *possível* assoprar a poeira para longe caso se dispusesse de um fornecimento ilimitado de ar. Enquanto a falação loquaz em inglês com sotaque italiano prosseguia, Lawson ia fazendo alguns cálculos rápidos.

– Eu suponho, *signor* Gusalli – dizia –, que seriam necessárias pelo menos 5 toneladas de ar por minuto para manter aberto um buraco grande o suficiente que pudesse ser útil. Seria praticamente impossível enviar uma quantidade dessas até o local.

– Ah, mas vocês podiam coletar o ar e reutilizá-lo indefinidamente!

– Obrigado, *signor* Gusalli – interrompeu a voz firme do mestre de cerimônias. – Agora vamos falar com o sr. Robertson de Londres, Ontário. Qual o seu plano, sr. Robertson?

– Eu sugiro congelamento.

– Espere um minuto – protestou Lawson. – Como é possível congelar poeira?

– Primeiro, ela seria saturada com água. Depois, tubos de refrigeração seriam afundados e transformariam toda a massa em gelo. Isso manteria a poeira em bloco, aí seria fácil perfurá-la.

– É uma ideia interessante – admitiu Lawson, que mais parecia relutante. – Pelo menos não é tão desvairada quanto algumas outras que ouvimos. Mas a quantidade de água necessária seria impossivelmente elevada. Lembre-se, o cruzeiro está a 15 metros de profundidade...

– Quanto isso dá medido em pés? – perguntou o canadense, com um tom de voz que deixava claro que ele era um purista da escola dos antimétricos.

– Cerca de 50 pés, como tenho certeza de que sabe muito bem. Bom, o senhor teria que lidar com uma coluna de pelo menos 1 metro de diâmetro, ou, no seu caso, 1 jarda, o que envolveria... ah, aproximadamente $15 \times 10^2 \times 10^4$ centímetros cúbicos, o que dá... claro, 15 toneladas de água. Mas esse cálculo não envolve nenhum desperdício, de modo que seria preciso várias vezes mais do que isso. Pode chegar a até 100 toneladas. E quanto o senhor acha que todo o equipamento de congelamento pesaria?

Lawrence ficou bastante impressionado. Diferentemente de muitos dos cientistas que ele conhecia, Lawson tinha um domínio firme das realidades práticas, além de ser rápido nos cálculos. No geral, quando um astrônomo ou um físico fazia uma conta rápida, a primeira tentativa podia estar errada num fator de variação que ia de dez a cem. E até onde Lawrence podia julgar, Lawson sempre acertava de primeira.

O canadense entusiasta do congelamento ainda estava comprando briga quando foi deixado de lado no programa para ser substituído por um senhor africano que queria usar a técnica oposta: calor. Ele planejava usar um espelho côncavo imenso, focando a luz do Sol na poeira e fundindo-a em uma massa imóvel.

Era óbvio que Lawson só estava conseguindo manter a serenidade à custa da mais extrema dificuldade. O defensor da fornalha solar era um daqueles "especialistas" teimosos e autodidatas que se recusava a admitir que podia possivelmente ter cometido um erro em seus cálculos. A discussão estava ficando muito violenta quando uma voz bem mais próxima interrompeu o programa.

– Os esquis estão chegando, sr. Lawrence.

Lawrence foi rolando até voltar à posição sentada e escalou de volta à jangada. Se alguma coisa já estava à vista, aquilo significava que se encontrava praticamente em cima dele. Sim, lá estava o Espanador Um... e também o Espanador Três, que fizera uma viagem difícil e cara vindo do Lago da Seca, equivalente menor do Mar da Sede na Face Remota. Tal jornada foi uma saga por si só e continuaria para sempre desconhecida, exceto para os poucos homens envolvidos nela.

Cada esqui estava rebocando dois trenós, com equipamentos empilhados até o alto. Conforme eles se aproximaram da jangada, o primeiro item a ser descarregado foi o grande caixote contendo o iglu. Sempre era fascinante assistir à inflação de um iglu, e Lawrence nunca tinha esperado por esse espetáculo com tamanha ansiedade quanto naquele momento. (Sim, ele certamente estava sentindo a coceira de astronauta.) O processo era 100% automático. Alguém rompia o lacre, puxava as duas alavancas separadas – para proteger da possibilidade desastrosa de um desencadeamento acidental – e então era só aguardar.

Lawrence não teve de esperar por muito tempo. As laterais da caixa caíram para os lados, revelando uma massa retorcida de tecido prateado, embalada bem compactada. Ela ia se mexendo e revirando como se fosse uma criatura viva. Lawrence certa vez vira uma mariposa emergindo de sua crisálida, com as asas ainda amarrotadas, e esses dois processos tinham uma misteriosa semelhança. Entretanto, o inseto demorara 1 hora para atingir todo o seu tamanho e esplendor, ao passo que o iglu levou apenas 3 minutos.

Conforme o gerador de ar bombeava uma atmosfera no invólucro flácido, ele se expandia e enrijecia em investidas repentinas, seguidas de lentos períodos de consolidação. Agora já estava com 1 metro de altura, e se propagando mais para os lados do que para cima. Quando atingiu o limite de sua extensão, ele começou a ir de novo para cima, e a eclusa de ar se destacou da cúpula principal. Dava a impressão de que toda a operação podia ser acompanhada por sopros e chiados laboriosos; parecia errado que tudo aquilo estivesse acontecendo no mais profundo silêncio.

Agora a estrutura quase tinha atingido suas dimensões finais, e ficava óbvio que "iglu" era mesmo o único nome possível para ela. Embora fossem projetadas para oferecer proteção em um ambiente muito diferente – ainda que quase igualmente hostil –, as casas de gelo dos esquimós tinham exatamente o mesmo formato. O problema técnico era similar, assim como a solução encontrada para ele.

Foi consideravelmente mais demorado instalar os acessórios do que inflar o iglu, pois todo o equipamento – beliches, cadeiras, mesas, armários, outros dispositivos eletrônicos – tinha que ser carregado pela eclusa de ar. Alguns dos itens maiores mal conseguiam passar, por terem sido projetados com apenas alguns centímetros de folga da entrada. Por fim, houve uma chamada de rádio vinda de dentro da cúpula: "Estamos funcionando! Podem entrar!", dizia.

Lawrence aceitou o convite sem perder tempo. Ele começou a desmontar os encaixes de seu traje enquanto ainda estava na parte externa da eclusa de ar de duas fases, tirando o capacete assim que começou a ouvir vozes do lado de dentro da cúpula que chegavam até ele através daquela atmosfera espessa.

Era maravilhoso voltar a ser um homem livre, conseguir se esticar, se coçar e se mexer sem dificuldades, conversar com seus colegas cara a cara. O chuveiro do tamanho de um caixão tirou o mau cheiro do traje espacial e o fez se sentir mais uma vez adequado ao convívio humano. Então ele vestiu seus shorts – tudo o que se usava em um iglu – e sentou-se para fazer uma conferência com seus assistentes.

A maior parte do material que ele tinha encomendado viera nessa remessa. O restante chegaria com o Espanador Dois ao longo das próximas horas. Ao checar as listas de suprimentos, ele se sentiu muito mais mestre da situação. O oxigênio estava garantido, impedindo a catástrofe. A água estava começando a ficar escassa lá embaixo, mas isso ele podia fornecer com relativa facilidade. A comida era um pouco mais difícil, embora fosse meramente uma questão de embalagem. O setor central de aprovisionamento já tinha fornecido amostras de chocolate, carne compactada, queijo e até pãezinhos franceses em formato prolongado – tudo isso embalado em cilindros de 3 centímetros de largura. Seria só questão de mandá-los para baixo nos encanamentos de ar para impulsionar o moral na *Selene*.

Mas isso era menos importante do que as recomendações de seu grupo de especialistas, incorporadas em uma dúzia de diagramas técnicos e um memorando conciso de seis páginas. Lawrence leu tudo aquilo com extremo cuidado, acenando em concordância de tempos em tempos. Ele já tinha chegado a boa parte daquelas mesmas conclusões gerais e não via meios de escapar delas.

O que quer que acontecesse a seus passageiros, a *Selene* tinha feito sua última viagem.

# 24

A ventania que varrera toda a *Selene* parecia ter levado embora consigo mais do que somente o ar estagnado. Ao olhar em retrospectiva para os primeiros dias que tinham passado em meio à poeira, o comodoro Hansteen percebeu que muitas vezes houvera um clima agitado a bordo, até mesmo histérico, depois de passado o choque inicial. Tentando manter os ânimos para cima, com frequência eles tinham ido longe demais na direção de uma falsa alegria e de um humor infantil.

Agora, tudo aquilo estava para trás, e era fácil ver o porquê. O fato de uma equipe de resgate estar operando a apenas alguns metros de distância dali explicava isso em parte, mas apenas em parte. O espírito de tranquilidade que eles agora partilhavam vinha do encontro que tiveram com a morte. Depois disso, nada podia ser exatamente como antes. Os resíduos de egoísmo e covardia tinham sido extintos neles.

Ninguém sabia disso melhor do que Hansteen. Ele assistira àquilo acontecer muitas vezes antes, sempre que a tripulação de uma embarcação encarava o perigo nos recônditos do Sistema Solar. Embora fosse desprovido de inclinações filosóficas, no espaço ele tivera muito tempo para pensar. Em algumas vezes, tinha imaginado se o verdadeiro motivo pelo qual os homens buscavam o perigo era que, somente em tais ocasiões, eles conseguiam encontrar o companheirismo e a solidariedade que inconscientemente almejavam.

Ele lamentava ter de se despedir de todas aquelas pessoas – sim, até mesmo da srta. Morley, que agora se mostrava agradável e atenciosa na medida em que seu temperamento permitia. O fato de conseguir pensar muito adiante era evidência da confiança dele. Nunca se podia ter certeza, claro, mas a situação parecia estar totalmente sob controle. Ninguém sabia exatamente como o engenheiro-chefe Lawrence pretendia tirá-los dali, mas esse problema agora era meramente uma escolha entre métodos alternativos. Daquele momento em diante, o encarceramento deles era uma inconveniência, não mais um perigo.

Não era nem mesmo uma dificuldade, pois os cilindros com alimentos tinham começado a pulular pelos encanamentos de ar. Ainda que em momento algum tivessem corrido o risco de morrer de fome, a dieta tinha ficado extremamente monótona, e a água fora racionada havia algum tempo. Agora, várias centenas de litros tinham sido bombeadas lá para baixo a fim de reabastecer os reservatórios quase vazios.

Era estranho que o comodoro Hansteen, que normalmente pensava em tudo, nunca tivesse feito uma simples pergunta: "O que aconteceu com toda a água que existia de início?". Embora ele tivesse mais problemas imediatos em mente, observar a entrada daquela massa extra a bordo deveria tê-lo preocupado. Mas isso só foi acontecer quando já era tarde demais.

Pat Harris e o engenheiro-chefe Lawrence eram igualmente culpados por terem feito vista grossa àquilo. Foi a única falha de um plano executado lindamente. E, claro, uma falha era tudo o que bastava.

A divisão de engenharia da Face Terrestre ainda estava trabalhando com agilidade, mas não mais em uma corrida desesperada contra o relógio. Agora havia tempo para construir maquetes do cruzeiro, afundá-las no mar em Porto Roris e tentar várias maneiras de se chegar até a *Selene*. Conselhos, fossem eles sensatos ou não, continuavam chegando sem descanso, mas ninguém reparava muito neles. A abordagem fora escolhida e não seria modificada àquela altura, a menos que encontrassem obstáculos inesperados.

Vinte e quatro horas depois da montagem do iglu, todos os equipamentos especiais tinham sido produzidos e expedidos para o local. Era um recorde que Lawrence esperava jamais ter que quebrar novamente, e ele estava muito orgulhoso dos homens que tornaram aquilo possível. A divisão de engenharia raramente recebia o crédito merecido: como em relação ao ar, que todo mundo dava por certo, esquecendo-se de que eram os engenheiros quem o forneciam.

Agora que estava pronto para entrar em ação, Lawrence se sentia bastante disposto a começar a falar, e Maurice Spenser estava mais do que disposto a ouvi-lo. Era o momento pelo qual Spenser vinha esperando.

Até onde ele conseguia se lembrar, era também a primeira vez que se realizava uma entrevista de tevê com câmera e entrevistado separados por 5 quilômetros. Com essa extensão fantástica, a imagem ficava um pouco distorcida, claro, e a menor das vibrações na cabine da *Auriga* a fazia dançar na tela. Por esse motivo, todo mundo a bordo da embarcação estava imóvel, e todo o maquinário não fundamental tinha sido desligado.

O engenheiro-chefe Lawrence estava de pé na beirada da jangada, e sua figura vestida com o traje espacial era envolta pelo pequeno guindaste que balançava na lateral acima. Dependurado no guindaste havia um cilindro de concreto aberto nas duas extremidades – a primeira parte do tubo estava sendo introduzida na poeira naquele momento.

– Depois de pensar muito – disse Lawrence para aquela câmera distante, mas, acima de tudo, para os homens e mulheres 15 metros abaixo dele – decidimos que esta é a melhor maneira de resolver o problema. Esse cilindro é chamado de ensecadeira e irá afundar facilmente com seu próprio peso. A afiada extremidade inferior irá atravessar a poeira, cortando-a como uma faca corta manteiga.

Prosseguiu:

– Temos segmentos suficientes para atingir o cruzeiro. Quando fizermos contato e o tubo completo estiver com o fundo selado, o que será garantido pela pressão feita por ele no teto, vamos começar a escavar a poeira. Assim que isso for feito, teremos um eixo aberto como se fosse um pequeno poço que dará na *Selene*. Isso representa metade da batalha, mas apenas metade. Depois teremos que conectar o eixo a um de nossos iglus pressurizados, para que, quando atravessarmos o teto do cruzeiro, não haja perda de ar. Mas eu acho e espero que esses sejam problemas relativamente fáceis de resolver.

Ele pausou por um minuto, imaginando se deveria abordar algum dos outros detalhes que faziam daquela uma operação muito mais complexa do que parecia. Então decidiu que não. Os entendidos podiam ver com seus próprios olhos, e os outros não se interessariam por isso ou pensariam que ele estava se gabando. Esse arroubo de publicidade (cerca de meio bilhão de pessoas estavam assistindo, segundo relatara o comissário de turismo) não o preocupava desde que as coisas andassem bem. Mas se isso não acontecesse...

Ele ergueu o braço e deu um sinal para o operador do guindaste.

– Pode abaixar!

Lentamente, o cilindro se acomodou na poeira até que todos os seus 4 metros de comprimento tivessem desaparecido, exceto por um anel estreito que se sobressaía na superfície. O conjunto tinha descido com suavidade e facilidade. Lawrence esperava que os segmentos restantes fossem igualmente subservientes.

Um dos engenheiros estava percorrendo cuidadosamente a borda da ensecadeira com um nível de bolha, para conferir se ela estava afundando verticalmente. Então deu o sinal de polegares erguidos, que Lawrence confirmou da mesma maneira. Houvera um tempo em que ele, como qualquer outro rato do espaço, conseguia levar uma conversa prolongada e relativamente técnica apenas com a linguagem dos sinais. Essa era uma habilidade essencial do *métier*, pois o rádio às vezes falhava e havia ocasiões em que não se queria atravancar a quantidade limitada de canais disponíveis.

– Pronto para o número dois! – disse ele.

Aquilo seria difícil. O primeiro segmento tinha que ser mantido rígido enquanto o segundo era fixado a ele sem alterar seu alinhamento. Era realmente necessário contar com dois guindastes para tanto, mas uma estrutura de vigas, apoiadas a poucos centímetros da superfície da poeira, conseguiria suportar a carga enquanto o guindaste era utilizado em outra tarefa.

*Sem erros agora, pelo amor de Deus!*, sussurrou silenciosamente. O segmento de número dois oscilou a partir da jangada de onde fora trazido de Porto Roris, e três dos técnicos o manipularam, colocando-o na vertical. Esse era um trabalho no qual a distinção entre peso e massa era fundamental. Aquele cilindro oscilante pesava relativamente pouco, mas seu impulso era o mesmo que seria na Terra, capaz de esmagar um homem se conseguisse atingi-lo em uma de suas oscilações vagarosas. E esta era outra coisa peculiar na Lua: o movimento em câmera lenta dessa massa suspensa. Sob aquela gravidade, um pêndulo demorava duas vezes e meia a mais para completar seu ciclo do que demoraria na Terra. Essa qualidade nunca parecia muito correta, exceto para um homem nascido ali.

Agora o segundo segmento estava ereto e acoplado ao primeiro. Eles estavam atrelados e, mais uma vez, Lawrence deu a ordem para que fossem baixados.

A resistência da poeira estava aumentando, mas a ensecadeira continuava afundando suavemente com seu próprio peso.

– Oito metros já foram – disse Lawrence. – Isso significa que acabamos de ultrapassar a marca de 50%. O segmento número 3 está chegando.

Depois desse, haveria apenas mais um, embora Lawrence tivesse contado com um segmento extra, por via das dúvidas. Ele tinha um respeito sincero pela capacidade do Mar em engolir equipamento. Até então, apenas alguns parafusos e porcas tinham se perdido, mas, se aquela peça de ensecadeira escorregasse do gancho, desapareceria em dois tempos. Ainda que não pudesse afundar demais, especialmente se atingisse a poeira com sua superfície maior, ela ficaria efetivamente fora de alcance mesmo que estivesse poucos metros abaixo. Eles não tinham tempo para desperdiçar resgatando o próprio equipamento de resgate.

E lá se ia o número três, com seu último segmento se movendo com uma lentidão quase imperceptível, mas, ainda assim, se movendo. Com alguma sorte, dentro de poucos minutos eles atingiriam o teto do cruzeiro.

– Doze metros abaixo – disse Lawrence. – Estamos a apenas 3 metros de vocês, *Selene*. Vocês deverão nos ouvir a qualquer instante.

De fato, eles podiam ouvir mesmo, e aquele som era maravilhosamente tranquilizante. Mais de 10 minutos antes, Hansteen tinha notado a vibração do tubo de entrada de oxigênio à medida que a ensecadeira raspava nele. Dava para perceber quando ela parava e quando voltava a se mover.

Mais uma vez houve uma vibração, agora acompanhada de uma delicada chuveirada de pó caindo do teto. Os dois tubos de ar haviam sido puxados para cima, de modo que cerca de 20 centímetros de sua extensão se projetavam pelo teto, e a argamassa de secagem rápida que fazia parte do kit de emergência de todos os veículos espaciais fora aplicada em volta de seus pontos de entrada. O artifício parecia funcionar parcamente, mas aquela impalpável chuva de poeira era fraca demais para causar algum alarme. De todo modo, Hansteen achou que era melhor mencionar esse fato ao capitão, que talvez não o tivesse notado.

– Engraçado – disse Pat olhando para cima, na direção do tubo que se projetava. – A argamassa devia conter isso, mesmo que o tubo estivesse vibrando.

Ele subiu em uma poltrona e avaliou o encanamento de ar mais de perto. Por um momento, não disse nada. Então desceu dali com um ar intrigado e incomodado – e não pouco preocupado.

– Qual o problema? – Hansteen perguntou em voz baixa; ele agora conhecia Pat bem o suficiente para ler seu semblante como se fosse um livro aberto.

– O tubo está repuxando pelo teto – disse ele. – Alguém na jangada lá em cima deve estar sendo muito descuidado. Ele já reduziu pelo menos 1 centímetro desde que eu consertei esse reboco. – Então Pat se deteve, repentinamente horrorizado. – Meu Deus – suspirou ele –, imagine se for nossa culpa, *imagine se ainda estivermos afundando.*

– E se estivermos? – disse o comodoro, com bastante calma. – Era esperado que a poeira continuasse se acomodando sob o nosso peso. Isso não significa que estejamos em perigo. A julgar pelo tubo, afundamos 1 centímetro em 24 horas. Eles sempre podem aumentá-lo se precisarmos.

Pat riu, um pouco envergonhado.

– Claro, é essa a resposta. Eu devia ter pensado nisso antes. É provável que estejamos afundando aos poucos todo o tempo, mas foi nossa primeira oportunidade de comprovar isso. Ainda assim, melhor relatar essa informação ao sr. Lawrence, pois pode afetar os cálculos dele.

Pat foi andando em direção à dianteira da cabine, mas nunca chegou até lá.

# 25

A natureza demorou um milhão de anos para preparar a armadilha que tinha laçado a *Selene*, arrastando-a para o fundo do Mar da Sede. Na segunda vez, a embarcação foi pega em uma armadilha preparada por si própria.

Como seus inventores não precisavam ficar de olho em cada grama a mais de peso nem planejar jornadas que durassem mais do que algumas horas, eles nunca equiparam a *Selene* com aqueles dispositivos engenhosos e não divulgados por meio dos quais as naves espaciais reciclam todo o seu suprimento de água. Ela não precisava conservar seus recursos à maneira mesquinha dos veículos que transitam pelo espaço profundo. A pequena quantidade de água normalmente usada e produzida a bordo era simplesmente descartada.

Ao longo dos últimos cinco dias, várias centenas de quilos de líquido e vapor tinham deixado a *Selene* para serem instantaneamente absorvidos pela poeira sedenta. Muitas horas antes, a poeira nos arredores imediatos das aberturas de resíduos tinha ficado saturada e se transformado em lama. Gotejando para baixo por uma série de canais, ela tinha minado o Mar circundante. Silenciosa e pacientemente, o cruzeiro estava removendo suas próprias fundações. E a gentil cutucada da ensecadeira que se aproximava cuidou do restante.

Em cima da jangada, a primeira intimação de desastre foi a luz vermelha de alerta dos purificadores de ar que começou a piscar, sincronizada com o bramido de uma buzina de rádio em todas as faixas de ondas dos trajes espaciais. O barulho cessou quase imediatamente, quando o técnico encarregado pressionou o botão de interrupção, mas a luz vermelha continuou piscando.

Uma simples olhada nos visores bastou para mostrar a Lawrence o problema. Os tubos de ar – os *dois* – não estavam mais conectados à *Selene*. O purificador estava bombeando oxigênio para o Mar através de um dos tubos e, o que era pior, sugando areia para cima através do outro. Lawrence ficou imaginando quão demorado seria para limpar esses filtros, mas não desperdiçou mais tempo com esse pensamento.

Não havia resposta. Ele tentou todas as frequências do cruzeiro, sem receber um sussurro sequer de uma onda de transmissão. O Mar da Sede estava em silêncio tanto para o rádio como para o som.

*É o fim deles*, ele pensou consigo, *acabou a história. Foi por pouco, mas simplesmente não demos conta. E tudo o que precisávamos era de uma hora a mais...*

*O que podia ter acontecido?*, pensou ele, desconsolado. Talvez o casco tivesse se rompido sob o peso da poeira. Não, era muito improvável. A pressão interna do ar teria impedido isso. Devia ter sido outra precipitação. Ele não tinha certeza, mas achava que houvera um pequeno tremor lá embaixo. Desde o início ele estivera ciente de um perigo assim, mas não havia meios de se proteger contra isso. Era uma aposta que todos eles tinham feito, e a *Selene* havia perdido.

Mesmo quando a *Selene* começou a cair, algo dizia a Pat que desta vez era bem diferente do primeiro desmoronamento. Era muito mais lento, e fazia barulhos como se algo estivesse sendo amassado e esmagado do lado de fora do casco, o que mesmo naquele momento de desespero chocava Pat por ser distinto de qualquer som que a poeira pudesse vir a produzir.

Acima deles, os tubos de oxigênio estavam dependurados e soltos. Não deslizavam suavemente para fora, pois o cruzeiro estava afundando primeiro com a popa, inclinado em direção à proa. Com uma rachadura no plástico revestido que se estilhaçara, o tubo logo acima da cozinha despressurizada saiu rasgando pelo teto e desapareceu de vista. Imediatamente, um jato espesso de poeira espirrou na cabine e foi bafejando em uma nuvem sufocante quando atingiu o chão.

O comodoro Hansteen estava mais próximo, e chegou ali primeiro. Rasgando sua camisa, rapidamente a enrolou, formando uma bola que ele pressionou contra a abertura. A poeira jorrou para todos os lados enquanto ele se esforçava para bloquear o fluxo. Ele estava quase conseguindo quando o tubo dianteiro também se desprendeu – e as luzes principais da cabine se apagaram quando, pela segunda vez, o conduíte de cabos foi arrancado.

– Eu cuido desse! – gritou Pat; no momento seguinte, também sem camisa, ele estava tentando conter a torrente que entrava pelo buraco.

Ele tinha navegado pelo Mar da Sede uma centena de vezes, ainda que nunca tivesse tocado aquela substância diretamente com a pele. O pó cinza espirrou em seu nariz e seus olhos, o que o engasgou um pouco e o cegou por completo. Embora fosse totalmente seca como a poeira da tumba de um faraó – na verdade, mais seca até do que isso, pois era um milhão de vezes mais antiga do que as pirâmides –, ela tinha um toque curiosamente ensaboado. Enquanto lutava contra aquilo, Pat se pegou pensando: *Se tem uma morte pior do que por afogamento, é ser enterrado vivo.*

Quando o jato enfraqueceu até se tornar um gotejamento delgado, ele soube que tinha evitado tal destino – por enquanto. A pressão gerada pelos 15 metros de poeira sob a baixa gravidade lunar não era algo difícil de superar, mas a história teria sido bem diferente se os buracos no teto fossem maiores.

Pat chacoalhou a poeira da cabeça e dos ombros e abriu os olhos cautelosamente. Pelo menos estava enxergando de novo. Graças aos céus que havia a iluminação de emergência, por mais tênue que fosse. O comodoro já tinha estancado seu vazamento e agora estava calmamente jogando água com um copinho de papel para assentar a poeira. A técnica era notavelmente eficaz, e as poucas nuvens que restavam se reduziram a manchas de lama.

Hansteen olhou para cima e pescou o olhar de Pat.

– Bom, capitão – disse ele –, alguma teoria?

Havia momentos, pensou Pat, em que o autocontrole olímpico do comodoro era quase enlouquecedor. Ele gostaria de vê-lo explodir, uma vez que fosse. Não, isso não era verdade de fato. Seu sentimento era mais um lampejo de inveja, até mesmo ciúme – compreensível, mas bastante indigno. Ele devia sentir vergonha por isso, e sentia mesmo.

– Não sei *o que* aconteceu – disse ele. – Talvez as pessoas lá em cima possam nos dizer.

Era uma caminhada ladeira acima para chegar à posição do piloto, pois agora o cruzeiro estava inclinado em cerca de 30 graus em relação à horizontal. Quando Pat assumiu sua poltrona na frente do rádio, sentiu uma espécie de desespero entorpecido que superava qualquer sensação que ele tivera desde o sepultamento inicial deles. Era um sentimento de resignação, uma crença quase supersticiosa de que os deuses estavam lutando contra eles e que era inútil resistir.

Ele teve certeza disso quando ligou o rádio e o descobriu totalmente mudo. A energia estava cortada. Quando aquele tubo de oxigênio arrancara o conduíte de cabos do teto, ele fizera o serviço completo.

Pat girou em sua poltrona. Vinte e um homens e mulheres estavam olhando para ele, esperando notícias. Mas vinte deles eram invisíveis a seus olhos, pois Sue o estava observando, e ele só tinha consciência da expressão no rosto dela. Havia um quê de ansiedade e prontidão – mas, mesmo naquele momento, nenhum indício de medo. Enquanto Pat olhava para ela, seu próprio sentimento de desespero parecia se dissolver. Ele foi tomado por uma onda de força e até mesmo de esperança.

– Não faço a menor ideia do que está acontecendo – disse ele. – Mas de uma coisa eu tenho certeza: ainda não é o nosso fim, por vários anos-luz. Talvez tenhamos afundado um pouco mais, mas nossos amigos na jangada vão nos encontrar em breve. Isso só vai representar um pequeno atraso, mais nada. Certamente não temos com o que nos preocupar.

– Não quero ser alarmista, capitão – disse Barrett –, mas e se a jangada tiver afundado também? Como ficamos?

– Vamos descobrir isso assim que eu consertar o rádio – respondeu Pat, encarando ansiosamente os fios pendentes no duto de cabos do teto. – E enquanto eu desfaço esse imbróglio, vocês vão ter que lidar com essa iluminação de emergência.

– Eu não ligo – disse a sra. Schuster. – Acho até bonitinha.

*Deus a abençoe, sra. S.*, Pat pensou consigo. Ele olhou rapidamente em volta da cabine. Por mais que fosse difícil ver a expressão das pessoas com aquela iluminação fosca, os passageiros pareciam bastante calmos.

Um minuto depois, já não estavam mais tão calmos assim. Foi o tempo necessário para descobrir que nada podia ser feito para consertar as luzes nem o rádio. A fiação fora arrancada até bem fundo dentro do conduíte, além do alcance das ferramentas simples que estavam disponíveis ali.

– A situação é um pouco mais séria – relatou Pat. – Não vamos conseguir nos comunicar a menos que eles desçam um microfone até aqui para fazer contato com a gente.

– Isso significa que perderam contato com a gente – disse Barrett, que parecia gostar de ver o lado ruim das coisas. – E se eles considerarem que estamos todos mortos e abandonarem a operação?

Esse pensamento ocorrera a Pat, que o descartara quase de uma só vez.

– O senhor ouviu o engenheiro-chefe Lawrence no rádio – respondeu ele. – Ele não é o tipo de homem que vai desistir se não tiver provas absolutas de que não estamos mais vivos. Não precisa se preocupar quanto a *isso*.

– E quanto ao nosso ar? – perguntou o professor Jayawardene ansiosamente. – Estamos de volta aos nossos próprios recursos mais uma vez.

– O ar que temos ainda deve durar por várias horas, agora que os absorventes foram recuperados. Esses tubos estarão de volta no lugar antes disso – respondeu Pat, com um pouco mais de confiança do que sentia de fato. – Enquanto isso, todos nós teremos que ser pacientes e cuidar de nosso próprio entretenimento mais uma vez. Fizemos isso por três dias, devemos conseguir dar conta do recado por mais algumas horas.

Ele lançou um olhar pela cabine, procurando sinais de discordância, e viu que um dos passageiros estava se levantando lentamente. Era a última pessoa de quem ele esperava isso: o silencioso sr. Radley, que proferira somente uma dúzia de palavras ao longo de toda a viagem.

Pat não sabia nada mais a respeito dele além do fato de ser contador e vir da Nova Zelândia, único país da Terra que ainda era um pouco isolado do resto do mundo por conta de sua posição. Claro, dava para chegar lá tão rápido quanto a qualquer outro ponto do planeta, mas era o fim da linha, e não uma parada rumo a outro local. Em virtude disso, os neozelandeses ainda preservavam orgulhosamente muito de sua individualidade. Eles alegavam, com boa dose de verdade, ter salvado tudo o que restara da cultura inglesa, agora que as ilhas britânicas tinham sido absorvidas pela Comunidade Atlântica.

– O senhor quer dizer algo, sr. Radley? – perguntou Pat.

Radley olhou em volta na cabine pouco iluminada, mais parecendo um professor prestes a se dirigir a uma classe.

– Sim, capitão – começou ele. – Tenho uma confissão a fazer. Suspeito seriamente que tudo isso seja minha culpa.

Quando o engenheiro-chefe Lawrence interrompeu seu comentário, a Terra soube em 2 segundos que algo tinha dado errado – embora ainda demorasse vários minutos para a novidade chegar a Marte e Vênus. Mas o que tinha acontecido de fato, ninguém conseguia adivinhar pela imagem na tela. Por alguns segundos, houve uma agitação de atividade frenética e sem significado, mas agora aquela crise imediata parecia ter terminado. As figuras usando traje espacial estavam amontoadas todas juntas, obviamente fazendo uma conferência – e com seus circuitos telefônicos conectados entre si, de modo que ninguém pudesse ouvi-los de fora. Era muito frustrante assistir àquela discussão silenciosa sem fazer a menor ideia do que se tratava.

Durante esses longos minutos de um suspense agonizante, enquanto o estúdio tentava descobrir o que estava acontecendo, Jules fez o melhor que pôde para manter a imagem viva. Era um trabalho extremamente difícil lidar com aquela cena estática a partir de uma posição única da câmera. Como todos os câmeras, Jules detestava prender-se a um local. O lugar era perfeito, mas estático, e ele estava se cansando daquilo. Tinha até perguntado se a nave podia ser movida, mas, como dissera o capitão Anson: "Vou me ferrar se ficar pulando para cá e para lá nas montanhas. Isto é uma nave espacial, e não um cabrito".

Então Jules tinha que basear as mudanças em panorâmicas e *zooms*, embora só usasse esse último recurso com moderação, pois nada irritava mais os espectadores do que ser lançados para a frente e para trás no espaço ou assistir ao cenário explodir bem diante de seu rosto. Se ele usasse apenas o *zoom* potente, conseguiria percorrer a Lua a cerca de 50 mil quilômetros por hora, e o mero movimento deixaria vários milhões de espectadores com náusea.

Finalmente aquela conferência urgente e silenciosa estava se encerrando. Os homens sobre a jangada desconectavam seus telefones. Agora, talvez, Lawrence respondesse ao bombardeio de chamadas de rádio que estavam tentando contatá-lo nos últimos 5 minutos.

– Meu Deus – disse Spenser –, não acredito nisso! Você viu o que eles estão fazendo?

– Sim – disse o capitão Anson. – E também não acredito nisso. Mas parece que estão abandonando o local.

Feito botes salva-vidas que abandonam um navio naufragando, os dois esquis de poeira, lotados de homens, estavam se afastando da jangada.

# 26

Talvez fosse bom que agora a *Selene* estivesse sem contato por rádio, pois dificilmente ajudaria no moral de seus ocupantes se soubessem que os esquis, sobrecarregados de passageiros, estavam se afastando de sua posição. Naquele momento, no entanto, ninguém no cruzeiro estava pensando nos esforços de resgate. Radley ocupava o centro daquele palco de escassa iluminação.

– O que o senhor quer dizer com isso de que é tudo culpa *sua*? – perguntou Pat, rompendo o silêncio desconcertante que se seguira à declaração do neozelandês; por ora, um silêncio apenas desconcertante, e não hostil, pois ninguém conseguia levar um comentário daqueles a sério.

– É uma longa história, capitão – disse Radley, falando com uma voz que, apesar de estranhamente não ser emotiva, continha nuances de sentido que Pat não conseguia identificar; era quase como ouvir um robô, o que provocou em Pat uma sensação desagradável em algum lugar no meio de sua espinha. – Não quero dizer que eu tenha causado isso *deliberadamente*. Mas suspeito que seja algo deliberado, e sinto muito por ter envolvido todos vocês nisso. Estão vendo, *eles* estão atrás de mim.

*Isso era tudo de que precisávamos*, pensou Pat. *Realmente parece que estamos com todas as probabilidades contra nós. Nesse pequeno grupo temos uma solteirona neurótica, um viciado em drogas e agora um maníaco. Que outros loucos ainda vão se revelar antes de essa história acabar?*

Então ele se deu conta de quão injusto era o seu julgamento. A verdade é que ele tivera muita sorte. Além de Radley, da srta. Morley e de Hans Baldur (que não causara nenhum outro contratempo além daquele incidente jamais mencionado), ele tinha o comodoro, o dr. McKenzie, os Schuster, o pequeno professor Jayawardene, David Barrett e todos os outros que faziam o que lhes fosse pedido, sem causar problemas. Ele sentiu um rompante de afeto – até mesmo de amor – por todos eles, por terem lhe prestado seu apoio de maneira ativa ou passiva.

E especialmente em relação a Sue, que já estava dois passos na frente dele, como sempre parecia estar. Lá encontrava-se ela, cuidando discretamente de suas funções na traseira da cabine. Pat duvidava que alguém tivesse notado – Radley com certeza não tinha – enquanto ela abria o kit de primeiros socorros e escondia na palma da mão um daqueles cilindros de esquecimento do tamanho de um cigarro. Se esse camarada causasse alguma confusão, ela estaria pronta.

No momento, confusão parecia ser a mais distante das coisas na mente de Radley. Ele aparentava estar muitíssimo seguro de si e perfeitamente racional. Não havia nenhum brilho de loucura em seu olhar, tampouco outro clichê qualquer de insanidade. Ele tinha exatamente a cara daquilo que era: um contador neozelandês de meia-idade tirando férias na Lua.

– Isso é muito interessante, sr. Radley – disse o comodoro com uma voz cautelosamente neutra. – Mas, por favor, perdoe a nossa ignorância. Quem são "eles" e por que eles estariam atrás do senhor?

– Estou certo, comodoro, de que o senhor já ouviu falar em discos voadores?

*Discos* o quê?, Pat se perguntou. Hansteen parecia estar mais bem-informado do que ele.

– Sim, ouvi falar – respondeu, algo cansado. – Eu deparei com alguns deles em antigos livros de astronáutica. Eram um frenesi e tanto uns oitenta anos atrás, não eram?

Ele se deu conta de que “frenesi” era uma palavra meio infeliz a se usar, e ficou aliviado quando Radley não tomou aquilo como ofensa.

– Ah, eles datam de muito antes *disso* – respondeu o contador. – Mas foi apenas no século passado que as pessoas começaram a notá-los. Existe um velho manuscrito de uma abadia inglesa, datado de 1290, que descreve um desses artefatos em detalhes. E esse nem é o relato mais antigo, nem de longe. Há registro de mais de 10 mil discos voadores avistados antes do século 20.

– Espere um minuto – interrompeu Pat. – O que o senhor quer dizer com “disco voador”? Nunca ouvi falar disso.

– Então, capitão, suspeito que sua instrução tenha sido negligente – respondeu Radley com um tom de lamento. – O termo “disco voador” caiu no uso geral depois de 1947, para descrever os veículos estranhos e comumente em formato de disco que andavam investigando nosso planeta há séculos. Algumas pessoas preferem usar o termo “objetos voadores não identificados”.

Aquilo despertou algumas memórias esquecidas na mente de Pat. Sim, ele tinha ouvido falar naquele termo relacionado aos hipotéticos *alienígenas*. Mas, claro, não havia provas concretas de que naves espaciais de outros mundos jamais tivessem entrado no Sistema Solar.

– Você *realmente* acredita que há visitantes do espaço pairando em volta da Terra? – perguntou um dos outros passageiros, com um tom bastante cético.

– Muito mais do que isso – respondeu Radley. – Eles pousaram várias vezes e fizeram contato com seres humanos. Antes de chegarmos aqui, eles tinham uma base na Face Remota, mas ela foi destruída assim que nossos primeiros foguetes de pesquisa começaram a tirar fotos aproximadas.

– Como você sabe de tudo isso? – perguntou outra pessoa.

Radley parecia bastante indiferente ao ceticismo de seu público. Ele devia ter se acostumado a esse tipo de resposta muito antes. O homem irradiava um tipo de fé interior que, por mais infundada que fosse, era estranhamente convincente. Sua insanidade o exaltara para o reino que se encontrava além da razão, e ele estava bastante feliz naquela posição.

– Nós temos... contatos – respondeu ele com um ar todo importante. – Alguns homens e mulheres foram capazes de estabelecer comunicação telepática com seres dos discos. Então sabemos bastante sobre eles.

– E como ninguém mais sabe disso? – perguntou outro descrente. – Se eles estão mesmo por aí, por que nossos astrônomos e pilotos espaciais não os veem?

– Ah, mas eles veem – respondeu Radley com um sorriso apiedado. – Só que guardam segredo. Existe uma conspiração silenciosa entre os cientistas. Eles não gostam de admitir que existem inteligências muito superiores à nossa espaço afora. Então, quando um piloto relata um disco voador, tiram sarro dele. Por isso, claro, todo astronauta fica quieto quando encontra um.

– E *o senhor* já encontrou algum, comodoro? – perguntou a sra. Schuster, obviamente um pouco convencida pela história. – Ou faz parte dessa... como foi que o sr. Radley disse... conspiração do silêncio?

– Sinto muito em decepcioná-los – disse Hansteen. – Vocês vão ter que acreditar em mim quando digo que todas as naves espaciais que já encontrei constavam da Lloyd's Register*.

Ele pescou o olhar de Pat e fez um pequeno aceno que significava: "Vamos falar sobre isso lá na eclusa". Agora que estava bastan-

* Organização fundada em 1760 para examinar os navios mercantes e classificá-los de acordo com sua condição. Hoje oferece avaliação independente para empresas em diversos setores. [N. de E.]

te convencido de que Radley era inofensivo, Hansteen se sentia quase agradecido por aquele interlúdio. De maneira bastante eficaz, ele tinha tirado a mente dos passageiros da situação em que eles agora se encontravam. Se o tipo de insanidade de Radley conseguia mantê-los entretidos, que assim fosse.

– Será que ele acredita *mesmo* nesse absurdo?

– Ah, sim... em cada palavra. Já conheci tipos assim antes.

O comodoro sabia um bocado sobre a obsessão peculiar de Radley. Ninguém cujo interesse em astronáutica datasse do século 20 podia ignorar aquilo. Quando jovem, ele até lera alguns dos escritos originais sobre o assunto – trabalhos de uma fraudulência descarada e de uma ingenuidade infantil tamanhas que tinham abalado sua convicção de que os homens eram seres racionais. O fato de esse tipo de literatura ter florescido em algum momento era um pensamento perturbador, embora fosse verdade que esses livros tivessem sido publicados naquela era psicótica, os Frenéticos Anos 1950.

– Esta é uma situação muito peculiar – reclamou Pat. – Num momento *desses*, todos os passageiros estão discutindo sobre discos voadores.

– Acho que é uma excelente ideia – respondeu o comodoro. – O que mais você sugeriria que eles fizessem? Vamos encarar a verdade: temos que ficar aqui sentados e esperando até Lawrence começar a bater no nosso teto de novo.

– Se é que ele ainda está aqui. O Barrett pode ter razão, talvez a jangada tenha afundado.

– Acho que isso é muito improvável. A perturbação foi bem discreta. Quão fundo você imagina que descemos agora?

Pat pensou um pouco no assunto. Revisitando o incidente, parecia ter durado muito tempo. O fato de estar numa escuridão virtual e de ter lutado com aquele jato de poeira só confundia sua memória ainda mais. Ele podia apenas arriscar um palpite.

– Eu diria... uns 10 metros.

– Absurdo! O episódio todo durou somente alguns segundos. Duvido que tenhamos afundado mais do que 2 ou 3 metros.

Pat achava difícil acreditar naquilo, mas esperava que o comodoro estivesse certo. Ele sabia que era extremamente complicado julgar acelerações lentas, especialmente quando se vivia uma situação de tensão. Hansteen era o único homem a bordo que tinha alguma experiência nisso. Seu veredito provavelmente estava certo – e decerto era também encorajador.

– Eles podem inclusive nem ter sentido nada na superfície – continuou Hansteen. – E é possível que estejam se perguntando por que não conseguem mais fazer contato conosco. Você tem certeza de que não há nada que possamos fazer em relação ao rádio?

– Bastante certeza. Todo o conjunto do terminal se soltou na extremidade do conduíte dos cabos. Não há meios de acessá-lo de dentro da cabine.

– Bom, então imagino que seja isso. Nós podemos voltar lá e deixar o Radley tentar nos converter, se é que ele consegue fazer algo assim.

Jules tinha rastreado os esquis superlotados por uns 100 metros antes de se dar conta de que eles não estavam tão superlotados quanto deveriam estar. Neles havia sete homens – e eles eram oito ao todo no local.

Ele voltou rapidamente em plano aberto até a jangada e, graças à sorte ou à precognição que separa um câmera brilhante de um profissional meramente decente, chegou lá justamente quando Lawrence interrompeu seu silêncio no rádio.

– Engenheiro-chefe chamando – disse Lawrence, que soava tão cansado e frustrado quanto qualquer outro homem que acabara de ver seus planos cuidadosamente traçados serem demolidos. – Sinto muito pela demora, mas, como vocês devem ter imaginado, temos uma emergência. Parece que aconteceu outro desmoronamento, e ainda não sabemos a que profundidade. Porém, perdemos contato físico com a *Selene*, e ela não está respondendo ao nosso rádio.

E prosseguiu:

– Como pode acontecer outro afundamento, solicitei a meus homens que ficassem afastados em algumas centenas de metros. O perigo é muito sutil, nós mal sentimos o último tremor, mas não faz sentido correr riscos. Eu posso fazer tudo o que é necessário por enquanto sem nenhuma ajuda. Voltarei a chamar dentro de alguns minutos. Engenheiro-chefe, câmbio.

Seguido pelos olhares de milhões de pessoas, Lawrence se agachou na extremidade da jangada e começou a remontar a sonda com a qual localizara o cruzeiro a princípio. Ele tinha 20 metros para se servir; se a embarcação tivesse afundado mais que isso, ele teria que pensar em alguma alternativa.

A haste penetrou na poeira, movendo-se com lentidão cada vez maior conforme atingia a profundidade onde a *Selene* se encontrara anteriormente. Lá estava a marcação original de 15,15 metros desaparecendo na superfície. A sonda continuava se movendo feito uma lança perfurando o corpo da Lua. *Quanto mais longe ela estará?*, Lawrence sussurrou para si mesmo, no silêncio murmurante de seu traje espacial.

O anticlímax foi quase risível, exceto pelo fato de que não era um assunto nada engraçado. A sonda penetrou mais 1,5 metro – uma distância que ele conseguiria alcançar confortavelmente sem nem fazer muita força com os braços.

Muito mais sério era o fato de que a *Selene* não tinha afundado igualmente, como Lawrence descobriu depois de algumas sondagens adicionais. Ela estava muito mais baixa na popa, agora inclinada em um ângulo de cerca de 30 graus. Esse fato isolado já bastava para arruinar seu plano. Ele contava que a ensecadeira fosse fazer contato pleno com o teto na horizontal.

O engenheiro-chefe deixou esse problema de lado por um instante, pois havia outro mais imediato. Agora que o rádio do cruzeiro estava em silêncio – e ele tinha que rezar para que fosse apenas por causa de uma falha de energia –, como podia saber se as pessoas lá dentro ainda estavam vivas? Elas ouviriam sua sonda, mas não havia meios de se comunicarem com ele.

Mas claro que havia. O meio mais fácil e mais primitivo de todos, prontamente negligenciado depois de um século e meio de eletrônica.

Lawrence se pôs de pé e chamou de volta os esquis que aguardavam ao longe.

– Vocês podem voltar – disse ele. – Não há perigo; ela afundou somente alguns metros.

Ele já tinha se esquecido dos milhões de pessoas que lhe assistiam. Embora seu novo plano de resgate ainda precisasse ser traçado, ele estava mais uma vez voltando à ação.

# 27

Quando Pat e o comodoro voltaram para a cabine, o debate ainda estava acontecendo a todo vapor. Radley, que tinha falado tão pouco até então, certamente estava compensando o tempo perdido. Era como se uma mola secreta tivesse sido acionada, ou como se ele fosse liberado de um juramento de sigilo. Provavelmente era essa a explicação; agora que estava convencido de que sua missão fora descoberta, ele estava bastante feliz de poder falar a respeito.

O comodoro Hansteen havia conhecido muitos crentes desse tipo – de fato, fora pela mais pura autodefesa que ele um dia percorrera a túrgida literatura sobre o assunto. A abordagem era quase sempre a mesma. Primeiro, viria a sugestão: "Comodoro, imagino que com certeza o senhor deva ter visto coisas muito estranhas durante seu período no espaço". Em seguida, quando sua resposta era considerada insatisfatória, viria uma sugestão cautelosa – ou nem tão cautelosa assim – de que ou ele estava com medo ou não queria falar. Era um desperdício de energia negar a acusação, pois, aos olhos dos fiéis, isso somente provava que ele fazia parte da conspiração.

Os outros passageiros não tinham tido uma experiência tão amarga assim para alertá-los, e Radley se esquivava dos argumentos com facilidade, sem o menor esforço. Até mesmo Schuster, com todo o seu treinamento jurídico, era incapaz de deixá-lo encurralado. Seus esforços eram tão inúteis quanto uma tentativa de convencer um paranoico de que ele não estava sendo perseguido.

– Você acha *razoável* supor que se milhares de cientistas soubessem disso, nenhum deles daria com a língua nos dentes? – argumentou Schuster. – Não dá para guardar um segredo tão grande assim! Seria como tentar esconder o Monumento a Washington!

– Ah, houve de fato tentativas de revelar a verdade – respondeu Radley –, mas as provas sempre encontram um jeito de serem misteriosamente destruídas, assim como os homens que quiseram revelá-las. Eles sabem ser absolutamente implacáveis quando necessário.

– Mas você disse que *eles* já fizeram contato com seres humanos. Isso não é contraditório?

– Nem um pouco. As forças do bem e do mal estão em guerra no Universo, você sabe, assim como estão na Terra. Alguns dos seres dos discos voadores querem nos ajudar, e outros, só nos explorar. Os dois grupos vêm tramando esforços há milênios. Às vezes o conflito envolve a Terra, e foi assim que Atlântida acabou destruída.

Hansteen não pôde conter um sorriso. Atlântida sempre entrava em cena mais cedo ou mais tarde – ou, se não fosse Atlântida, seria Lemúria ou Mu. Todos esses lugares atiçavam o mesmo tipo de mentalidade desequilibrada e semeadora de mistérios.

O assunto tinha sido minuciosamente investigado por um grupo de psicólogos durante a década de 1970, se Hansteen bem se lembrava. Eles tinham concluído que, em meados do século 20, uma porcentagem considerável da população estava convencida de que o mundo estava prestes a ser destruído, e que a única esperança residia na intervenção espacial. Após perderem a fé em si próprios, os homens buscaram salvação nos céus.

A religião dos discos voadores florescera em meio às margens lunáticas da humanidade durante quase dez anos. Depois disso, fora abruptamente extinta, como uma epidemia que completara seu ciclo. Dois fatores foram responsáveis por isso, segundo os psicólogos: o primeiro era o mais puro tédio; o segundo, o Ano Geofísico Internacional, que proclamara a entrada do Homem no espaço.

Nos dezoito meses do Ano Geofísico Internacional, o céu fora vigiado e sondado por mais instrumentos e mais observadores treinados do que jamais fora em sua história pregressa. Se houvesse visitantes celestiais pairando acima da atmosfera, esse esforço científico concentrado os teria revelado. Não ocorreu nada do tipo, e quando os primeiros veículos com tripulação humana começaram a deixar a Terra, os discos voadores tornaram-se ainda mais conspícuos por sua ausência.

Para muitos homens, aquilo encerrava o assunto. Os milhares de objetos voadores não identificados que foram avistados ao longo dos séculos tinham alguma causa natural, e com um melhor entendimento de meteorologia e astronomia não faltaram explicações razoáveis. À medida que a Era Espacial despontara, restaurando a confiança do Homem em seu próprio destino, o mundo tinha perdido interesse nos discos voadores.

É raro, no entanto, que uma religião seja completamente extinta, e um pequeno grupo de fiéis havia mantido o culto vivo com "revelações" fantásticas, relatos de encontros com extraterrestres e alegações de contatos telepáticos. Mesmo quando era provado que os atuais profetas tinham falsificado suas provas, como acontecia com frequência, os devotos nunca arrefeciam. Eles precisavam de seus deuses no céu e não seriam privados disso.

– Você ainda não nos explicou por que esse pessoal dos discos voadores estaria atrás de *você* – ia dizendo o sr. Schuster. – O que você fez para incomodá-los?

– Eu estava chegando muito perto de alguns dos segredos deles, por isso usaram esta oportunidade para me eliminar.

– Eu penso que eles podiam ter encontrado meios menos elaborados.

– É tolo imaginar que nossa mente limitada consiga entender o modo de pensar deles. Mas isto pareceria um acidente. Ninguém suspeitaria de algo deliberado.

– Bom argumento. Como isso não faz mais diferença agora, poderia nos contar que segredo era esse que o senhor estava tentando descobrir? Tenho certeza de que todos nós gostaríamos de saber.

Hansteen lançou um olhar rápido para Irving Schuster. A ele, o advogado mais parecia um homenzinho sério e desprovido de humor; a ironia parecia não compor seu personagem.

– Ficarei feliz em contar a vocês – respondeu Radley. – Isso começa lá atrás, em 1953, quando um astrônomo americano chamado O'Neill observou algo bastante notável aqui na Lua. Ele descobriu uma pequena ponte na extremidade ocidental do Mare Crisium. Outros astrônomos, claro, riram dele, mas os menos preconceituosos confirmaram a existência da ponte. Dentro de poucos anos, no entanto, ela tinha desaparecido. Obviamente o nosso interesse alarmara o pessoal dos discos voadores, que desmontaram a estrutura.

Aquele "obviamente", Hansteen pensou consigo, era um perfeito exemplo da lógica dos que acreditavam nos discos – o atrevimento do *non sequitur* que fazia as mentes normais hesitarem desamparadas, deixando-as vários saltos para trás. Ele nunca tinha ouvido falar dessa tal ponte de O'Neill, mas havia uma infinidade de exemplos de observações errôneas nos registros astronômicos. Os canais marcianos eram um caso clássico. Observadores honestos os haviam relatado por anos, mas eles simplesmente não existiam – pelo menos não como aquela fina teia de aranha que Lowell e outros haviam traçado. Será que Radley pensava que, entre a época de Lowell e a consolidação das primeiras fotografias claras de Marte, alguém tinha preenchido os canais? Bem provável, Hansteen tinha certeza.

Presume-se que a ponte de O'Neill fora um truque de iluminação ou das sombras perpetuamente cambiantes da Lua, mas claro que uma explicação tão simplória dessas não era boa o suficiente para Radley. E, em todo caso, o que aquele homem estava fazendo ali, a alguns milhares de quilômetros do Mare Crisium?

Outra pessoa havia pensado a mesma coisa e feito a mesma pergunta. Como de costume, Radley tinha uma resposta convincente na ponta da língua.

– Eu esperava distrair as suspeitas deles me comportando como um turista comum – disse o neozelandês. – Como as provas que eu estava buscando se encontravam no hemisfério ocidental, eu vim para o oriental. Meu plano era chegar ao Mare Crisium atravessando a Face Remota, pois há vários lugares por lá que eu queria conferir também. Mas eles eram espertos demais para mim. Eu devia ter adivinhado que seria identificado por algum dos agentes deles que, como vocês sabem, podem assumir a forma humana. Provavelmente, eles estão me seguindo desde que cheguei à Lua.

– Eu gostaria de saber o que eles vão fazer com a gente agora – disse a sra. Schuster, que parecia estar dando ouvidos a Radley com uma seriedade cada vez maior.

– Eu gostaria de poder dizer isso para a senhora – respondeu Radley. – Nós sabemos que eles têm cavernas bem profundas na Lua, e é quase certo que é para uma delas que estamos sendo levados. Assim que viram que a equipe de resgate estava se aproximando, eles entraram em ação de novo. Suspeito que afundamos demais para que qualquer um possa nos atingir.

*Já chega desse absurdo*, Pat pensou consigo. *Tivemos nossa cota de alívio cômico, e agora esse maluco está começando a deprimir as pessoas. Mas como podemos fazer que ele se cale?*

A insanidade era coisa rara na Lua, como em todas as sociedades fronteiriças. Pat não sabia como lidar com isso, sobretudo com essa variedade tão confiante e curiosamente persuasiva. Havia momentos em que ele quase imaginava se não havia algo real no delírio de Radley. Em outras circunstâncias, seu ceticismo natural e saudável o teria protegido, mas ali, depois daqueles dias de tensão e suspense, suas faculdades críticas estavam esmaecidas. Ele gostaria que houvesse alguma maneira eficaz de interromper o feitiço que esse maníaco de língua afiada estava indubitavelmente lançando sobre eles.

Meio envergonhado com esse pensamento, ele se lembrou do ágil golpe de misericórdia que tinha colocado Hans Baldur para dormir com tamanha destreza. Sem pretender fazer a mesma coisa – pelo menos não de plena consciência –, ele pescou o olhar de Harding. Para seu alerta, houve uma resposta imediata. Harding deu um leve aceno com a cabeça e se levantou devagar. *Não!*, disse Pat, mas somente para si mesmo. *Não estou falando disso, deixe esse pobre lunático em paz, que espécie de homem é você, afinal de contas?*

Então ele relaxou, bem superficialmente. Harding não estava tentando se mover de sua poltrona, a quatro lugares de distância de Radley. Ele estava apenas ali de pé, olhando para o neozelandês com uma expressão insondável. Podia ser até mesmo com pena, mas, sob aquela iluminação turva, Pat não conseguia identificar.

– Acho que é hora de dar a minha contribuição – disse Harding. – Pelo menos *uma* das coisas que nosso amigo estava dizendo para vocês é perfeitamente verdade. Ele foi seguido de fato, mas não pelos seguidores de discos voadores, mas por mim. E para um amador, Wilfred George Radley, eu gostaria de lhe dar os parabéns. Foi uma caçada e tanto, de Christchurch a Astrograd, a Clavius, Tycho, Ptolomeu, Platão, Porto Roris... até aqui, que imagino ser o fim da linha, de mais de uma maneira.

Radley não parecia nem um pouco perturbado. Ele meramente inclinou a cabeça com um gesto quase régio de confirmação, como se reconhecesse a existência de Harding, mas preferisse ignorá-lo.

– Como vocês devem ter imaginado, eu sou detetive – continuou Harding. – A maioria das vezes, especializado em fraude. É um trabalho bastante interessante, ainda que eu raramente tenha a chance de falar a respeito dele. Estou muito grato por esta oportunidade. Não tenho nenhum interesse... quer dizer, pelo menos nenhum interesse profissional, nas crenças peculiares do sr. Radley. Se são verdade ou não, é algo que não interfere no fato de que ele é um contador bastante inteligente que ganha um bom salário lá na Nova Zelândia. Muito embora não seja um salário bom o suficiente para pagar por um mês na Lua.

E emendou:

– Mas isso não foi um problema, pois, vejam, o sr. Radley era um contador sênior na agência de Christchurch da Universal Cartões de Viagens Ltda. O sistema é supostamente infalível e duplamente conferido, mas de alguma maneira ele conseguiu emitir para si um cartão da categoria Q, perfeito para fazer viagens ilimitadas a qualquer lugar no Sistema Solar, para pagar por hotéis e restaurantes e descontar cheques de até 500 dólares sob demanda. Não existem muitos cartões desses por aí; são controlados como se fossem de plutônio. Mas é claro que outras pessoas já tentaram fazer esse tipo de coisa antes; clientes estão sempre perdendo seus cartões e indivíduos empreendedores passam bons momentos com eles por alguns dias antes de serem pegos. Mas apenas por alguns dias. O sistema central de faturamento da Universal Cartões de Viagens é muito eficiente, como tem que ser. Há várias proteções contra uso não autorizado e, até agora, o maior período pelo qual alguém já conseguiu fazer isso foi uma semana.

– Nove dias – interveio Radley, inesperadamente.

– Perdão, *você* deve saber muito bem. Nove dias, então. Mas Radley estava agindo já há três semanas antes de conseguirmos identificá-lo. Ele tirou suas férias anuais e disse no escritório que passaria uns dias tranquilos na Ilha Norte. Em vez disso, foi até Astrograd e de lá para a Lua, fazendo história com esse procedimento. Pois ele é o primeiro homem, e esperamos que também o último, a deixar a Terra totalmente a crédito. Ainda queremos saber exatamente como ele fez isso. Como conseguiu evitar os circuitos automáticos de conferência? Será que tinha algum cúmplice no setor de programação informática? E outras questões similares de interesse da Universal Cartões de Viagens Ltda. Eu espero, Radley, que você abra o jogo comigo, só para satisfazer a minha curiosidade. Acho que é o mínimo que pode fazer nessas circunstâncias.

E arrematou:

– Ainda assim, queremos saber *por que* você fez isso. Por que largou um bom emprego para cair em uma farra que estava prestes a mandá-lo para a cadeia. Claro que imaginamos o motivo assim que descobrimos que você estava na Lua. A Universal Cartões de Viagens sabia tudo desse seu *hobby*, mas isso não comprometia sua eficiência. Eles fizeram uma aposta, e uma aposta bem cara.

– Eu sinto muito – respondeu Radley, não sem certa dignidade. – A empresa sempre me tratou bem, e de fato parece uma vergonha. Mas era por uma boa causa, e se eu tivesse conseguido encontrar minhas provas...

Mas, naquela altura, todo mundo, exceto o detetive Harding, perdeu o interesse em Radley e em seus discos voadores. O som que eles esperavam ansiosamente tinha surgido, enfim.

A sonda de Lawrence estava arranhando o teto da embarcação.

# 28

*Parece que já faz meia vida que estou aqui*, pensou Maurice Spenser, *embora o Sol continue baixo a oeste, de onde ele nasce neste mundo estranho, e ainda faltem três dias para o meio-dia. Quanto tempo mais vou ficar preso no topo desta montanha ouvindo as lorotas do capitão Anson sobre o espaço e observando essa jangada distante com seus iglus geminados?*

Essa era uma pergunta que ninguém podia responder. Quando a ensecadeira começara a descer, parecia que dentro de 24 horas o trabalho estaria concluído. Mas agora eles estavam de volta ao ponto de partida – e, para piorar, toda a empolgação visual da matéria tinha acabado. Tudo o que fosse acontecer dali em diante se passaria escondido no fundo do mar ou atrás das paredes de um iglu. Lawrence ainda se recusava teimosamente a permitir uma câmera na jangada, e Spenser nem podia culpá-lo por isso. O engenheiro-chefe fora azarado uma vez, quando seu comentário se desmanchara bem na sua cara, e não ia correr o risco de isso acontecer de novo.

Mesmo assim, estava fora de questão que a *Auriga* abandonasse o local aonde tinha chegado a um preço tão elevado. Se tudo corresse bem, ainda havia uma última cena dramática por vir. E se tudo corresse mal, seria uma cena trágica. Mais cedo ou mais tarde, aqueles esquis de poeira tomariam o rumo de volta para Porto Roris – com ou sem os homens e mulheres que tinham vindo salvar. Spenser não ia perder a partida dessa caravana, quer ela acontecesse com o Sol nascente ou poente, ou sob as luzes ainda mais fracas da Terra imóvel.

Assim que relocalizou a *Selene*, Lawrence recomeçou as atividades de perfuração. Na tela do monitor, Spenser conseguia ver a haste fina do tubo de fornecimento de oxigênio fazendo sua segunda descida na poeira. Por que Lawrence estava se preocupando em fazer isso, imaginou o jornalista, se ele não tinha nem certeza de que alguém ainda estava vivo a bordo da *Selene*? E como ele ia checar isso, agora que o rádio tinha pifado?

Essa era uma pergunta que milhões de pessoas estavam se fazendo enquanto assistiam ao tubo afundando na poeira, e talvez muitas delas tivessem pensado na resposta certa. No entanto, por mais estranho que pareça, isso nunca ocorreu a ninguém a bordo da *Selene* – nem mesmo ao comodoro.

Assim que ouviram aquele baque pesado contra o teto, eles souberam de uma só vez que não era uma haste de ressonância sondando o mar delicadamente. Quando, no minuto seguinte, chegou o zumbido inconfundível de uma perfuratriz abrindo caminho através do plástico reforçado, eles se sentiram como homens condenados a quem se concedia, de última hora, um adiamento de pena.

Desta vez a perfuratriz não acertou o conduíte dos cabos – não que isso fizesse alguma diferença àquela altura. Os passageiros assistiam quase hipnotizados enquanto aquele som de trituramento ia ficando cada vez mais alto e os primeiros pedaços começavam a cair do teto. Quando a ponta da perfuratriz surgiu e entrou 20 centímetros cabine adentro, houve uma breve, mas sincera, explosão de aplausos.

*E agora?*, Pat pensou consigo. *Não temos como falar com eles. Como vou saber quando desparafusar a perfuratriz? Não vou cometer aquele mesmo erro uma segunda vez.*

Espantosamente alto em meio àquele silêncio tenso e expectante, o tubo metálico ressoou com aquele PÁ PÁ PÁ PUM que, por certo, ninguém que estava na *Selene* poderia esquecer enquanto vivesse. Pat respondeu de uma só vez, batendo em resposta o famoso V com um par de alicates. *Agora eles sabem que estamos vivos*, pensou. Ele nunca tinha acreditado de fato que Lawrence presumiria que eles estivessem mortos e abandonaria a missão, ainda que ao mesmo tempo sempre houvesse essa dúvida no ar.

O tubo sinalizou novamente, desta vez bem mais lento. Era um aborrecimento ter que aprender código Morse. Na era atual, parecia anacrônico, e não eram poucos os protestos amargos entre pilotos e engenheiros espaciais devido ao desperdício de esforços. Em toda a sua vida, você talvez só precisasse daquilo uma única vez.

Mas eis a questão. Se isso acontecesse, você precisaria dele *de verdade*.

PUM PÁ PÁ, ia dizendo o tubo. PÁ... PÁ PÁ PÁ... PÁ PUM PUM PÁ... PÁ PUM... PÁ PUM PÁ... PÁ PUM... PÁ PÁ PUM PÁ... PÁ PÁ PUM... PÁ PÁ PÁ... PÁ .

Então, para que não houvesse nenhum engano, eles começaram a repetir a palavra, mas tanto Pat quanto o comodoro, por mais enferrujados que estivessem, tinham entendido a mensagem.

– Eles estão nos dizendo para desparafusar a perfuratriz – disse Pat. – Bom, lá vamos nós.

Aquela breve precipitação de ar causou um instante de pânico desnecessário enquanto a pressão se equalizava. Em seguida, o tubo foi aberto para o mundo lá em cima, e 22 homens e mulheres ansiosos esperaram pela primeira lufada de oxigênio que viria esguichando tubo abaixo.

Em vez disso, o tubo falou. Do orifício aberto saiu uma voz oca e sepulcral, mas perfeitamente clara. Era tão alta e tão absolutamente inesperada que todos deram um suspiro de surpresa. Provavelmente não mais do que meia dúzia daqueles homens e mulheres tinham ouvido uma voz surgir através de um tubo. Eles tinham crescido acreditando que a voz só podia ser enviada pelo espaço por meios eletrônicos. Esse ressurgimento das antigas era uma novidade para eles tanto quanto um telefone teria sido para um grego antigo.

– Aqui é o engenheiro-chefe Lawrence falando. Vocês estão me ouvindo?

Pat colocou as mãos em concha na abertura e respondeu lentamente:

– Estamos ouvindo nítida e perfeitamente. Como você está nos ouvindo?

– Muito bem. Vocês estão bem?

– Sim... o que aconteceu?

– Vocês afundaram uns 2 ou 3 metros, não mais do que isso. Mal notamos qualquer coisa aqui em cima até que os tubos voltaram à deriva. Como está o ar de vocês?

– Ainda vai bem. Mas quanto antes vocês tornarem a nos fornecer, melhor.

– Não se preocupe, nós vamos bombear de novo assim que tirarmos a poeira dos filtros, e podemos mandar vir outra cabeça de broca de Porto Roris. Essa que você acabou de desparafusar era a única extra. Sorte que ainda contávamos com ela.

Então vai demorar pelo menos uma hora, Pat pensou consigo, antes que o suprimento de ar deles possa ser garantido de novo. Entretanto, não era esse o problema que o preocupava agora. Ele sabia como Lawrence tinha pretendido alcançá-los, e se deu conta de que o plano não funcionaria agora que a *Selene* não estava mais com a quilha endireitada.

– Como você vai chegar até nós? – perguntou, desajeitadamente.

Houve apenas uma hesitação mínima antes que Lawrence respondesse.

– Ainda não cuidei dos detalhes, mas vamos acrescentar outro segmento à ensecadeira e continuaremos descendo com ela até atingir vocês. Daí vamos começar a escavar a poeira até chegarmos ao fundo. Vamos resolver essa lacuna de algum jeito, mas tem uma coisa que quero que vocês façam antes disso.

– O que é?

– Tenho 90% de certeza que vocês não vão afundar mais, mas, se for acontecer, prefiro que seja agora mesmo. Quero que todos vocês pulem juntos por alguns minutos.

– Isso é seguro? – perguntou Pat, duvidoso. – E se esse tubo se romper de novo?

– Aí vocês podem conectá-lo mais uma vez. Outro buraco pequeno não vai fazer diferença, mas outro afundamento sim, se acontecer quando estivermos tentando fazer uma abertura no teto por onde vai passar uma pessoa.

A *Selene* tinha visto algumas cenas estranhas, mas esta era sem dúvida a mais peculiar delas. Vinte e dois homens e mulheres pulando solenemente em uníssono, indo até quase o teto e depois fazendo pressão para baixo com tanto vigor quanto conseguiam até chegar ao chão. Tudo isso enquanto Pat mantinha o olhar atento ao tubo que levava ao mundo lá em cima. Depois de um minuto de empenho vigoroso da parte de seus passageiros, a *Selene* tinha afundado menos de 2 centímetros.

Ele relatou isso a Lawrence, que recebeu a informação com gratidão. Agora que tinha uma certeza razoável de que a *Selene* não se inclinaria de novo, ele estava confiante de que conseguiria tirar as pessoas de lá. Como exatamente faria isso, ainda não sabia, mas o plano estava começando a se formar em sua mente.

E ganhou forma nas 12 horas seguintes, em conferência com sua equipe de especialistas e experimentações no Mar da Sede. A divisão de engenharia tinha aprendido mais sobre a poeira naquela última semana do que em toda a sua existência prévia. Eles não estavam mais lutando no escuro contra um adversário amplamente desconhecido; entendiam quais liberdades podiam assumir e quais não.

Apesar da velocidade com que os novos planos eram definidos e os equipamentos necessários eram construídos, não havia pressa indevida e certamente nem descuido. Pois se tratava de mais uma operação que tinha que funcionar de primeira. Se falhasse, no mínimo a ensecadeira teria que ser abandonada e uma nova submergida em seu lugar. Na pior hipótese, as pessoas a bordo da *Selene* afundariam na poeira.

– É um belo problema – disse Tom Lawson, que gostava de belos problemas e de não muito mais que isso. – A extremidade inferior da ensecadeira está aberta na poeira porque está apoiada na *Selene* em apenas um ponto, e a inclinação do teto impede que isso seja vedado. Antes que a gente consiga bombear a poeira, temos que fechar essa lacuna. Aliás, eu falei em "bombear"? Isso foi um erro. Não dá para bombear essa coisa, ela precisa ser erguida. E se tentássemos isso do jeito que as coisas estão agora, ela entraria escorrendo até o fundo do tubo com a mesma rapidez com que é retirada de cima.

Tom fez uma pausa e deu uma risada sardônica para seu público de vários milhões de pessoas, como se o desafiasse a resolver o problema que ele acabara de explicar. Ele deixou seus espectadores cozinhando a ideia por alguns instantes e aí sacou o modelo que estava na mesa do estúdio. Embora fosse uma versão bastante simples, ele se orgulhava bastante dela, pois a havia produzido por conta própria. Ninguém do outro lado da câmera podia imaginar que não passava de papelão pintado com tinta spray.

– Este tubo – disse ele – representa um pequeno segmento da ensecadeira que agora está sendo levada lá embaixo até a *Selene*, que, como eu disse, está cheia de poeira. Agora *isto* – com a outra mão ele sacou um cilindro atarracado fechado em uma das extremidades – se encaixa perfeitamente na ensecadeira, como um pistão. Ele é bem pesado, vai tentar afundar com seu próprio peso. Mas é claro que não tem como fazer isso enquanto a poeira estiver presa embaixo dele.

Tom virou o pistão até que sua extremidade plana estivesse voltada para a câmera. Ele pressionou o dedo indicador contra o centro da face circular e uma pequena porta de alçapão se abriu.

– Isto funciona como uma válvula. Quando é aberta, a poeira pode fluir por ela e o pistão consegue afundar no duto. Assim que ele atingir o fundo, a válvula vai ser fechada por um sinal vindo de cima. Isso irá vedar a ensecadeira, e aí podemos começar a tirar a poeira.

E o astrônomo seguiu com a explicação:

– Tudo isso parece muito simples, não? Pois não é. Tem pelo menos uns cinquenta problemas aí que eu não mencionei. Por exemplo, à medida que a ensecadeira é esvaziada, ela vai tentar boiar até a superfície com um impulso de umas boas toneladas. O engenheiro-chefe Lawrence vem trabalhando em um sistema engenhoso de âncoras para segurá-la lá embaixo. Vocês irão perceber, é claro, que mesmo quando esse tubo for esvaziado de toda a poeira, ainda vai haver aquela lacuna em forma de cunha entre sua extremidade inferior e o teto da *Selene*. Como o sr. Lawrence pretende lidar com isso eu não sei. E, por favor, não mandem mais sugestões *para mim*. Com o que este programa já recebeu de ideias mal-acabadas, ele poderia durar uma vida inteira.

E Tom conclui:

– Esse dispositivo de pistão não é só teoria. Ele foi construído e testado pelos engenheiros daqui nas últimas 12 horas e agora está em ação. E se estou entendendo algo dos sinais que o rapaz aqui está fazendo para mim, acho que agora estamos indo lá para o Mar da Sede a fim de descobrir o que está acontecendo na jangada.

O estúdio temporário no Hotel Roris desapareceu de milhões de telas. Em seu lugar, surgiu a imagem que, àquela altura, já devia ser familiar para a maioria da raça humana.

Lá estavam os três iglus de diferentes tamanhos colocados sobre ou em volta da jangada. Conforme a luz do Sol brilhava em suas superfícies externas, eles pareciam ser gotas gigantes de mercúrio. Um dos esquis de poeira encontrava-se estacionado ao lado da cúpula maior, e os outros dois estavam em trânsito, ainda transportando recursos de Porto Roris.

Feito a boca de um poço, a ensecadeira se projetava do Mar. Sua borda estava apenas 20 centímetros acima da poeira, e a abertura parecia muito estreita para que um homem passasse por ali. De fato, seria um encaixe apertado para qualquer um que estivesse usando um traje espacial – mas a parte crucial dessa operação seria feita sem trajes.

Em intervalos regulares, uma pá cilíndrica ia desaparecendo no poço para ser rebocada de volta até a superfície poucos segundos depois por um guindaste pequeno mas potente. A cada retirada, a pá era totalmente desviada da abertura e devolvia seu conteúdo ao Mar. Por um instante, um cone cinzento de poeira ficava em equilíbrio no plano de nível. Em seguida, ele se desfazia em câmera lenta, desaparecendo completamente antes que a próxima carga tivesse saído do duto. Era um truque que estava sendo conduzido em plena luz do dia, e era algo fascinante de assistir. Mais eficaz do que mil palavras descritivas, aquilo contava aos espectadores tudo o que eles precisavam saber sobre o Mar da Sede.

Agora a pá estava demorando mais em suas jornadas, à medida que afundava cada vez mais longe na poeira. Por fim, chegou o momento em que ela reapareceu cheia apenas pela metade, e o caminho para a *Selene* estava aberto – exceto por aquele obstáculo no fim.

# 29

– Ainda estamos com o moral em dia – disse Pat no microfone que foi baixado até eles pela coluna de ar. – É claro que sentimos um grande choque com o segundo afundamento, quando perdemos contato com vocês, mas agora estamos seguros de que vão nos tirar daqui. Conseguimos ouvir a pá trabalhando enquanto ela escava a poeira, e é maravilhoso saber que a ajuda está tão próxima. Nós nunca esqueceremos – acrescentou ele, meio sem jeito – os esforços que tantas pessoas fizeram para nos ajudar e queríamos agradecer a elas por isso, independentemente do que acontecer. Todos nós estamos certos de que foi feito todo o possível. Agora vou passar o microfone, já que vários de nós têm mensagens a enviar. Com alguma sorte, esta será a última transmissão da *Selene*.

Enquanto passava o microfone para a sra. Williams, ele se deu conta de que podia ter formulado aquele último comentário de um jeito um pouco melhor, pois dava para interpretá-lo de duas maneiras diferentes. Mas agora que o resgate estava tão próximo, ele se recusava a admitir a possibilidade de outros contratempos. Os incidentes tinham sido tão numerosos até então que certamente mais nada poderia acontecer a eles naquele momento.

Mesmo assim, Pat sabia que essa última etapa da operação seria a mais difícil e a mais crítica. Tudo aquilo fora discutido interminavelmente nas últimas horas, desde que o engenheiro-chefe Lawrence havia lhes explicado o plano. Restava pouco mais a falar agora que, por consenso geral, o tema dos discos voadores estava vetado.

Eles podiam ter continuado com a leitura dos livros, mas de alguma maneira tanto *Os brutos também amam* quanto *A laranja e a maçã* tinham perdido o apelo. Ninguém conseguia se concentrar em mais nada agora, exceto nas possibilidades de resgate e na renovação da vida que aguardaria por eles quando tivessem se juntado novamente à raça humana.

De cima, ouviu-se um baque repentino e pesado. Aquilo só podia significar uma coisa: a pá tinha atingido o fundo do duto e a ensecadeira estava livre da poeira. Agora ela seria acoplada a um dos iglus e bombeada completamente com ar.

Demorou mais de uma hora para concluir essa conexão e fazer todos os testes necessários. O iglu especialmente modificado modelo XIX, com um buraco no piso grande o suficiente para acomodar a extremidade sobressalente da ensecadeira, teve que ser posicionado e inflado com o mais extremo cuidado. A vida dos passageiros da *Selene*, e também a dos homens que tentavam resgatá-los, podia depender desse isolamento.

Foi somente quando o engenheiro-chefe Lawrence se sentiu perfeitamente satisfeito que ele tirou o traje espacial e se aproximou daquele buraco escancarado. Ele segurou um holofote sobre a abertura e olhou para baixo pelo duto, que parecia ir desaparecendo até o infinito. Ainda assim, havia apenas 17 metros até o fundo; mesmo sob aquela baixa gravidade, um objeto demoraria meros 5 segundos para cair àquela distância.

Lawrence se voltou para seus assistentes. Cada um deles estava usando um traje espacial, mas com a viseira do capacete aberta. Se alguma coisa desse errado, essas viseiras se fechariam numa fração de segundo, e os homens dentro delas estariam a salvo. Mas, para Lawrence, não haveria nenhuma esperança – nem para as 22 pessoas a bordo da *Selene*.

– Vocês sabem exatamente o que fazer – disse ele. – Se eu quiser subir às pressas, todos devem puxar a escada de corda juntos. Alguma pergunta?

Não havia nenhuma. Tudo fora ensaiado minuciosamente. Dando um aceno para seus homens e recebendo de volta um coro de "boa sorte", Lawrence foi descendo pelo duto.

Ele se deixou cair na maior parte do caminho, segurando na escada de tempos em tempos para conferir sua velocidade. Na Lua era bastante seguro fazer isso, ou *quase* seguro. Lawrence tinha visto homens morrerem por esquecer que até mesmo aquele campo gravitacional podia fazer alguém se acelerar até atingir uma velocidade fatal em menos de 10 segundos.

Aquilo era como a queda de *Alice no País das Maravilhas* (muito da inspiração de Carroll poderia ter vindo das viagens espaciais), mas não havia nada para ver no caminho de descida, exceto a parede branca de concreto, que estava tão próxima que Lawrence precisava vesguear para focar nela. Então, com um baque dos mais suaves, ele atingiu o fundo.

Ele se agachou na pequena plataforma de metal, que tinha o tamanho e o formato de uma tampa de bueiro, e a examinou cuidadosamente. A válvula do alçapão que tinha sido aberta durante a descida do pistão na poeira apresentava um ligeiro vazamento, e um fio de pó cinza estava escorrendo pela vedação. Não era nenhum motivo de preocupação, mas Lawrence não pôde deixar de pensar no que aconteceria se a válvula se abrisse sob a pressão que vinha de baixo. Com que rapidez a poeira subiria pelo duto, feito água em um poço? Não tão rápido quanto ele conseguiria subir aquela escada, disso ele tinha bastante certeza.

Agora, poucos centímetros abaixo de seus pés, estava o teto do cruzeiro, inclinado poeira adentro naquele ângulo enlouquecedor de 30 graus. Seu problema estava em unir a extremidade horizontal do duto com o teto inclinado do cruzeiro, e fazer isso bem o suficiente para que o acoplamento fosse impermeável à poeira.

Ele não conseguia identificar nenhuma falha no plano, nem esperava conseguir tal proeza, pois tinha contado com aconselhamento dos melhores cérebros da engenharia tanto na Terra quanto na Lua. Havia até a possibilidade prevista de que a *Selene* se deslocasse novamente em alguns centímetros enquanto ele trabalhava ali. Mas a teoria era uma coisa e, como ele sabia muito bem, a prática era outra bem diferente.

Havia seis grandes parafusos de mão espaçados ao longo da circunferência do disco de metal no qual Lawrence estava sentado, e ele começou a girá-los um de cada vez, como um baterista ajustando seu instrumento. Conectada à parte inferior da plataforma havia uma pequena peça de tubulação ainda dobrada, que parecia uma sanfona e era quase tão larga quanto a ensecadeira. Ela compunha um acoplamento flexível grande o suficiente para que um homem pudesse se arrastar em seu interior, e agora ia se abrindo lentamente enquanto Lawrence girava os parafusos.

Um lado do tubo corrugado tinha que se esticar por 40 centímetros para atingir o teto inclinado, e o outro mal tinha que se mover. A principal preocupação de Lawrence era que a resistência da poeira impedisse a sanfona de se abrir, mas os parafusos estavam suportando a pressão com facilidade.

Agora nenhum deles podia mais ser apertado. A extremidade inferior do acoplamento devia estar nivelada com o teto da *Selene* e vedada nele, assim o engenheiro-chefe esperava, pela calafetagem de borracha em torno de sua borda. Quanto essa vedação estava apertada, ele logo ia descobrir.

Conferindo automaticamente sua rota de fuga, Lawrence olhou para cima no duto. Ele não conseguia ver nada além do brilho do holofote que estava pendurado a 2 metros de sua cabeça, mas a escada de corda que se esticava ao longe era extremamente tranquilizadora.

– Soltei o conector – gritou ele para seus colegas invisíveis. – Ele parece estar nivelado com o teto. Agora vou tentar abrir a válvula.

Qualquer erro naquele momento e todo o duto se inundaria, talvez acabando com qualquer possibilidade posterior de uso. Lenta e suavemente, Lawrence liberou o alçapão que permitiu que a poeira passasse pelo pistão enquanto descia. Não houve nenhuma ressurgência repentina: o tubo corrugado abaixo de seus pés estava conseguindo conter o Mar.

Lawrence alcançou a válvula, e seus dedos sentiram o teto da *Selene* ainda invisível debaixo da poeira, mas agora a apenas alguns palmos de distância. Poucas realizações em toda a sua vida tinham lhe proporcionado tamanha sensação de satisfação. O trabalho ainda estava longe de terminar, *mas ele tinha chegado ao cruzeiro*. Por um momento, ficou agachado naquele pequeno fosso, sentindo-se como um minerador das antigas deve ter se sentido quando a primeira pepita de ouro brilhou à luz de uma lamparina.

Ele bateu três vezes no teto. Imediatamente seu sinal foi respondido. Não fazia sentido tentar uma comunicação em código Morse, pois, se quisesse, podia falar diretamente pelo circuito de microfone, mas ele sabia o efeito psicológico que as batidas teriam. Aquilo provaria aos homens e mulheres dentro da *Selene* que agora o resgate estava a poucos centímetros de distância.

Ainda assim, eram grandes os obstáculos a serem ultrapassados, e o próximo era a tampa de bueiro na qual ele estava sentado – a face do próprio pistão. Ela tinha servido a seu propósito, detendo a poeira enquanto a ensecadeira era esvaziada, mas agora precisava ser removida antes que qualquer um pudesse escapar da *Selene*. No entanto, isso tinha que ser feito sem perturbar o acoplamento flexível que ela tinha ajudado a manter no lugar.

Para tornar isso possível, a face circular do pistão fora construída de modo a poder ser levantada, como a tampa de uma panela, quando oito grandes parafusos fossem soltos. Lawrence demorou apenas alguns minutos para cuidar deles e conectar uma corda ao disco de metal que agora estava solto. Então, gritou: "Reboquem isto daqui!".

Um homem um pouco mais gordo teria que escalar de volta todo o duto enquanto a tampa era içada logo depois de si, mas Lawrence era capaz de se espremer contra a parede enquanto a placa de metal era erguida de lado, deixando-o para trás. *Lá se vai a última linha de defesa*, ele pensou consigo quando o disco desapareceu acima de sua cabeça. Agora seria impossível vedar o duto novamente se o acoplamento falhasse e a poeira começasse a verter para dentro.

– O balde! – gritou ele. O recipiente já estava descendo, a caminho.

*Quarenta anos antes*, pensou Lawrence, *eu estava brincando em uma praia da Califórnia com um baldinho e uma pá, fazendo castelos na areia. Agora aqui estou eu, na Lua – engenheiro-chefe da Face Terrestre, nada menos –, cavando com determinação ainda maior e com toda a raça humana olhando por cima do meu ombro.*

Quando a primeira carga foi içada, ele tinha exposto uma área considerável do teto da *Selene*. O volume de poeira preso dentro do tubo de acoplamento era bem pequeno; mais dois baldes cheios dariam conta do recado.

Diante dele estava agora o tecido revestido de alumínio do escudo solar, que havia tempos estava amarrotado pela pressão. Lawrence cortou-o sem dificuldade – era tão frágil que dava para arrancar só com as mãos –, expondo o plástico reforçado rugoso do casco externo. Atravessar essa superfície com uma serra elétrica pequena seria fácil, mas também fatal.

Pois, naquela altura, o casco duplo da *Selene* tinha perdido sua integridade. Quando o teto foi danificado, a poeira inundou todo o espaço entre as duas paredes. Ela estaria esperando ali, sob pressão, para sair esguichando assim que ele fizesse a primeira incisão. Antes de se conseguir entrar na *Selene*, aquela camada de poeira, fina mas mortal, teria que ser imobilizada.

Lawrence vociferou bruscamente contra aquele teto. Como esperado, o som era abafado pela poeira. O que ele não esperava era receber um toque urgente e inquieto em resposta.

Aquilo, dava para perceber de cara, não era nenhum sinal tranquilizador de "está tudo bem" vindo de dentro do cruzeiro. Mesmo antes que os homens acima pudessem transmitir a notícia para ele, Lawrence adivinhou que o Mar da Sede estava fazendo sua última tentativa para manter sua presa.

Como Karl Johanson era engenheiro nuclear, tinha um nariz sensível e por acaso estava sentado na traseira do ônibus, foi ele quem reconheceu a aproximação do desastre. Ele ficou parado por alguns segundos, com as narinas se crispando, então pediu licença à pessoa que estava na poltrona do corredor e foi andando silenciosamente até o banheiro. Karl não queria causar alarme sem necessidade, sobretudo quando o resgate parecia estar tão próximo. Mas sua vida profissional lhe ensinara, com mais exemplos do que ele podia se lembrar, a nunca ignorar o cheiro de um material isolante queimado.

Ele ficou menos de 15 segundos no banheiro. Ao sair de lá, estava andando rápido, mas não o suficiente para causar pânico. Foi direto na direção de Pat Harris, que se concentrava em uma conversa com o comodoro Hansteen, e interrompeu os dois sem a menor cerimônia.

– Capitão, estamos pegando fogo – disse ele com a voz baixa e urgente. – Vá conferir o banheiro. Eu não contei para mais ninguém.

Em questão de um único segundo, Pat tinha sumido, e Hansteen junto com ele. No espaço, assim como no mar, ninguém parava para discutir quando ouvia a palavra "fogo". E Johanson não era o tipo de homem de dar alarme falso. Assim como Pat, ele era técnico da administração lunar, e fora um dos passageiros que o comodoro tinha selecionado para sua brigada antitumulto.

O banheiro era daqueles típicos de qualquer pequeno veículo em terra, mar, ar ou espaço. Dava para encostar em todas as paredes sem mudar de posição. Mas a parede traseira, imediatamente acima da pia, não podia mais ser tocada em hipótese alguma. O plástico reforçado estava todo empolado pelo calor, entortando-se e deformando enquanto os espectadores aterrorizados olhavam para aquilo.

– Meu Deus! – disse o comodoro. – Isso vai se acabar em um minuto. Qual é a causa?

Mas Pat já tinha ido embora. Ele voltou poucos segundos depois, carregando consigo os dois pequenos extintores de incêndio da cabine debaixo do braço.

– Comodoro – disse ele –, vá relatar o ocorrido para o pessoal da jangada. Diga a eles que talvez só tenhamos alguns minutos. Vou ficar aqui caso isso se rompa.

Hansteen fez como lhe havia sido pedido. Um momento depois, Pat ouviu a voz dele passando a mensagem pelo microfone e o subsequente tumulto que se fez entre os passageiros. Logo em seguida, a porta se abriu de novo e McKenzie se juntou a ele.

– Posso ajudar? – perguntou o cientista.

– Acho que não – respondeu Pat, segurando o extintor prontamente.

Ele sentiu um entorpecimento curioso, como se aquilo não estivesse de fato acontecendo e fosse tudo um sonho do qual ele logo despertaria. Talvez agora Pat estivesse além da barreira do medo. Após enfrentar uma crise depois da outra, todas as emoções tinham sido espremidas para fora de si. Ele ainda conseguia resistir, mas não mais reagir.

– O que está causando isso? – perguntou McKenzie, ecoando a pergunta não respondida do comodoro e imediatamente emendando outra: – O que fica atrás desse anteparo?

– Nossa principal fonte de energia. Vinte células de alta potência.

– Quanta energia tem nelas?

– Bom, nós começamos com 5 mil quilowatts hora, provavelmente ainda temos metade.

– Aí está a sua resposta. Alguma coisa está dando curto na nossa fonte de energia. Provavelmente ela está queimando desde que a fiação superior foi arrancada.

A explicação fazia sentido, no mínimo pelo fato de não haver nenhuma outra fonte de energia a bordo do cruzeiro. A *Selene* era completamente à prova de incêndio, por isso não conseguiria suportar uma combustão ordinária. Mas havia energia elétrica suficiente em suas células para conduzi-la a toda velocidade por horas a fio e, se isso se dissipasse na forma de calor bruto, os resultados seriam catastróficos.

Mas algo assim seria impossível. Uma sobrecarga dessas teria derrubado os fusíveis de uma só vez – a menos que eles tivessem emperrado por algum motivo.

Isso não tinha acontecido, como McKenzie relatara depois de uma rápida verificação na eclusa.

– Todos os fusíveis caíram – disse ele. – Os circuitos estão totalmente inativos. Não consigo entender.

Mesmo naquele momento de perigo, Pat dificilmente conseguia conter o sorriso. McKenzie era o eterno cientista: podia estar prestes a morrer, mas insistiria em saber por quê. Se ele fosse queimado num poste – e um destino semelhante podia muito bem estar à espera –, ele perguntaria a seus executores: "Que tipo de madeira vocês estão usando?".

A porta articulada se dobrou para dentro quando Hansteen voltou com a informação.

– Lawrence diz que vai chegar em 10 minutos – disse ele. – Será que essa parede aguenta até lá?

– Só Deus sabe – respondeu Pat. – Ela tanto pode durar por mais uma hora como pode se escafeder nos próximos 5 segundos. Tudo depende de como o fogo está se espalhando.

– Não existem dispositivos automáticos de combate a incêndio nesse compartimento?

– Não faz sentido ter coisas assim; ele é nosso anteparo de pressão, e normalmente tem vácuo do outro lado. Que por acaso é o melhor extintor de incêndio que você pode conseguir.

– É isso! – exclamou McKenzie. – Vocês não estão vendo? Todo o compartimento está inundado. Quando o teto se rompeu, a poeira começou a abrir caminho lá dentro. É ela que está dando curto em todos os equipamentos elétricos.

Pat sabia, sem maiores discussões, que McKenzie estava certo. Àquela altura, todas as seções normalmente abertas ao espaço deviam estar abarrotadas de poeira. Ela deve ter entrado pelo teto rompido, fluído pelo espaço entre o casco duplo e se acumulado lentamente em volta do barramento da embarcação no compartimento de energia. E aí deve ter começado a pirotecnia: havia ferro de meteoritos o suficiente na poeira para fazer dela um bom condutor. Os arcos elétricos e curtos-circuitos lá dentro deviam estar como mil incêndios.

– Se borrifássemos água nessa parede – disse o comodoro –, será que ia ajudar no problema ou apenas rachar o plástico reforçado?

– Acho que a gente devia tentar – respondeu McKenzie. – Mas com muito cuidado, uma quantidade pequena por vez.

Ele encheu uma xícara de plástico que já continha água quente e olhou, interrogativo, para os demais. Como não houve objeções, começou a jogar algumas gotas na superfície que se entortava lentamente.

O crepitar e os estalidos que resultaram disso eram tão assustadores que ele parou na hora. Era um risco muito grande. Com uma parede de metal, seria uma boa ideia, mas esse plástico não condutor se despedaçaria com a tensão térmica.

– Não há nada que a gente possa fazer aqui – disse o comodoro. – Nem mesmo esses extintores podem ajudar muito. É melhor sairmos e bloquearmos todo este compartimento. A parede irá agir como corta-fogo, dando-nos um pouco mais de tempo.

Pat hesitou. O calor já estava quase insuportável, mas parecia ser covardia abandonar o caso. Todavia, a sugestão de Hansteen fazia perfeito sentido. Se ele ficasse ali até o fogo irromper, ficaria intoxicado na hora só com a fumaça.

– Certo, vamos sair daqui – concordou ele. – Vejamos que tipo de barricada a gente consegue construir atrás dessa porta.

Ele não achou que teriam muito tempo para fazer aquilo. Já dava para ouvir com bastante clareza o frigir e o borbulhar vindos da parede que mantinha o inferno a distância.

# 30

A notícia de que a *Selene* estava pegando fogo não fez a menor diferença para as ações de Lawrence. Ele não podia ir nem um pouco mais rápido do que estava indo naquele momento. Se tentasse, podia cometer um erro justamente quando a parte mais traiçoeira de todo o trabalho se aproximava. Tudo o que ele podia fazer era seguir em frente e esperar que eles conseguissem conter as chamas.

O aparato que estava sendo baixado pelo duto parecia uma pistola de graxa superdesenvolvida, ou uma versão gigante daqueles bicos usados para colocar cobertura em bolos de casamento. Esse não continha nem graxa nem cobertura de bolo, e sim um composto orgânico de silício sob elevada pressão. No momento ele estava líquido, mas não continuaria assim por muito tempo mais.

O primeiro problema de Lawrence era colocar o líquido entre o casco duplo sem deixar a poeira escapar. Usando uma pequena pistola de rebite, ele disparou sete parafusos ocos na película externa da *Selene* – um no centro do círculo exposto e os outros seis igualmente espaçados em torno de sua circunferência.

Ele conectou a seringa ao parafuso central e pressionou o gatilho. Fez-se um leve assovio conforme o fluido se apressava no parafuso oco, com sua pressão abrindo uma válvula minúscula na ponta em forma de projétil. Trabalhando depressa, Lawrence ia de um parafuso ao seguinte, disparando cargas iguais de fluido em cada um. Agora aquela coisa teria se espalhado quase igualmente entre os dois cascos, numa espécie de panqueca áspera com mais de 1 metro de comprimento. Não, não exatamente uma panqueca, mas um suflê, pois ele começaria a virar espuma assim que escapasse pelo bico.

E alguns segundos depois a substância começaria a se estabilizar com a influência do catalisador injetado. Lawrence estava olhando para o seu relógio. Dali a 5 minutos, aquela espuma ficaria dura feito uma rocha, mas tão porosa quanto uma pedra-pomes – com o que acabaria se parecendo de fato. Não havia chances de entrar mais poeira naquele pedaço do casco, e o que já estava ali fora congelado no lugar.

Não havia nada que ele pudesse fazer para abreviar aqueles 5 minutos. Todo o plano dependia de a espuma atingir a consistência esperada. Se o tempo e o posicionamento fossem imprecisos, ou se os químicos lá da base tivessem cometido algum erro, as pessoas a bordo da *Selene* já estariam mortinhas da silva.

Ele usou o período de espera para organizar o duto, mandando de volta para a superfície todos os equipamentos. Logo restaria apenas o próprio Lawrence lá embaixo, sem nenhuma ferramenta além de suas próprias mãos. Se Maurice Spenser tivesse conseguido contrabandear sua câmera nesse espaço estreito – e ele teria assinado qualquer contrato razoável com o diabo para isso –, seus espectadores praticamente não teriam como adivinhar os próximos passos de Lawrence.

Eles ficariam ainda mais confusos quando algo que se parecia com um bambolê foi baixado pelo duto. Mas aquele não era nenhum brinquedo infantil, e sim a chave que abriria a *Selene*.

Sue já tinha conduzido os passageiros para a frente da cabine, agora muito mais elevada. Todos eles estavam ali de pé compondo um grupo bem comprimido, olhando para o teto e aguçando os ouvidos em busca de qualquer som encorajador que fosse.

Encorajamento era o que eles precisavam agora, pensou Pat. E ele precisava disso mais do que qualquer outra pessoa, pois só ele sabia – a menos que Hansteen ou McKenzie tivessem adivinhado – a verdadeira magnitude do perigo que estavam encarando.

O incêndio ia bastante mal, e podia matá-los se chegasse à cabine. Mas o fogo estava se movendo devagar, e eles conseguiam combatê-lo, mesmo que só por um curto período. Contra a explosão, no entanto, eles não podiam fazer nada.

Pois a *Selene* era uma bomba, e o pavio já estava aceso. A energia acumulada nas células que alimentavam seu motor e todos os demais dispositivos elétricos podia escapar como calor bruto, mas não explodiria. Infelizmente, o mesmo não era verdade para seus tanques de oxigênio líquido.

Eles ainda deviam conter muitos litros daquele elemento temivelmente frio e violentamente reativo. Quando o calor crescente rompesse esses tanques, aconteceria ao mesmo tempo uma explosão física e uma química. De pequenas dimensões, é verdade, talvez o equivalente a uns 100 quilos de TNT, mas isso seria mais do que suficiente para transformar a *Selene* em pedacinhos.

Pat não via sentido em mencionar isso para Hansteen, que já estava planejando sua barricada. As poltronas estavam sendo desparafusadas das fileiras da dianteira da cabine e amontoadas entre a última fileira e a porta do banheiro. Parecia que o comodoro estava se preparando mais para uma invasão do que para um incêndio – e era isso mesmo que ele estava fazendo. Por sua natureza, o fogo em si não podia se espalhar para além do compartimento das células de energia, mas, assim que a parede rachada e deformada finalmente cedesse, a poeira entraria inundando a cabine.

– Comodoro – disse Pat –, enquanto o senhor está fazendo isso, vou começar a organizar os passageiros. Não podemos ter vinte pessoas querendo sair de uma só vez.

Aquele era um cenário de pesadelo que devia ser evitado a qualquer custo, ainda que fosse difícil impedir o pânico – mesmo entre aquela comunidade tão disciplinada – se apenas um túnel estreito fosse o único meio de escapar da morte que se aproximava rapidamente.

Pat foi andando até a frente da cabine. Na Terra, isso teria sido uma subida íngreme, mas ali uma inclinação de 30 graus mal se fazia notar. Ele olhou para os rostos ansiosos enfileirados diante de si e disse:

– Vamos sair daqui muito em breve. Quando o teto se abrir, uma escada de corda vai ser jogada aqui embaixo. As mulheres vão primeiro, depois os homens, todos em ordem alfabética. Não se preocupem em usar os pés. Lembrem-se de que vocês pesam muito pouco aqui, e subam usando uma mão depois da outra, o mais rápido que puderem. Mas não empurrem a pessoa da frente; todos terão tempo suficiente, e cada um só vai precisar de alguns segundos para atingir o topo.

E continuou:

– Sue, por favor, organize todo mundo na ordem correta. Harding, Bryan, Johanson, Barrett, gostaria que vocês ficassem na espera como fizeram antes. Podemos precisar da ajuda de vocês...

Ele não terminou a frase. Houve uma espécie de explosão abafada na traseira da cabine. Nada de espetacular, um saco de papel sendo amassado teria feito mais barulho. Mas aquilo significava que a parede tinha cedido, ao passo que o teto, infelizmente, ainda estava intacto.

Do outro lado do teto, Lawrence colocou seu bambolê encostado no plástico reforçado e começou a fixá-lo com a argamassa de secagem rápida. O aro era quase tão largo quanto o pequeno poço onde ele estava agachado; encontrava-se a poucos centímetros das paredes ásperas. Embora fosse algo perfeitamente seguro de manusear, o engenheiro o tratava com cuidado exagerado. Ele nunca adquirira aquela familiaridade tranquila com explosivos característica dos homens que precisam lidar sempre com eles.

A carga em aro que ele estava colocando no lugar era um espécime perfeitamente convencional do tipo, sem representar nenhum problema técnico. Ele faria um corte seco e nítido exatamente na largura e na espessura desejadas, realizando em um milésimo de segundo um trabalho que demoraria 15 minutos usando uma serra elétrica. O instrumento fizera parte do primeiro plano de Lawrence, mas agora ele estava muito contente de ter mudado de ideia. Parecia bastante improvável que ele tivesse 15 minutos disponíveis.

Ele ficou sabendo quanto isso era verdade enquanto ainda esperava a espuma secar. "O fogo entrou na cabine!", gritou uma voz lá em cima.

Lawrence olhou para o seu relógio. Por um momento, era como se o ponteiro de segundos estivesse imóvel, mas essa era uma ilusão que ele tinha vivenciado a vida toda. O relógio não tinha parado; era só o Tempo que, como de costume, não estava andando na velocidade que ele desejava. Até aquele momento, ele vinha passando rápido demais, e então começou a se arrastar como se tivesse os pés chumbados, é claro.

A espuma deveria estar dura feito rocha dali a 30 segundos. Era muito melhor deixá-la secar um pouco mais do que arriscar a explosão cedo demais, quando ela ainda estava na forma de plástico.

Ele começou a subir a escada de corda sem pressa, endireitando os finos fios de detonação que iam ficando abaixo de si. Seu *timing* era perfeito. Quando ele saiu do duto, desfez o curto que tinha colocado na ponta dos fios por motivo de segurança e os conectou ao detonador; faltavam apenas 10 segundos.

– Diga para eles que estamos começando a contagem regressiva de 10 segundos – ordenou o engenheiro.

* * *

Enquanto Pat descia correndo para ajudar o comodoro – embora não tivesse a menor ideia do que podia fazer naquele momento, ele ouviu Sue chamando com uma voz sem pressa: "Srta. Morley, sra. Schuster, sra. Williams...". Como era irônico que a srta. Morley fosse novamente a primeira, desta vez por mero acaso alfabético. Agora ela não poderia reclamar do tratamento que estava recebendo.

Então, um segundo pensamento muito mais severo percorreu a mente de Pat. *Imagine se a sra. Schuster ficar presa no túnel e bloquear a saída.* Bom, eles dificilmente poderiam deixá-la por último. Não, ela subiria sem problemas. Ela fora um elemento decisivo no design do tubo e, desde então, ainda tinha perdido vários quilos.

Num primeiro olhar, a porta externa do banheiro ainda parecia estar aguentando. De fato, o único sinal de que tinha acontecido alguma coisa era um pequeno punhado de fumaça que vinha ondulando pelas dobradiças. Por um instante, Pat sentiu uma lufada de alívio. Porque talvez o fogo ainda demorasse uma meia hora para ultrapassar a camada dupla de plástico reforçado, e muito antes disso...

Alguma coisa estava fazendo cócegas em seus pés descalços. Ele deu um passo para o lado automaticamente antes que sua consciência se perguntasse: "*O que é isso?*".

Ele olhou para baixo. Ainda que seus olhos agora estivessem acostumados à iluminação turva de emergência, levou algum tempo até que se desse conta da fantasmagórica maré cinza que estava se derramando pela porta bloqueada – e que os painéis já estavam inchando para dentro com a pressão das toneladas de poeira. Seria apenas uma questão de minutos até que se rompessem. E mesmo que aguentassem, faria pouca diferença. Aquela maré silenciosa e sinistra tinha passado da altura de seus tornozelos enquanto ele ainda estava ali olhando.

Pat não tentou se mexer nem falar com o comodoro, que estava de pé e igualmente imóvel a poucos centímetros de distância. Pela primeira vez em sua vida – e agora talvez fosse também a última – ele foi tomado por um sentimento esmagador de puro ódio. Naquele instante, enquanto milhões de partículas secas e delicadas se esfregavam em suas pernas nuas, Pat tinha a impressão de que o Mar da Sede era uma entidade consciente e maligna que estava brincando de gato e rato com eles. *Todas as vezes que pensávamos estar assumindo as rédeas da situação*, disse ele a si mesmo, *o Mar nos preparava uma nova surpresa. Sempre estivemos um lance atrás, e agora ele está cansado desse joguinho; não servimos mais de divertimento. Talvez Radley tivesse razão, no fim das contas.*

O alto-falante dependurado no tubo de ar despertou-o de seu devaneio fatalista.

– Estamos prontos! – gritou o aparelho. – Juntem-se no fundo da embarcação e protejam seus rostos. Vou fazer a contagem regressiva de 10 segundos.

– DEZ.

*Já estamos no fundo da embarcação*, pensou Pat. *Não precisamos de todo esse tempo. Talvez nem tenhamos tudo isso.*

– NOVE.

*Aposto que não vai funcionar, de todo modo. O Mar não vai deixar, se achar que temos alguma chance de sairmos daqui.*

– OITO.

*É uma pena, no entanto, depois de todo esse esforço. Muitas pessoas quase se mataram tentando nos ajudar. Elas mereciam um pouco mais de sorte.*

– SETE.

*Este supostamente é um número de sorte, não é? Talvez a gente consiga sair dessa, afinal. Pelo menos alguns de nós.*

– SEIS.

*Vamos fingir. Isso não vai fazer mal agora. Digamos que demore... hum, 15 segundos para atravessar...*

– CINCO.

*... e, claro, para desenrolar a escada de novo, já que eles provavelmente a enrolaram por motivo de segurança...*

– QUATRO.

*... e considerando que uma pessoa saia a cada 3 segundos... não, vamos contar 5 por margem de segurança...*

– TRÊS.

*... seriam 22 vezes 5, que dá mil e... não, isso é ridículo. Esqueci até o básico de aritmética...*

– DOIS.

*... digamos cento e tantos segundos, que são quase 2 minutos, e isso ainda é tempo bastante para os tanques de oxigênio líquido nos explodirem rumo ao fim dos tempos...*

– UM.

UM*! E eu ainda nem cobri o rosto. Talvez eu devesse me abaixar, mesmo que isso signifique engolir essa porcaria de poeira fedida...*

Houve um estalo repentino e cortante, seguido de uma breve lufada de ar. Isso foi tudo. Era um anticlímax decepcionante, mas os especialistas em explosivos conheciam seu ofício, como é altamente desejado que conheçam mesmo. A energia da carga fora calculada e direcionada precisamente. Mal restaram sobras para sacudir a poeira que agora estava quase cobrindo metade do espaço da cabine.

O tempo parecia estar congelado. Por uma era, nada aconteceu. Então, fez-se um lento e belo milagre, de tirar o fôlego de tão inesperado que era, por mais que fosse óbvio para alguém que parasse para pensar a respeito.

Um círculo de luz branca e brilhante apareceu em meio às sombras avermelhadas do teto. Ele ia ficando mais espesso e mais brilhante. Então, muito repentinamente ele se expandiu numa circunferência perfeita quando um pedaço do teto caiu. A luz que entrava lá embaixo era oriunda de um único tubo de luz que reluzia 20 metros acima, mas, para olhos que não tinham visto nada além de uma vermelhidão turva por horas, era mais glorioso do que qualquer nascer do Sol.

A escada veio descendo quase tão logo o pedaço circular do teto caiu no chão. A srta. Morley, preparada feito uma velocista, se foi num instante. Quando a sra. Schuster a seguiu – um pouco mais lenta, mas ainda a uma velocidade da qual ninguém podia reclamar –, foi quase como um eclipse: apenas alguns vagos feixes de luz chegavam até lá embaixo, iluminando aquele caminho radiante rumo à segurança. Estava escuro de novo, como se, depois daquele breve vislumbre de alvorecer, a noite tivesse voltado com uma escuridão redobrada.

A essa altura, os homens estavam começando a subir, iniciando por Baldur, que provavelmente louvava a sua posição no alfabeto. Restavam apenas uma dúzia de pessoas na cabine quando a porta bloqueada finalmente cedeu nas dobradiças e a avalanche mal contida irrompeu.

A primeira onda de poeira atingiu Pat quando ele ainda estava no meio da ladeira da cabine. Por mais leve e impalpável que fosse, aquilo deixou seus movimentos lentos quase a ponto de parecer que ele estava lutando para caminhar sobre cola. Felizmente a umidade e o ar pesado tinham roubado um pouco do poder daquela coisa, pois, caso contrário, ela teria enchido a cabine em nuvens sufocantes. Pat espirrava e tossia e estava parcialmente cego, mas ainda conseguia respirar.

Em meio à escuridão nebulosa, ele conseguia ouvir Sue contando – "quinze, dezesseis, dezessete, dezoito, dezenove..." – enquanto conduzia os passageiros rumo à proteção. Ele pretendera que ela tivesse ido junto com as mulheres, mas ela ainda estava lá embaixo, cuidando de suas tarefas. Mesmo enquanto ele lutava contra aquela areia movediça que saturava e que já chegava quase à altura de sua cintura, ele sentiu por Sue um amor tão grande que parecia que seu coração ia explodir. Agora não lhe restava a menor dúvida. O amor verdadeiro era um equilíbrio perfeito entre desejo e ternura. O primeiro elemento estava lá havia tempos, e o segundo tinha vindo com tudo.

– Vinte... é a *sua* vez, comodoro. Rápido!

– De jeito nenhum, Sue – disse o comodoro. – Vá você.

Pat não conseguiu ver o que aconteceu – ele ainda estava parcialmente cego por causa da poeira e da escuridão –, mas suspeitou que Hansteen devia ter literalmente jogado Sue pelo buraco do teto. Nem sua idade nem seus anos no espaço tinham conseguido roubar sua força de nascido na Terra.

– Você está aí, Pat? – chamou ele. – Estou aqui na escada.

– Não espere por mim. Estou chegando.

Isso era algo mais fácil de dizer do que de fazer. Era como se um milhão de dedos suaves mas determinados estivessem se agarrando a ele, puxando-o de volta para aquela inundação que aumentava. Ele agarrou o encosto de uma das poltronas – que agora estavam quase todas escondidas debaixo da poeira – e se arrastou na direção da luz que acenava.

Alguma coisa acertou seu rosto. Instintivamente, ele a alcançou para colocá-la de lado, e então se deu conta de que era a escada de corda. Ele a segurou com toda a força e, lenta e relutantemente, o Mar da Sede enfim o soltou.

Antes de entrar no duto, ele teve um último vislumbre da cabine. Toda a traseira estava agora submersa por aquela maré cinza que se arrastava. Parecia artificial e duplamente sinistro o fato de que ela ia subindo num plano geometricamente perfeito, sem uma perturbação sequer em sua superfície. A 1 metro dali – e isso era algo que Pat soube que se lembraria por toda a vida, ainda que não conseguisse imaginar por quê – um solitário copo de papel estava boiando tranquilamente na maré que subia, feito um barquinho de brinquedo em um lago sossegado. Em poucos minutos, ele atingiria o teto e seria esmagado, mas, naquele momento, ainda desafiava bravamente a poeira.

Assim também estavam as luzes de emergência. Elas continuariam acesas por dias, mesmo depois que cada uma fosse envolvida pela mais pura escuridão.

Agora o duto mal iluminado estava em volta dele. Pat ia escalando tão rápido quanto seus músculos permitiam, mas não conseguia alcançar o comodoro. Houve uma inundação repentina de luz vinda de cima quando Hansteen liberou a saída do duto, e Pat olhou instintivamente para baixo a fim de se proteger do brilho. A poeira já subia com rapidez atrás dele, ainda intocada, ainda suave e plácida – e inexorável.

Então ele estava transpondo a boca da ensecadeira no centro de um iglu fantasticamente lotado de gente. Em volta dele, em diferentes estágios de exaustão e desgrenhamento, estavam seus companheiros de viagem. Ajudando-os, havia quatro figuras em traje espacial e um homem sem traje, que ele imaginou ser o engenheiro-chefe Lawrence. Como era estranho ver um rosto novo depois de todos aqueles dias.

– Todo mundo saiu? – perguntou Lawrence ansioso.

– Sim – disse Pat –, eu sou o último homem. – E acrescentou: – Pelo menos, assim espero. – Pois, no meio daquela escuridão e confusão, alguém podia ter ficado para trás; e se Radley tivesse decidido fugir do destino que o aguardava na Nova Zelândia, por exemplo?

Não, ele estava bem ali com os demais. Pat estava apenas começando a contar as cabeças quando o piso de plástico deu um ligeiro sobressalto, e de dentro do poço aberto foi disparado um perfeito anel de poeira. Aquilo acertou o teto, deu um rebote e se desintegrou antes que qualquer pessoa pudesse se mover.

– Que diabos foi *aquilo*? – disse Lawrence.

– Nosso tanque de oxigênio líquido – respondeu Pat. – Bom e velho ônibus... ela aguentou por tempo suficiente.

E então, para horror e desamparo do engenheiro-chefe, o comandante da *Selene* irrompeu em lágrimas.

# 31

– Eu ainda não acho que essas bandeiras sejam uma boa ideia – disse Pat enquanto o cruzeiro se afastava de Porto Roris. – Elas ficam tão cafonas quando você sabe que estão no vácuo.

Mesmo assim, ele tinha que admitir que a ilusão era excelente. Pois as fileiras de flâmulas que circundavam o prédio de embarque se sacudiam e esvoaçavam numa brisa inexistente. Tudo era feito com molas e motores elétricos e causaria grande confusão aos espectadores lá da Terra.

Aquele era um grande dia para Porto Roris e também para toda a Lua. Pat gostaria que Sue pudesse estar ali, mas ela não se encontrava muito em forma para a viagem. Literalmente, como ela comentara quando ele fora dar-lhe um beijo de adeus naquela manhã: "Não entendo como as mulheres conseguem ter filhos na Terra. Deve ser difícil carregar todo este peso com uma gravidade seis vezes maior do que a nossa".

Pat desviou o pensamento de sua futura família e acelerou a *Selene II* à sua velocidade máxima. Da cabine atrás dele vinham os "ohs" e "ahs" dos 32 passageiros conforme as parábolas acinzentadas de poeira planavam contra o Sol feito arco-íris monocromáticos. Essa viagem de inauguração acontecia à luz do dia. Os viajantes iam perder a fosforescência mágica do Mar, o passeio noturno que subia o cânion até o Lago Cratera, as glórias esverdeadas da Terra imóvel. Mas a novidade e a empolgação da jornada eram as principais atrações. Graças ao destino infeliz de sua predecessora, a *Selene II* era um dos veículos mais bem-conhecidos do Sistema Solar.

Ela era prova do velho ditado que dizia não existir má publicidade. Agora que as reservas antecipadas estavam chegando, o comissário de turismo mostrava-se bastante contente de ter tomado coragem e insistido em mais espaço para passageiros. De início, ele tivera de lutar para conseguir trazer à pauta uma nova *Selene*. "Gato escaldado tem medo de água fria", dissera o administrador-chefe, que só reconsiderara a ideia quando o padre Ferraro e a divisão de geofísica provaram, sem a menor sombra de dúvida, que o Mar não ia se mover de novo em 1 milhão de anos.

– Mantenha-se neste percurso – Pat disse para seu copiloto. – Vou até lá falar com os clientes.

Ele ainda era bastante jovem, e também vaidoso, para apreciar os olhares de admiração enquanto se aproximava da cabine de passageiros. Todo mundo a bordo já tinha lido a respeito dele ou então tinha visto sua figura na tevê. Na verdade, a presença daquelas pessoas ali era um voto de confiança implícito. Pat sabia muito bem que outros partilhavam daquele crédito, mas não tinha falsa modéstia em relação ao papel desempenhado por ele próprio nas últimas horas da *Selene I*. Seu bem mais valioso era a pequena reprodução do cruzeiro que fora oferecida de presente de casamento ao senhor e à sra. Harris: "De todos aqueles que fizeram a última viagem, com nosso sincero reconhecimento". Aquela era a única homenagem que contava, e ele não precisava de nenhuma outra.

Ele foi andando até o meio da cabine, trocando algumas palavras com um passageiro aqui e ali, quando de repente se viu paralisado.

– Olá, capitão – disse uma voz inesquecível. – Você parece surpreso em me ver.

Pat se recuperou rapidamente e deu seu sorriso oficial mais caprichado.

– Com certeza é um prazer bastante inesperado, srta. Morley. Eu não fazia ideia de que estava aqui na Lua.

– Pode acreditar que estou mais surpresa do que você. É por causa do artigo que escrevi sobre a *Selene I*. Estou cobrindo esta viagem para o *Vida Interplanetária*.

– Só espero que esta viagem seja bem menos emocionante do que a nossa última – disse Pat. – Aliás, você mantém contato com alguns dos outros? O dr. McKenzie e os Schuster me escreveram algumas semanas atrás, mas vira e mexe me pego pensando o que terá acontecido ao pobre Radley depois que o Harding cuidou dele.

– Nada, exceto pelo emprego que ele perdeu. A Universal Cartões de Viagens decidiu que, se o processassem, todo mundo ia simpatizar com o Radley, e isso ainda daria a mesma ideia para outras pessoas. Ele ganha a vida dando palestras para seus camaradas de culto, falando sobre "O que descobri na Lua", acho. E vou lhe dar meu palpite, capitão Harris.

– E qual é?

– Algum dia ele vai voltar para cá.

– Espero mesmo que ele consiga. Nunca cheguei a descobrir o que ele esperava encontrar no Mare Crisium.

Os dois deram uma risada. Então a srta. Morley disse:

– Fiquei sabendo que o senhor está largando este emprego.

Pat parecia ligeiramente constrangido.

– É verdade – admitiu ele. – Estou me transferindo para o serviço espacial. Isso *se* eu conseguir passar nos testes.

Ele não tinha nenhuma certeza de que conseguiria, por mais que soubesse ser preciso fazer aquele esforço. Conduzir um ônibus lunar fora um trabalho interessante e divertido, mas também sem futuro. Sue e o comodoro tinham conseguido convencê-lo disso. E havia também um outro motivo.

Muitas vezes ele ficava imaginando quantas vidas mais tinham sido mudadas ou transformadas quando o Mar da Sede bocejou sob as estrelas. Ninguém a bordo da *Selene I* conseguira passar incólume pela experiência – na maioria dos casos, mudando para melhor. O fato de que ele agora estava tendo aquela conversa amigável com a srta. Morley era prova o bastante disso.

O episódio também devia ter tido um efeito profundo nos homens que se envolveram com o resgate – especialmente para o dr. Lawson e para o engenheiro-chefe Lawrence. Pat tinha visto Lawson muitas vezes na tevê disparando suas falas irascíveis acerca de temas científicos. Ele era grato ao astrônomo, mas achava impossível gostar dele. No entanto, parecia que alguns milhões de pessoas o apreciavam.

Quanto a Lawrence, ele estava trabalhando duro em suas memórias, provisoriamente intituladas *Um homem pela Lua* – e desejando por Deus nunca ter assinado aquele contrato. Pat já o havia ajudado nos capítulos sobre a *Selene*, e Sue estava lendo os manuscritos enquanto esperava a chegada do bebê.

– Se você me dá licença – disse Pat, lembrando de suas tarefas como comandante –, preciso dar um alô para os outros passageiros. Mas, por favor, procure a gente na próxima vez que estiver em Clavius City.

– Vou fazer isso – prometeu a srta. Morley, levemente receosa, mas decerto um pouco contente.

Pat continuou avançando rumo à traseira da cabine, dando um cumprimento aqui e respondendo a uma pergunta ali. Então chegou à cozinha pressurizada e fechou a porta atrás de si – e ficou instantaneamente sozinho.

Tinha mais espaço ali do que na pequena cozinha da *Selene I*, mas o design básico era o mesmo. Não era de impressionar que as lembranças o inundassem na mesma hora. Aquele podia ter sido o traje espacial cujo oxigênio ele dividira com McKenzie enquanto todos os outros estavam dormindo; aquela podia ter sido a parede na qual ele tinha encostado o ouvido e percebido o sussurrar noturno da poeira que subia. E toda aquela câmara podia de fato ter sido onde ele conhecera Sue pela primeira vez, no sentido literal e bíblico.

Mas havia uma inovação naquele modelo: a pequena janela na porta externa. Ele aproximou o rosto dela e encarou a superfície do Mar que se apressava.

Ele estava do lado sombreado do cruzeiro, olhando para o Sol ao longe e adentrando a noite escura do espaço. Agora, conforme sua visão se ajustava a essa escuridão, ele conseguia ver as estrelas. Somente as mais brilhantes, pois ainda havia luz bastante para ofuscar a sensibilidade de seus olhos, mas lá estavam elas – e também Júpiter, o mais reluzente dos planetas, ao lado de Vênus.

Logo ele estaria lá fora, longe de seu mundo nativo. Esse pensamento o animava e o aterrorizava, mas ele sabia que tinha de ir.

Pat adorava a Lua, mas ela tentara matá-lo: nunca mais ele estaria completamente tranquilo em sua superfície aberta. Embora o espaço profundo fosse ainda mais hostil e impiedoso, não tinha declarado guerra contra ele até então. De agora em diante, em relação a seu próprio mundo, não devia haver nada além de uma neutralidade vigilante.

A porta da cabine se abriu e a comissária entrou com uma bandeja de copos vazios. Pat se afastou da janela e também das estrelas. Da próxima vez que as visse, elas estariam um milhão de vezes mais brilhantes.

Ele sorriu para a moça de uniforme impecável e percorreu a pequena cozinha com as mãos.

– Tudo isso é seu, srta. Johnson – disse ele. – Cuide bem dela.

Então ele voltou andando para reassumir os controles da *Selene II* em sua última viagem, que também era a inaugural dela, em mais uma travessia pelo Mar da Sede.

**TIPOGRAFIA:**
Minion

**PAPEL:**
Pólen soft 80 g/m² [miolo]
Cartão supremo 250 g/m² [capa]

**IMPRESSÃO:**
Rettec Artes Gráficas Ltda. [maio de 2018]